サムライ・ダイアリー
鸚鵡籠中記異聞

天 野 純 希

幻冬舎時代小説文庫

目次

序幕　十六年後

一

それは、木枯らしの吹きすさぶある寒い朝のことでした。

庭の木々はほとんどの葉を落とし、吹く風は日に日に冷たさを増しています。年が明ければ還暦を迎える私《わたくし》は、寒さがことのほか苦手でございます。部屋で丸まって火鉢に当たっていると、我が家に古くから仕える中間《ちゅうげん》が廊下から声をかけてまいりました。

聞けば、三人の若いお武家さまが訪ねてまいられたとのこと。しかも、主《あるじ》である夫ではなく、この私にご用がおありなのだとか。

「いったいなにかしら？」

急いで衣服を改め、化粧を整えて客間へまいりました。

お武家さまたちは、見たところ十代後半から二十代前半といったところでしょうか。羽織や袴《はかま》の色遣いはきらびやかなもので、相当に値の張るものであることは私のような老婆でもわかります。江戸では、将軍吉宗公《よしむね》のご意向でなにかといえば倹約倹約とうるさいそうですが、この尾張藩では藩主宗春公《むねはる》がご公儀のやり方に真っ向から反対しているため、いくら派手な格好をしても咎《とが》められることはございません。

「突然の来訪、まことにもって申し訳ござらん」

身なりとは裏腹な礼儀正しさで頭を下げると、お武家さま方はそれぞれに名乗られました。しかし、やはり心当たりはありません。

茶を運んできた下女が退出すると、私は訊《たず》ねました。

「それで、ご用の向きというのは？」

答えたのは、最も年長のお武家さまでした。

「貴女《あなた》さまは、『鸚鵡籠中記《おうむろうちゅうき》』なる書物をご存知でしょうか？」

もちろん、知らぬはずがありません。ああ、その話だったかと合点しながら、私は頷《うなず》きを返します。

この尾張名古屋にはかつて、二十数年にわたってほぼ毎日、日記を書き続けたおかしなお侍がおりました。その奇特な御仁《ごじん》は、御三家筆頭たる尾張徳川家に仕えるれっきとした藩士でありながら、自身の日常から世で起こった大小の出来事、市井の噂話まで、尋常ではない情熱をもって書き綴《つづ》っていたのです。そのお侍は朝日文左衛門《ぶんざえもん》さまと申され、彼が記した膨大な日記の名が、『鸚鵡籠中記』にございます。早いもので、朝日さまが亡くなられてもう十六年になります。生前から、朝日さまの日記魔ぶりは城下でも有名でした。

「『籠中記』は朝日どのの死後、天野源蔵《あまのげんぞう》先生のもとに預けられておりました。昨年、その天野さまがお亡くなりになると、『籠中記』は藩に納められ、今はお城の書庫の奥深くに所蔵されております。是非とも読んでみたいところですが、『籠中記』はすでに、ごくごく一部の者しか披見を許されない門外不出の書とされております」

天野源蔵先生は高名な学者で、私もわずかながら親交がありました。なので、そのあたりの事情は存じております。

私が頷くと、お武家さまは「しかし」と続けられます。

曰《いわ》く、『鸚鵡籠中記』には藩に納められたものの他に別本があり、いまだ市井のどこかに埋もれている。そんな噂が、藩の好事家《こうずか》たちのごくごく一部でまことしやかに囁《ささや》かれているとのことにございます。

好奇心からでしょうか、お武家さまの目は、まるで少年のようにきらきらと輝いています。

「こう申しては失礼に当たるやもしれませんが、こうした話は、我らのような好事家にとっては格好のヒマザイになります。是非とも『籠中記』の別本を探し出し、読んでみたい」

ヒマザイとは、このあたりの言葉で〝暇つぶし〟とでも申しましょうか。朝日さまが二十数年にわたって日記を書き綴ったのも、朝日さまなりのヒマザイだったのやもしれません。

「しかし、なぜ私のところに？」

「朝日どのの周辺はほぼ当たりました。しかし、生前の朝日どのと親しかった方々は多くが世を去り、存命の方も、誰も知らないと申される。貴女さまであればなにかご存知なのではないかと、ご無礼も顧《かえり》みずこうしてお訪ねいたした次第にござる」

お武家さまは、今にも身を乗り出さんばかりでした。

若い殿方にこれほど熱の籠《こも》った視線を送られるのは、いったいいつ以来だろう。そんな愚かなことを思いながら、私は口を開きました。

「申し訳ありませんが、そのような話は初耳にございます。あのお方は、それはそれは大事に日記をしまっておいででしたから、別本どころか、お城にお納めしたほうの日記でさえ、読んだことはないのですよ」

「では、なにかそれらしき話をお聞きになられたことは？」

私が首を振ると、三人ははっきりと肩を落とされました。よほど、『籠中記』の別本とやらにお心を惹《ひ》かれておいでなのでしょう。

「そうですか。貴女さままでそうおっしゃるのであれば、別本などただの噂に過ぎないのかもしれません。突然押しかけた非礼、どうかお許しを」

気の毒なほど落胆なされる三人を見送りながら、私は心の中でお詫《わ》びいたしました。

実を申せば、これまでも幾度か、日記のことについて訊ねられたことがございます。そのたびに私は、「知らない。聞いたこともない」と心にもないことを答えてきたのです。

私は、台所脇の納戸へと足を向けました。あたりに人気《ひとけ》がないことを確かめると、引き戸を開けて中へ入り、苦労していちばん奥にしまった箱を引っ張り出します。

幸い、今日は夫も息子も他出しているので、見咎められる心配はありません。部屋に戻って箱を開けると、中に詰められた冊子のひとつを手に取りました。表紙の『鸚鵡籠中記』という文字の横に、大きく〝秘〟と朱書きされています。

この日記を開くのは何年ぶりだろう。考えても、上手《うま》く思い出すことができません。歳《とし》は取りたくないものです。ため息をひとつついて表紙をめくると、そこには懐かしい、下手糞《へたくそ》な文字が紙面いっぱいに記されていました。

二

長い長い日記にございます。飛ばし飛ばしに目を通しても、読み終わる頃には西の空が真っ赤に染まっていました。よくもまあ、飽きもせずに毎日書き続けられたものだと感心してしまいます。

朝日さまがお亡くなりになったあの日、私は源蔵先生からこの日記を受け取りました。

日記には、私の名も頻繁に登場いたします。今の夫や息子には知られたくない事柄も、しっかりと記述されているのです。ですのではじめて読んだ時は、あまりの恥ずかしさに顔から火が出る思いでした。いっそ、顔から出た火でこのどうしようもない日記を焼き尽くしてしまおうか。そんなことを考えたものです。

しかしいくら恥ずかしくとも、顔から実際に火が出たりはしません。夫の目を盗んで、いつか燃やしてやろう。そう思いながらも日々の雑事に追われ、いつの間にかずいぶんと時が経ってしまいました。不思議なもので、改めて読み返してみると、以前のような怒りや羞恥《しゅうち》の念は湧いてきません。

それはたぶん、この日記の中に、若い頃の私の姿が生き生きと記されているからでございましょう。日記が文字通りあのお方の人生そのものだったように、私の生の一部も、この日記の中に確かに写し取られていました。自分の名を見つけるたび、少しの気恥ずかしさとともに、その頃の記憶がありありと蘇《よみがえ》ってくるのです。心ならずも離れ離れになってしまった娘が、その後どんな人生を歩むことになったのかも、この日記のおかげでよくわかりました。

それでも、これはやはり、世に出すべきものではありません。わざわざ訪ねてきたお武家さまたちに悪うございますが、見知らぬ他人に心の中を覗《のぞ》かれるのは、きっとあのお方も嫌がることでしょう。

日記の最後の一冊を閉じて箱に収めると、庭で落ち葉を燃やしていた中間を呼びました。

「悪いけれど、この箱の中身もついでに燃やしてくれないかしら」

「それはよろしゅうございますが、大切なお品ではございませんので？」

「構いません。一冊残らず、きれいに焼いてしまって」

中間は頭を下げると、箱を抱えて庭へと戻っていきました。

少しばかり名残《なごり》惜しくはありますが、私ももうじき還暦。いつお迎えが来てもおかしくはありません。これもよい機会というものです。

世に不変のものなどありはしません。あの日記も灰となって庭に撒《ま》かれ、いつかきれいな花を咲かせることでしょう。

私は縁に出て、ゆっくりゆっくりと天に昇っていく煙を見上げました。

冬の匂いを含んだ風が吹くたび、煙はゆらゆらと揺れています。

まるでしたたかに酔った時のあの人の姿のようで、私は小さく笑いました。

第一幕　若き文左衛門の悩み

元禄四年（一六九一）六月十三日

ええと、突然ではあるが、今日から日記を始めることにした。

なぜ日記を書くのかと問われれば、そこに紙と筆があるからだ、とか、己の生きた証《あかし》を後世に残すのだ、とか色々と理由を付けることはできるが、まあ正直なところを言ってしまえば、すこぶる暇だったから。

天下分け目の関ヶ原の戦いから百年、世は太平の真《ま》っ只中《ただなか》。戦は絶え、人々は豊かになり、町には物が溢《あふ》れている。しかし、太平とはすなわち、退屈ということでもある。この退屈を紛らわすために、日々の出来事や耳にした風聞その他を書き記していこうかと思う次第である。

ということで、遅ればせながら自己紹介をば。

私は、いや、こうしたところで「私」などというのは少し気取りすぎている気がするなあ。では、「俺」でいこうか。でも、「俺は~した」みたいな文章があんまり続くと、なんだか自意識過剰な鼻持ちならない奴《やつ》だと思われてしまいそうだ。「それがし」とか「拙者」というのもちょっと堅苦しいし、「あっし」とか「おいら」じゃあ威厳が無さすぎる。

それじゃあ「予」というのはどうだろう。すこぶる偉そうだ。どこの殿さまだよ。でもまあ、このくらい突き抜けたほうがいっそう清々《すがすが》しいというものだ。あくまで個人的な日記ということで大目に見てもらおう。よし、「予」。これでいきます。

いかん、話が逸《そ》れてしまった。

で、予は、朝日《あさひ》亀之《かめの》助重章《すけしげあき》。やっぱ「予」はちょっと恥ずかしいな。まあいいや。ええと、今年の正月で十八歳と相成った。趣味は、巷《ちまた》に溢れる噂話や事件の顛末《てんまつ》を聞き歩くこと。あと、お酒。ってこんなふうに書くととんでもない暇人のぼんくら野郎と思われるかもしれないが、これでも予は、徳川御三家筆頭格の尾張藩に仕えるれっきとした武士である。

そもそも我が朝日家は、甲州の貧しい農夫であった家祖の重虎《しげとら》公が畑仕事にうんざりし、「毎日同じことの繰り返しなんて耐えられない！」みたいなことを言ったかどうかは知らぬが、とにかく家を飛び出したのがはじまりである。

かの武田信玄の下で足軽となった重虎公は三河であえなく討死を遂げるが、一子右衛門《うえもん》が志を継ぎ、神君家康公の重臣平岩親吉に仕官、戦場での目覚ましい活躍によって朝日の姓を賜ったのである。その後も右衛門は慶長の役、大坂の陣などで戦功を重ねて百石の知行を得た。この右衛門の曽孫に当たるのが、他ならぬ予である。

なんて長々と語ってみたところで、まだ父上から家督を譲られたわけではない。ゆえにこうして暇を持て余し、誰に読ませるでもない日記を綴《つづ》っているというわけだ。

父の定右衛門《じょううえもん》は、御城代組同心百石取り。つまり、百年近く前から一石の加増もない、ということになる。

家中での地位は、中の下の上くらい。わずか百石といっても、明日の米にも困るほど貧乏ではない。さりとて、毎晩色町に繰り出して乱痴気《らんちき》騒ぎができるほど裕福でもない。要するに、普通の武士の家。そりゃあ、退屈もするというものだ。

ところで、いくら太平の世とはいえ、武士を名乗る以上武芸の鍛練は必須とされている。予と同年代の朋輩《ほうばい》たちも、剣術に馬術、弓に槍《やり》に鉄砲に鎖鎌《くさりがま》にと、実に様々な武芸を幼い頃から学んでいたものだ。

しかしながら、予はどういうわけか物心ついた頃から体を動かすのが大嫌いだった。朋輩が木刀を振り回して汗を流すのをにやにや笑いを浮かべて横目で眺めながら、部屋に籠《こも》って本など読んでいたものだ。なんという嫌な子供だろうと、我ながら思う。

そんな予なので、親や親戚から武芸を勧められても、「いずれ、そのうち」とかなんとか言ってのらりくらりと先延ばしにし続けてきた。

ところが先日、とうとう堪忍袋の緒が切れた父に、「なんでもいいからさっさとどこかの道場に入門しろ。でなければ家督はやらん」などと言われてしまった。家督を継げないということはすなわち一生部屋住みのままということであって、それもまあ悪くないかななんて思ったのだが、さすがにそんなことは口に出せぬ。仕方なく、予は書を捨てて町に出た。

それから数日、ようやく良さげな道場を見つけた。貫流槍術《そうじゅつ》、佐分源太左衛門道場。門弟は少なく、なんともうらさびれた感じが最高だ。

案の定、佐分氏は実に大らかというか、まあやる気のない人物で、とりあえずお月謝さえいただければ後はお好きなように、といったことを申されている。これなら、案外簡単に免許皆伝まで行けそうだ。

これに味を占めた予は、他にもなにか武芸を学ぼうと考えた。

免許の数が多ければ、朝日定右衛門が一子亀之助は武芸の達人であるという評判を得られる。さすれば、名古屋の御城下は予の噂で持ちきり、往来を行けば娘たちが頰を赤らめ、色町では引く手数多《あまた》といったことにならぬとも限らない。

そんな日が来た時のことを夢想していると、母上から早く風呂に入れと怒られてしまった。

いかんいかん、筆が乗ってついつい長々と書いてしまった。こんな調子では先が思いやられる。明日からはもうちょっと簡潔にせねば。

六月十四日

晴れ。夕刻よりやや曇る。暑い。

朝、道場へ参り、昼過ぎ帰る。

道場への行き帰りだけで汗だくになってしまうほどの暑さ。まだ六月というのに、先が思いやられる。名古屋は夏暑く、冬は寒い。一年中春か秋ならいいのに。

夜、加藤平左衛門《かとうへいざえもん》来る。するめで一杯引っかける。

九月十日

晴れ。申《さる》ノ刻より曇る。

槍を習いはじめて早や三月《みつき》。どうやら予には槍の天稟《てんぴん》が無いらしく、ちっとも上達せぬ。

槍に見切りをつけた予は、本日、朝倉忠平衛《あさくらちゅうべえ》さまの弓術道場に入門いたした。槍の稽古は突かれたり足を払われたり、なにかと痛い目に遭うが、弓ならばその心配はあるまいと考察したためである。

夕刻、足の小指を簞笥《たんす》に強《したた》かに打ちつける。甚《はなは》だ痛し。

九月十三日

やや曇り。

横着極《おうちゃく》まる理由で習いはじめた弓術であるが、これからは身を引き締めて稽古に励むことを、予は己に誓った。

というのも、これまで遺憾《いかん》ながらさっぱり華の無い人生を送ってきた予は、ついに「華」を見つけたのである。しかもその華は、朝倉道場という予期せぬ場所にひっそりと咲いていた。これが運命でなくてなんだというのか。

華の名は、お慶《けい》どのという。朝倉忠平衛さまのひとり娘で、歳《とし》は予の二つ下。やや切れ長の目に、愛嬌《あいきょう》のある小さく丸い鼻と薄い唇。ふくよかな頰に白い肌。まさに、小野小町もかくやという完全無欠の下膨れっぷりである。平安の世に生まれていれば、絶世の美女として後の世に名を残していたかもしれない。

口の悪い兄弟弟子などは、「どうひいき目に見ても、中の下の上」「悪く言えば、出来損ないの大福」などと陰口を叩《たた》くが、彼らこそ美を解せぬ愚か者と批難《ひなん》されて然るべきであろう。

道場の裏庭で偶然その姿を目にした瞬間、予は稲妻に打たれたかのように全身を硬直させた。これが、芝居や物語に言う「恋」というものなのだろう。

金縛り状態の予に向かって、お慶どのが笑顔で一礼した。野に咲く可憐《かれん》な花のような笑顔であった。

本来ならば、名乗るついでに気の利いた戯言《ざれごと》でもかまして、予の存在を印象付けておくべきであろう。

しかし予ときたら、微笑を浮かべるお慶どのに応えることもできず、無言で一礼して逃げるようにその場を立ち去ってしまったのである。嗚呼《ああ》、なんたる不覚。

なんとかお近づきになれないものか。そして、出来得ることならお慶どのを嫁に迎えたい。しかし、なにからはじめればいいのか、これまで華のない人生を送ってきた予にはとんとわからない。

悶々《もんもん》とした気持ちを抱えて帰宅した予は、思い余って悪友の加藤平左衛門宅を訪ねた。平左衛門は予と同年で、家が向かい合わせということもあり、寝小便を垂れていた頃からの付き合いである。言葉遣いも自然と砕けたものになった。

「俺とお慶どのは、間違《まちぎ》ゃあなく前世からの宿縁で結ばれとる。けど、その宿縁を手繰《たぐ》り寄せるにはどうしやぁええかわからん」

出された焼き茄子《なす》を箸でもてあそびながら言うと、ちびちびと盃《さかずき》を傾けていた平左衛門はおもむろに口を開いた。

「なにとろくせゃあことこいとるんだて。ええきゃあ亀之助、ツレとしてはっきし言《ゆ》っといたるでよう、茄子なんかなぶっておちょけとったらかん。まー二度と言えーせんもんで、よう聞ぃときゃあ」

（訳　なにを馬鹿げたことを言っているのだい。よいか亀之助、友人としてははっきり言っておいてあげるので、茄子などいじってふざけていてはいけない。もう二度と言わないから、よく聞いておきたまえ）

いつになく重々しい口ぶりに、焼き茄子をもてあそんでいた予は思わず手を止めた。居住まいを正した予に、平左衛門は次のようなことを言う。

武士たる者が色恋沙汰《ざた》に首を突っ込むと、ろくなことにはならない。その女子《おなご》の存在が、武士の本分たる武芸の鍛練の邪魔になるのであれば、潔く他の道場へ移るべきである。

それを聞いて、予は愕然《がくぜん》とした。というのも、「今時武芸など磨いてなんになる」というのが口癖のこの男の口から「武士の本分」などという言葉が飛び出したからである。

しかしながら、予の明晰《めいせき》なる頭脳をもってすれば、その理由はすぐにわかった。なんとなれば、平左衛門は予が妬《ねた》ましいのである。予と同じく、いや、予よりも数段華のない人生を送ってきた平左衛門としては、ついに運命の相手との出会いを果たした親友が裏切り者に見えたとしてもいたしかたない。

相談する相手を間違えた。そう悟った予は、早々に加藤宅を辞した。そうしたわけで、己の頭でお慶どのとお近づきになる方法を考える羽目になった予は、試行錯誤の末、とりあえず弓術その他、武芸の稽古に励んでみるという妥当な結論に落ち着いたのである。

九月二十日

晴れのち曇り。

道場裏庭の井戸端において、お慶どのとはじめて言葉を交わす。挨拶程度ではあったが、予の想像していた通り、鈴の音のような涼しげな声であった。それにしても、お慶どのの予を見る目には、なにか格別なものがあるような気がする。やはり、お慶どのも予のことを憎からず思っているに違いない。

夕刻、帰宅。『源氏物語』など紐解《ひもと》き、男と女の情愛について学ばんとするも、睡魔に襲われ断念す。

夜、平左衛門来たりて酒を呑《の》む。平左、前述の予の考えを鼻で笑う。甚だ腹立たしき者なり。

元禄五年（一六九二）一月一日

曇り。

過日、お慶どのが「教養のある殿方が好き」と申されていたと小耳に挟んだので、漢詩作りに挑む。

その漢詩が叔父の目に留まり、予、大いに誉められる。

一月三日

曇りのち雪。

父の知己にて漢学の大家である小出晦哲《かいてつ》氏、我が家に来訪す。予、ここぞとばかりに酒肴《しゅこう》でもてなしたる後、その場にて入門す。

「教養のある殿方」への道の、第一歩なり。

四月三日

快晴。

道場にて、お慶どのが「亀ってなんか苦手。あの目つきがいや。甲羅とかも意味がわからない」と申されているのを小耳に挟む。

予、亀之助の名乗りを廃し、文左衛門《ぶんざえもん》と改める。

朝日文左衛門重章。なかなか良い名であると自賛す。予、周囲には改名の理由を黙して語らず。

五月十日

晴れ。昼過ぎより曇り。

本日、幼馴染《おさななじ》み石川三四郎《いしかわさんしろう》来訪。浄瑠璃《じょうるり》見物に誘われる。

実を申せば、これまで予は浄瑠璃なるものを見たことがなかった。城下でたいそう人気を博していることは知っていたものの、流行に乗じて見物に行くというのは、なんとなく自分が軽い人間になってしまうような気がして、さして興味のないような振りをしていたのである。

加えて、堅物でやたらと世間体を気にする父母の存在もある。跡取り息子が芝居小屋のような下世話な場所に出入りしていると知れば、またうるさいことになるのは自明の理であった。

とはいえ、「堅《かた》ゃあこと言っとったらかんわ。どえりゃあ（とても）面白いでよぉ。浄瑠璃のひとつやふたつも観とかんと、女子にももてせんがや」などとまくし立てる三四郎に押し切られてやむなくついていくことにした、ということにしておけば、後々言い訳も立つというものだ。そんな姑息《こそく》な計算のもと、予と三四郎は連れ立って出かけることにした。

名古屋の町を南北に貫く本町通を南へ進み、門前町へ入った。大須《おおす》観音《かんのん》や若宮八幡、萬松寺《ばんしょうじ》といった多くの寺社が集まるこの界隈《かいわい》は、御領内でも随一の繁華街として知られている。

恥を忍んで記《き》す。予は、この大須界隈という繁華街に足を踏み入れるのは人生ではじめてである。

予の想像では、大須という町は暇を持て余した血の気の多い若者や、人の命など屁《へ》とも思わぬ浪人者、すねに傷のある者たちが屯《たむろ》している。器量の良い町娘があれば無理やり酌をさせ、飯代も払わない。店の親父《おやじ》が文句を言おうものなら有無を言わさず叩き斬る。そんな連中がひしめいているのだと思っていた。ゆえに、予はこの町を避けて通ってきたのである。

しかしながら、それはまったくの杞憂《きゆう》であった。人また人で大賑《おおにぎ》わいの大須界隈だが、そんな恐ろしげな連中はどこにも見当たらなかったのである。

そこかしこの店や屋台からは団子やら抹茶やらの香りが漂い、威勢のよい物売りが声を張り上げる。辻々では、猿回しや軽業師《かるわざし》が自慢の芸を披露して喝采あるいは罵声を浴び、艶《つや》めいた女たちが白粉《おしろい》の匂いをぷんぷんと振りまいている。我が家のある城下の百人町《ひゃくにんちょう》界隈は下級藩士の屋敷ばかりでちっとも面白味がないので、予の気分は次第に高まってきた。

町全体が浮き立っているような、活気に溢れた光景だった。その活気に当てられ、通りを歩いているだけで熱に浮かされたような気になってくる。

「どえりゃあ愉《たの》しげなところだがや。めっちゃんこ（ものすごく）景気もええようだし」

予が感想を述べると、三四郎は笑った。

「そうか、お前《みゃあ》のところは親父どのがお堅ゃあお人だでなあ。こういうとこにはあんま足を踏み入れたことがあれせんのだろう」

なんだか小馬鹿にされたような気がして少しく腹立たしい思いをしていると、三四郎は物知り顔で続けた。

「江戸や大坂の賑わいはこんなもんではにゃあぞ。紀伊國屋《きのくにや》っちゅう商人なんか、節分の豆の代わりに屋根から金銀をばらまいたっちゅう話だがや」

「そりゃあ豪気なことだなも」

「今の世は、槍や刀なんかより銭の力のほうがずっと強いゆうことだわ。お前も道場通いなんか止《や》めときゃあて。銭の無駄になってまうぞ」

「それとこれとは別の話だがや」

そんな会話を交わしながら茶屋に上がり込んだ。茶を一杯啜《すす》った後、奥の座敷で袴《はかま》を脱ぎ、あらかじめ用意しておいた編笠《あみがさ》を深くかぶって変装する。あくまで建前上ではあるが、武士が芝居見物をすることは禁じられているのだ。

茶屋を出ると、周囲に気を配りながらこっそり札銭（入場料）を払い、若宮八幡の境内にある芝居小屋にもぐり込めた。予はひやひや物だったが、遊び慣れた三四郎は余裕綽《しゃく》々《しゃく》といった風情だ。予ははじめてこの幼馴染みを尊敬した。

そんなこんなで鑑賞した浄瑠璃であるが、これがもう筆舌に尽くし難いほどの素晴らしさであった。

ただの操り人形がまるで生きた人間のようにくるくると表情を変え、感情を余すところなく表現し、哀切な語りと三味線の音色が絡み合っては観る者の心を揺すぶる。予は、瞬く間に人形たちの演じる物語の虜《とりこ》となっていた。

気づくと、予は人目も気にせず滂沱《ぼうだ》の涙を流し、演目が終われば掌《てのひら》が真っ赤になるほど手を打ち鳴らし、演者を讃《たた》えた。

予は、なぜこのような素晴らしき芸を避けて通ってきたのであろうか。予のバカ、バカ。

これからは、今までの遅れを取り戻さねばならない。誰がなんと言おうと芝居小屋に通い続け、その真髄を極めてみせる。そう、絶対にだ。

十一月十日

曇りのち雨。

予、加藤平左衛門より面白き話を聞く。

過日、都築半助と申す老武士が高岳院《こうがくいん》という寺の境内で死んだ。浪人者と斬り合った末の闘死ということだったが、どうやら真相は別のところにあるという。

平左衛門によると、半助は先妻を病で亡くした後、屋敷で使っていた飯炊き女を後妻とした。飯炊き女には前夫との間にできた幼い娘がおり、半助の継娘として育てられることとなった。

半助の悲劇は、半助自身の性欲の強さと、その後成長した継娘が少々美しすぎたことにあった。

美しく成長した継娘は、筑後守《ちくごのかみ》という侍の中間《ちゅうげん》と婚約した。しかし、半助と継娘はその時点で、幾度も奸通《かんつう》を重ねていたのである。どちらが誘ったのかは定かではない。だが、平左が言うにはふたりの交合は「さながら禽獣《きんじゅう》のごとし」というほどのものだというから、父親も継娘も似た者同士だったのかもしれない。

奸通は、継娘が嫁いでからも続いた。密会の場は、観音堂の裏手にある小屋。持ち主は、かつて半助に仕えていた新八という小者である。

ところが、こうした悪事が続くことはない。継娘の夫である中間が、ある者から妻の奸淫を聞かされたのだ。この密告者が誰なのかがわかれば面白いのだが、残念ながら詳《つまび》らかではない。

とにかく、中間は激怒した。必ず、かの邪智暴虐《じゃちぼうぎゃく》の年寄りを除かねばならぬと決意し、刀を引っつかんで家を飛び出したのである。

そんなこととは露知らず、半助は役に立たなくなった己の一物の代わりに革製の張形を腰に結わえつけ、継娘との交合に没頭していた。

そこへ、憤怒の形相の中間が踏み込んできた。半助と継娘の驚きたるや、いかばかりのものであったろう。

周章狼狽《しゅうしょうろうばい》する半助目がけて、中間はめったやたらと刀を振り下ろす。しかし、この中間も荒事には慣れていなかったか、刀は空を斬るか、せいぜい薄皮一枚斬るのがやっと。半助はどうにか小屋の外に転がり出た。追いかける中間。しかし、月明かりに照らされた血まみれの半助を見て逆にうろたえ、刀を捨てて一目散に逃げ出したのである。

命拾いした半助は継娘をほったらかし、丸裸のまま高岳院に駆け込んだ。門扉を叩き、涙ながらに助けを請う。

丸裸で血まみれの老人が、深夜突然飛び込んできたのである。応対に出た坊主の驚きたるや、それもまた、いかばかりか。予であれば、恐怖のあまり褌《ふんどし》を濡らしたやもしれぬ。

とにもかくにも、境内に匿《かくま》われた半助は、親類の者を呼ぶよう寺の者に頼んだ。ほどなくして、親類の者が迎えに現れた。

「半助どの、これはいかなる……」

息を呑む親類に、ようやく落ち着きを取り戻した半助は答えた。

「よう来てくれた。実は、往来で酔った浪人どもが町娘に乱暴を働いておってな。懲らしめてやろうと思うたのじゃが、奴らは卑怯《ひきょう》にも一斉に斬りかかってきおってな。なんとか斬り抜けたものの、いくつか手傷を負うてしもうた。まあ、相手にはもっと深い傷を与えてやったがな」

がはは、と豪快に笑ってみせた半助を、親類は冷ややかな目で見つめて言う。

「さようにござったか。して半助どのは、そのようなものをつけて斬り合いに臨まれるのか？」

親類の視線を辿《たど》った半助は、己の股間に結わえつけられたままの張形にようやく気づいた。気づいたが、時すでに遅かった。

「そのなりを見れば、なにが起きたかはおおよそ察しがつき申す。我が一門の恥となるゆえ、死んでいただきまする」

親類は刀を抜き放つや、一刀のもとに半助を突き殺してしまったという。

げに恐ろしきは、男女の色情なり。

十二月十四日

晴れ。

予、朝から猪飼忠四郎さまの道場に赴き剣の稽古に励む。

稽古を終えた後、猪飼さまに誘われ、他の弟子たちとともに藩の弓術師範星野勘左衛門さまの屋敷を訪れた。すると、屋敷の庭に、首のない死体が三つ運び込まれてきた。

「今日は、実際の死体を使って据え物斬りをいたす。人の体を斬って腰の物を試す機会などそうそうあるものではない。心してかかれ」

なんということだ！

予が猪飼道場に通いはじめたのは、とりあえずたくさんの道場に通っておけば武芸達者に見えるだろうという、実にさもしい計算からだった。

だが、死体とはいえ、まさか本物の人間を斬る羽目になろうとは。

なんとか断る口実を探していると、猪飼さまが説明をはじめた。

「この者たちは、昨日まで広小路《ひろこうじ》に晒《さら》されていた罪人である。こちらから順に惣七、新六、三郎衛門じゃ」

なぜ、わざわざ名前を教えるのだ。情が湧いてしまうではないか！

予は煩悶した。三人がどんな罪を犯したのかは知らないが、死体を稽古の道具にするのはどうにも申し訳ない。だいいち、気分が悪い。

しかしながら、他の者たちはやる気満々である。御馬廻役《おうままわり》の浅井孫四郎どのはやおら抜刀し、やや紅潮した顔つきで刀を振り下ろす。刀は惣七の臍《へそ》のあたりまで食い込み、ようやく止まった。切り口からなにか赤黒いものがドロリとはみ出してきて、予は思わず目を背けた。

別の者たちは、次々と死体に斬りつけていく。

「さて、次はそなたの番ぞ。存分に試すがよい」

南無三。心中に唱えるや、予は目を閉じたまま、気合いとともに刀を一閃《いっせん》させた。なんとも言い表し難い、重い手応《てごた》え。恐る恐る目を開けると、予の刀は脚の肉を断ち、骨に当たって止まっていた。

「よし。次」

なんとかやり遂げた安堵《あんど》を胸に、予は刀を納めた。

全員が試しを終えた頃には、哀れな罪人の体はまさに膾《なます》のような有り様であった。

帰路、親類の渡辺半兵衛宅に寄り、酒肴の馳走《ちそう》に与《あずか》る。三人の鎮魂の意味も込めて盃を交わしていると、半兵衛の細君が肴《さかな》を載せた膳を運んできた。

「今日は活きのいい魚が入ったので、刺身にいたしました」

予の目は、皿に盛られた刺身に釘付《くぎづ》けになった。なんとなれば、目の前の刺身は、三郎衛門の脚の切り口とそっくり同じ色をしていたからである。

先刻目にした光景が、まざまざと蘇《よみがえ》ってきた。手は瘧《おこり》のように震え、箸を持つこともままならない。

「どうした、文左？」

半兵衛の問いかけにも、言葉がうまく出てこない。予はよろよろと立ち上がった。

ふらつく脚で厠《かわや》へ駆け込み、胃の中の物を洗いざらいぶちまけた。

もう、人なんて斬るもんか。涙と反吐《へど》で顔をぐしゃぐしゃにしながら、予は誓った。

十二月二十日

晴れのち曇り。風強く吹く。

生きていようが死んでいようが、もう人など斬らぬ。できれば、刀も一生抜かずに生きていこう。そう決意した矢先にこのような出来事に巻き込まれるとは、もしや予は、前世でとてつもない悪行をなし、その報いを現世で受け続ける運命にあるのではなかろうか。

以下に、事の顚末を記す。

本日午後、いつものように朝倉道場にて弓の稽古を終えた予は、朝倉忠兵衛さまに呼び出された。

聞けば、知人宛ての書状を予に届けてもらいたいという。面倒だったが、その知人宅は予の帰り道にあり、引き受けてくれれば手間賃も貰《もら》えるということなので、予はふたつ返事で了承した。

思えばこれが、第一の失敗であった。

書状の宛て先は、田部彦兵衛という百五十石取りの藩士。朝倉さまとは、古くから親交があるのだという。

百五十石といえば、我が朝日家とたいして変わらない。さして大きくもない屋敷を訪《と》うと、下女の案内で座敷に通された。

しばらくして現れた御仁《ごじん》は、人は良さそうだがいささか風采の上がらない四十らみの男だった。予はこの人物にさしたる興味も覚えず、適当な挨拶の後に持参した書状を手渡した。

書状の中身が喜ばしいものではなかったらしく、田部どのの顔は見る見る曇っていった。

まあ、書状の中身など予の知ったことではない。やるべきことは終わった。朝倉さまにもらった手間賃でどこへ呑みに出かけようかと考えていると、書状を読み終えた田部どのが、ちらちらとこちらを見ていることに気づいた。これ見よがしにため息をついたり、これは困ったことになったと、わざわざこちらに聞こえるように呟《つぶや》いてみたり。その様はまるで、主人に構ってほしがっている仔犬のようであった。

内心実に鬱陶《うっとう》しかったが、予ももう大人である。やむなく訊《たず》ねてみた。これが、本日第二の失敗である。

「いかがなされました？」

「聞いてくれるか？」

「ええ、まあ……」

予が曖昧《あいまい》に答えた途端、田部どのの顔がぱっと輝いた。よっぽど誰かに話を聞いてほしかったのだろう。

「そうじゃ、酒を運ばせよう。このような話、呑まずにはできぬ」

そう言って酒を命じると、田部どのは堰《せき》を切ったように自らが置かれた窮状や苦悩を語りはじめた。


田部どのの抱える問題は、おおよそ以下のようなものであった。

先日予が試し斬りをさせられた屋敷の主・星野勘左衛門さまの弟子に、柴田平左衛門という者がいた。星野さまは天下に知られた弓の名人であり、彼を慕って弟子入りを志願する者は後を絶たない。柴田もそんなひとりで、彼ははるばる京の都からやってきていた。

星野さまは柴田の弟子入りを認めたものの、困ったことにこの柴田、重度の酒乱であり、呑み代を踏み倒したり町娘にちょっかいをかけたり、藩の侍と喧嘩《けんか》沙汰を起こしたりと、始末におえないほどであった。

当然、怒った星野さまは柴田に破門を言い渡した。しかし、納得のいかない柴田は破門を撤回するようしつこく星野さまのもとへ通ってくる。辟易《へきえき》した星野さまが懇意の仲である朝倉忠兵衛さまに相談を持ちかけたのが、事の発端であった。

相談を受けた朝倉さまは、星野さまには内密に柴田と面談した。金を包んで尾張を去るよう説得したものの、柴田は聞く耳を持たない。破門が取り消されるまで尾張を一歩も出ない。どうしても破門を取り消さないのであれば、星野さまの悪い噂を広め、弓術師範の座から引きずり下ろしてやる。そう嘯《うそぶ》く柴田に、朝倉さまはある決意をした。すなわち、柴田を斬り、禍根《かこん》を絶つことである。

とはいえ、朝倉さまも不惑をとうに過ぎ、衰えは隠せない。対する柴田は大兵《たいひょう》で、剣も免許皆伝の腕前だという。そこで、朝倉さまは古い友人である田部どのに助太刀を求めた。

「お待ち召されよ。なぜ朝倉さまは、貴殿に助太刀を？」

予は盃を置き、思わず疑問を呈した。どう見ても、このうだつの上がらなそうな中年男が腕に覚えがあるとは思えない。

田部どのは、苦渋を滲《にじ》ませながら答えた。

「こう見えて、わしも若い頃は少々剣で鳴らしておったことがあってな。忠兵衛はそのことを思い出したのであろう。しかし、わしは真剣での斬り合いなどしたことはないし、しとうもない。正直、恐ろしいのじゃ」

「して、書状にはなんと？」

「柴田を討つ日時と手筈《てはず》が書いてあった。忠兵衛の奴め、やる気満々じゃ」

酔いが回ってきたのか、田部どのは今にも泣き出しそうな顔をしている。

無理もないと、予も思った。この太平の世で、真剣で命のやり取りをしたことのある者など、いったいどれほどいるというのか。

「それほど嫌なら、お断りになればよろしいでしょうに」

「そうもいかん。真剣勝負が恐ろしくて逃げたと万が一にも世間に知れれば、わしはもう武士として生きていくことができん」

「斬り合いで死ぬよりはましではございませんか」

「じゃが、もしも殿さまの耳にでも入れば、禄を失うか、下手すれば切腹じゃ。あ、わしはいったいどうすればよいのか」

田部どのはとうとう、頭を抱えて蹲《うずくま》ってしまった。

「では、私はこれにて……」

心底面倒になって腰を上げかけた予の袴を、田部どのはっしと摑《つか》んだ。

「そうじゃ。そなた、わしの代わりに助太刀をしてもらえんか？」

「なにを申されます」

「忠兵衛の弟子であれば、それなりの腕があろう。礼金なら弾むぞ。どうじゃ、やってはくれんか？　いや、むしろ師のために闘うは弟子の務め」

「いやいや、頼まれたのは私ではなく、ご貴殿でございましょう」

「頼む、この通りじゃ！　遺族の面倒はわしが責任を持って見るゆえ、な」

「勝手に殺すな！」

「そう怒るでない。そうじゃ、とっておきの銘酒がある。それを呑みつつ、もう少し話をしようではないか」

生来の酒飲みである予は、こうした誘いにすこぶる弱い。あっさりと誘惑に負けた予と田部氏はどんどん盃を重ね、結局そのまま寝入ってしまったのである。

目が覚めたのは明け方であった。

しばらく、自分がどこにいるのかわからなかった。あたりを見回すと、部屋の奥のほうで、見知らぬ男が鼾《いびき》を掻《か》いている。ああそうか、予は初対面の相手の悩みを散々聞かされた挙句、酔っ払って寝てしまったのだった。

喉が激烈に渇いている。それに、なんだかまだ体がふわふわしている気がする。いつものように、頭痛や吐き気がするということはない。ということはつまり、まだ宿酔《しゅくすい》ではなく、現役で酔っ払っているということだろう。また田部どのの話に付き合わされては厄介なので、目を覚ます前に帰ろうと思ったが、ついぐずぐずと起きるのを引き伸ばしてしまった。これが、第三の失敗である。

夢現《ゆめうつつ》のままうつらうつらしていると、廊下からどかどかと大きな足音が聞こえてきた。朝っぱらから何事だろう。ぼんやりする頭で思った瞬間、障子が凄《すさ》まじい勢いで開け放たれた。

現れたのは、たっつけ袴と鎖帷子《くさりかたびら》に身を固めた大男だった。しかも、その手には抜き身をぶら下げている。

「田部彦兵衛、覚悟ぉーっ！」

いきなりの大音声《だいおんじょう》に、予はぎょっとして首を持ち上げた。その直後、横面に衝撃。駆け出した男の足が、予の横面にぶつかったのである。もうひとり寝ているなどとは予想外だったのだろう。男は「おわっ」と声を上げ、派手な音を立ててすっ転んだ。

「な、なな、何事にゃっ……！」

ようやく目を覚ました田部どのが、呂律《ろれつ》の回らない口で叫ぶ。

「わしを斬ろうなどとは笑止千万。いざ、神妙に勝負いたせっ！」

その一言で、まだかすかに残っていた酔いが完全に吹き飛んだ。

この男が、例の柴田平左衛門なのだ。どこで耳にしたのかはわからないが、自分の命が狙われていると知って、先手を打つべくやってきたのだ。明け方に不意打ちを仕掛けておいて、神妙な勝負もなにもあるか。

立ち上がった柴田の目が、予と田部どのの間を行き来する。

「田部彦兵衛はどっちだ！」

人違いで斬られたのでは成仏できぬ。予は、素直に田部どののほうを指差した。

だが、そこで予想外の事態が出来《しゅったい》した。田部どののもまた、予のほうを指差しているではないか！

「卑怯者どもめ！」

柴田は激昂《げっこう》して叫ぶが、卑怯者はお互い様である。

「ふたりまとめて斬り捨てるのみ！」

柴田は刀を振り上げ、いまだうつ伏せになったままの予のほうへ向かってきた。

「あひぃっ……」

勝手に、口から情けない悲鳴が漏れる。予は、十九の身空で冥土へと旅立つのか。こんなわけのわからない男に斬られて。

嫌だ。予はもっと生きたい。もっとたくさん美味《うま》い酒を呑んで、たくさん芝居を見て、きれいな嫁を迎えて長生きしたい。

予の体内に、勃然《ぼつぜん》と生への衝動が漲《みなぎ》ってきた。

刀も脇差《わきざし》も離れたところにあり、手元にはない。あったからとてどうなるとも思えぬが。柴田は、がしゃんがしゃんと重そうな音を立ててこちらへ駆けてくる。その動きはどこかぎこちなく、足元はやや覚束《おぼつか》ない。

一か八か、横になったまま柴田のほうへ向かってごろごろと床を転がった。

予想外の行動だったのだろう、柴田は再び予の体に蹴躓《けつまず》き、前のめりに倒れ込んだ。予の読み通り、柴田は重い鎖帷子に慣れていないのだ。

「今だ、やったれっ！」

「しょ、承知！」

田部氏は震える声で応じると、枕元の刀架けから刀を掴み、鞘《さや》を払った。倒れたままの柴田の背に向け、刀を振り下ろす。

がきん！　甲高い音が響き、田部どのの刀は鎖帷子にあっさりと跳ね返された。

「なにをしとりゃあす。帷子のないところを狙われよ！」

「ええい、わかっとるわ！」

田部どのは何度も刀を叩きつけるが、慌てているのか酔いが残っているのか、何度やっても刀は弾き返されるばかり。対する柴田も、鎖帷子が重くて立ち上がるのもままならないらしい。刀も放り出し、頭を抱えて蹲ったまま動かない。ついには、

「参った、参った、許してくれぇっ……」と喚《わめ》いてわっと泣き出す始末。それでも、興奮しきった田部どのはその背に刀をうちつけ続ける。

これはいったいなんだ。武士が刀を抜いて斬り合うというのは、こんなにも浅ましく、みっともないものだったのか。

やがて、田部氏の刀が音を立てて根元から折れた。その直後、火事場の馬鹿力というのであろうか、柴田が物凄《ものすご》い勢いで立ち上がり、脱兎《だっと》のごとく駆け出した。

「おのれ、逃がすかっ！」

恥ずかしながら、この時の予は殺されかけたという怒りから、完全に頭に血が昇っていた。部屋の隅に落ちていた自分の脇差をひっ摑み、柴田の後を追って飛び出した。

しかし、足にはしっかりと酔いが残っている。庭に下りた途端、砂に足を取られて転び、立ち上がって駆け出した途端、よろめいて池に落ちた。身を切るような冷たさとぬるぬるする藻の気持ち悪さに背中を押され、池を這《は》い出る。その間にも、敵はよたよたと走って遠ざかっていく。

門をくぐって往来に出た柴田を、予は半狂乱の態でなおも追いかけた。

「喰《く》らえっ！」

兜首《かぶとくび》に群がる足軽さながら、渾身《こんしん》の力で柴田の背中に体当たりをかまし、勢いのままに押し倒す。

髷《まげ》を摑み、強引にこちらを向かせた。いきなり人の家に斬り込んできた悪漢の顔は、涙と鼻汁と鼻血と涎《よだれ》でぐしゃぐしゃだった。唇は小刻みに震え、その目は脇差の刃が放つ白い光を凝視している。

やがて、柴田の口から小さな声が漏れた。

「助けて、お母ちゃん……」

人の家で散々抜き身を振り回しておいて、なにがお母ちゃんだ！

予は脇差を振り上げようとした。だが、真冬の冷たい池に嵌《はま》ったせいか、予の怒りはすっかり冷めていた。

小さく息をつき、再び柴田の顔を見た。

よく見ると、まだ若い。予とそれほど変わらない歳だろう。息が酒臭い。おそらく、酒の勢いでかかる凶行に走ったのだろう。あるいは、酒でも呑まなければ怖くて人など斬れなかったか。

「もうええわ。さっさと失せろ」

予は立ち上がり、脇差を鞘に収めた。

「二度とこのご城下に立ち入るでにゃあぞ。ええな」

柴田は、がくがくと首を上下させ、ぼろぼろと涙をこぼした。

予は田部邸に戻り、柴田にはあと一歩のところで逃げられたと報告した。

「ところで、柴田を斬る計画をそれがし以外に話されたことは？」

訊ねると、腕組みした田部どのは思い出したように言った。

「そう言えば、大須の遊女屋に憂《う》さ晴らしに行った折、酔った勢いで女に話したやもしれぬ」

こんな阿呆《あほう》のせいで予は死にかけたのかと思うと、腸《はらわた》が煮えくり返る心地である。

早々に辞去し、疲れた体を引きずって帰宅した。

実に物騒で、実に得るところの多い一日であった。

追記
後日、朝倉忠兵衛さまからお褒めの言葉あり。
「先日は難儀であったな。彦兵衛が柴田を撃退するのに、そなたも一役買ったそうではないか」

出し抜けに言われて、予は少しく首を捻《ひね》った。

「は?」

「やはり、柴田はとてつもない遣い手であったと彦兵衛は申しておった。よくぞ無事でいられたものじゃ」

「は、はあ。危うき目には遭いましたが……」

「しかし、彦兵衛もまだまだ若い。不意討ちをかけられてもあっさり撃退したばかりか、往来まで追いかけるとはな。まあ、討ち果たせなんだは残念じゃが、柴田もこれに懲りて、もう尾張には近づくまい」

予は言うべき言葉が見つからず、黙って頭を下げた。

元禄六年(一六九三)一月一日

晴れ。

予、とうとう二十歳《はたち》となる。

改めて思うに、実に華のない十代であった。お慶どのとの仲も一向に進展しない。

武芸の腕はちっとも上がらず、父が家督を譲ってくれる気配はまるでない。

新年の挨拶の後、予はさりげなく家督のことを父に訊ねてみたが、答えは「まだ嫁も迎えておらんひよっ子に、安心して家督を譲ることなどできぬ」というにべもないものだった。

しかし、こんなしがない部屋住みに、誰が嫁に来てくれるというのだろう。順番が違うという気がして仕方がない。

ひょっとすると、父は死ぬまで家督を手放す気がないのだろうか。御役目一筋の父のことだ、おおいに有り得る。となれば、予が朝日家当主の座についた時、予はすでに年寄りと呼ばれる年齢に達しているかもしれぬ。なんということだ！

嗚呼、予は部屋住みの身で青春時代を終えるのであろうか。父と母に小言を言われ続けて生きていくのだろうか。このまま腐って朽ち果てていくのだろうか。

この際、浮き世から離れて部屋に引き籠ってしまうのもいいかもしれない。兼好法師よろしく、世間の風聞を鸚鵡《おうむ》返しに日記に書き付けていくのも、それはそれで意味のある人生だ。

よし、この日記の名は、『鸚鵡籠中記《ろうちゅうき》』としよう。

いや、ちょっと待て。日記の名が決まったのはよいとしても、予の性格上、この先ずっと家の中に籠って暮らすなど我慢できるはずがない。ではどうするべきか、と予は思案した。

いっそのこと武士などやめて、商いでもはじめるか。とはいえ、そんなことを父母や親戚一同が許すはずもない。それに、このところの芝居小屋通いが祟《たた》って懐はすこぶる寂しい。先立つ物がないのでは話にならない。

では、父に一服盛るというのはどうだろう。予はちょっと考えて、すぐに却下した。さすがに気が引けるし、もしも発覚すれば、予は打ち首、朝日家は断絶となる。本末転倒もいいところだ。だいいち、予には毒を手に入れる伝手《つて》も銭もない。

そうだ、嫁を迎えれば一人前と父が考えているのであれば、そのために努力すればよいのではないか。いささか順番が変わったとしても、それが家督を手に入れる最善の道だ。

というわけで、今年の予の目標。

嫁を迎える。できることなら、お慶どのがいいなあ。

一月四日

曇り、のち雪。

めったに温まることのない予の懐ではあるが、今宵は特に寒い。

それもこれも、世にはびこる博打という悪しき遊興のせいである。この世に博打のある限り、予のごとき有為《うい》の若人が身を持ち崩すという悲劇が絶えることはあるまい。挙句、膨れ上がった借銭を支払うため、泣いて止める妻を張り倒しては今月の生活費を取り上げ、甚だしきにいたっては娘を遊郭に売り飛ばし、それでも足らぬとばかりに押し込み強盗を働く、などということにもなりかねぬ。

藩庁はこれを取り締まり、根絶すべきであると予は信ずるが、しかしその実態を知らずしていたずらに根絶を訴えるというのも考え物である。藩庁は再三にわたって博打を禁じる布告を出してはいるが、藩士たちは一向に改めることなくやれサイコロだの賭け碁だの宝引《ほうびき》だのにうつつを抜かしている。

それはつまり、博打という遊戯に人の心を捉えて離さないなにかがあるということである。これは是非とも、我が身をもって確かめねばなるまい。

そこで本日、予は懐に二百文入りの財布をしのばせ、相原藤蔵宅へ出向いてみることにした。聞くところによると、相原どのは知る人ぞ知る博打の名人であるという。その相原どのの家で集まりがあると聞けば、やることはひとつしかあるまい。

案の定、相原宅には三宅九郎三郎、中野紋三郎、田村新八といった博打好きの藩士が多く集まり、異様な熱気に包まれていた。

彼らは初参加の予を温かく迎え入れ、サイコロ博打の打ち方や銭の張り方などを懇切丁寧に教授してくれた。博打にうつつを抜かすような者は、他人の失敗を虎視《こし》眈々《たんたん》と待ち望む、人を人とも思わぬ外道《げどう》どもと思っていたが、どうやらそうでもないらしい。

この日行われていたのは、サイコロの目が三以上か以下かを当てるという至極単純なもので、これならば素人の予があれこれ頭を悩ませる必要もない。

教えられた通りに銭を張り、大だの小だの言っているうち、不思議なことが起こった。手持ちの銭が、あれよあれよと増えていくのである。予が大と言えば大の目が出、小と言えば小が出る。周囲からは、「初めてとは思えぬ」とか、「なんたる強運の持ち主」「わしにも運を分けてほしいものよ」などといった声が聞こえてくる。

酒を呑んでいるわけでもないのに、予は心地よい酩酊《めいてい》感に浸っていた。

それからわずか一刻の後、予は相原宅の門前で寒風に吹かれていた。

「まあ、最初はこんなものだ」

ある境地に達した武芸者のような口ぶりで、相原藤蔵どのが言った。

「左様にございますか」

「うむ。懐に一文もなくなることなど、珍しくもなんともない。わしなど、若い頃は幾度となく身ぐるみ剝《は》がされたものよ。この道を極めるには、そのくらいの覚悟がなければならぬ」

そう言うと、おもむろに懐に手を入れ、財布を取り出した。

「これで、帰りに酒など呑んでいくがよい。その日の負けは、その日のうちに酒で洗い流すべし」

「よ、よろしいのですか？」

「今日は、わしはおおいに勝たせてもらったからな。若い者に施して徳を積むのも悪くはあるまいて」

慈父のような微笑を湛《たた》える相原どのから、予は遠慮なく銭を受け取った。その帰路、飯屋に立ち寄った予は、大いに呑みかつ食らいながら思った。

博打とは、なんと奥の深い世界であろうか。さして広くもない相原宅の座敷が、広大無辺な宇宙と化していた。予はなんとしても、その宇宙の深淵《しんえん》を覗《のぞ》いてみたい。いや、覗かねばならん。

一月五日

晴れ。
夕刻より、関丹右衛門宅に行く。
百五十文負ける。

一月六日

曇り、のち雪。
大塩豊内宅に行く。
勝ち負けなし。

一月九日

晴れ。

ここ数日の博打三昧《ざんまい》により、予の蓄銭ほぼ尽きたり。これでは、外へ出かけて博打に興じることもままならぬ。

思案の末、予は身近なところに格好の相手を見つけた。というのも、他ならぬ我が母である。

母とは、幼い頃に何度か宝引をして遊んだことがある。宝引というのは、数本の紐の先に一本だけ当たりの印をつけ、それを引き当てる遊戯である。幼い予は、この遊戯で母に負けたことがなかった。すなわち、母の勝負運は負け続きの予よりもさらに悪いということになる。

予は紐となけなしの銭を手に、母の部屋を訪ねた。

厳格な母のことである、ただ単に博打をしましょうと言ったところで頷《うなず》くはずもない。予は一計を案じた。

「母上、このところ藩内の婦女子の間で宝引が大流行しておるそうです。宝引のひとつも嗜《たしな》まぬ女子は、武家の女としていかがなものかと、お城の方々も申されておるそうな。近頃は、妻女の宝引の強弱で夫や子の出世が決まることも往々にしてあるとか」

「なんと。そのような話ははじめて聞きました。早速稽古いたさねば」

「そう申されると思い、それがし、このように紐を用意してまいりました。当たりの印もつけてあります」

「これは気の利くこと。して、この銭は？」

「ただ紐を引いたところで良き稽古にはなりませぬ。なにかを賭けたほうが真剣さが増すというもの」

「なるほど、それもそうですね」

こうして首尾よく母を丸め込んだ予は、早速勝負に挑んだ。

厳格だが嘘のつけない母は、考えていることがすぐに顔に出る。予が外れの紐を摑めば頬が緩み、当たりの紐を摑めば露骨に落胆の色が浮かぶ。多くの手練《てだれ》たちと手合わせしてきた予とは、端《はな》から勝負にはならなかった。

次第に、予はなんとなく後ろめたさに似たものを感じはじめた。だが中途でやめようとしても、負けず嫌いの母はもう一度、いま一度と鬼気迫る顔つきで勝負を挑んでくる。

結局、勝負は夜九つ過ぎまで続き、母は三貫（三千文）負けた。

予はこの勝負で、あれほど見ようとして見えなかった博打という宇宙の深淵を垣間見たような気がした。しかしそこは、欲望だの自尊心だのがどろどろと渦巻く、薄汚れた世界であった。これならば、浄瑠璃の舞台のほうが幾万倍も美しいではないか。

こうした次第で、予は今後、付き合い以上の博打はせぬことにした。母から巻き上げた銭も返そうかと思ったが、まあ、そこは正々堂々たる勝負の結果勝ち取ったものである。ありがたく芝居見物にでも使わせていただくことにしよう。

二月二十一日

天晴れて風強し。

本日、伊勢町をぶらぶら歩いていると、不意に笛の音が聞こえてきた。何事かと思い角を曲がると、人だかりができていた。どうやら辻で猿若舞をやっているらしい。

そうとわかれば、芝居好きとして見過ごすことなどできぬ。人垣を掻き分けて前へ出た。

踊り手の滑稽《こっけい》な所作といい、飄《ひょう》けた調子の笛といい、なかなか悪くない。どこに素晴らしい一座がいるかわからないあたりが、芝居の奥の深さというものであるなあ、などと感心していると、妙に腰のあたりが軽いことに気づいた。

嫌な予感がして、大小を確かめる。

脇差が消えていた。しかも、鞘だけを残して。

すごい、まったく気づかなかった！　なんと腕のいい掏摸《すり》師だろう！

いや待て、感心している場合ではない。予の脳裏に、これまで耳にした恐ろしい話が蘇ってきた。

ある者は、刀を遊女屋に置き忘れ、士道不覚悟のゆえをもって禄を没収。またある者は、博打のかたに刀を取られたことが発覚し、切腹を余儀なくされたという。

まずいことになってしまった。切腹という言葉が、頭の中をぐるぐる巡る。痛いんだろうなあ、いっぱい血が出るだろうなあ。想像して、予は身震いした。死体を斬るのがやっとの予に、自分の腹など切れるはずがないではないか。

予はどうすべきか思案したものの、切腹の恐怖で心は千々に乱れ、いっこうによい案が浮かばない。

すっかり混乱した予は袴をたくし上げ、もうどうにでもなれとばかりに猛然と我が家に向かって駆け出した。周囲の景色が凄まじい勢いで後ろへ流れていく。生まれてこのかた、これほど速く走ったことはないだろう。気づいた時には、もう屋敷の門を駆け抜けていた。

予は夕餉《ゆうげ》も取らず、震えながら床に就いた。

二月二十四日

薄曇り。のち、晴れ。

脇差の刀身を掏られてから三日が経《た》つが、今のところなんのお咎めもない。それどころか、予が脇差を失くしたことは、誰にも気づかれてはいないらしい。安物だが、新しい脇差も購入した。

結果論ではあるが、恐怖に駆られて逃げ帰ってきたのがよかったのだろう。往来を行き交う人々は、疾風のように通りを駆ける予に驚きはしたものの、腰の脇差が鞘のみであるという事実に気づくことなどなかった。実際、屋敷の下男にも気づかれず、予は自室まで行きつくことができたのだ。

今回の件で、予はひとつの教訓を得た。

すなわち、手に負えない問題が生じた際は、なりふり構わず逃げるべし。

三月一日

快晴。一点の曇りなし。

本日は、我が人生において最大の慶事が出来した。

あまりのことに、予の心は今もって天にも昇るかのごとくに浮かれ騒ぎ、一向に落ち着きを取り戻すことができぬ。こうして筆を執ったものの、いったいなにをどう記したものかわからなくなってしまった。

しかしながら、それでは日記の用を足せぬ。ここはひとつ、朝からの出来事を丹念に思い出し、ひとつひとつ記していくこととしよう。

昨夜、深更《しんこう》まで加藤平左衛門宅にて盃を交わしていたため、甚だ不快な目覚めであった。朝餉《あさげ》は汁物だけにして、寝床にてうんうんと唸る。

昼過ぎ、粥と梅干を食す。ようやく胃の腑《ふ》の不快が癒えてきたので、汗を流して酒を抜くべく、朝倉道場へと向かう。常より多く矢を放つも的に当たることなく、我が身に弓術の才無きことを改めて思い知る。

　井戸端にて酒臭い汗を拭いていると、朝倉さまに声をかけられた。

「朝日。これ、朝日」

　予は身を硬くした。的に一本も当たらなかったことを咎められると思ったからである。

　しかしながら、どうやら様子がおかしい。大きな体をくねらせ、生娘のごとくもじもじしながらこちらを窺《うかが》っていて、気色悪いことこの上ない。よく見ると、頰がほんのりと赤い。

「な、なんでしょう？」

「うむ。ちと、こちらへ来てくれぬか」

　そう言って、朝倉さまは予を自室へと招き入れる。

　まさか！　予は思わず我が尻を手で隠した。とはいえ、まだなにも言われぬうちから断るわけにもいかぬ。まして、相手は師匠筋に当たる人である。予は着物をしっかりと着込み、周囲を窺いながら部屋へと入った。

　警戒しつつ腰を下ろした予に、朝倉さまはおもむろに訊ねた。

「そなた、もう心に決めた相手はおるのか？」

予は、尻の穴がキュッと引き締まるのを感じた。

「そ、そのような者は断じておりませぬ！」

思わず、正直に言ってしまった。だが、予にはそっちの趣味はこれっぽっちもないのだ。いくら師弟といえど、ここははっきりと断っておかねばなるまい。

「されど、それがしは……」

「では、我が娘を娶《めと》ってはくれぬか？」

「……は？」

耳を疑うというのはこのことだろう。朝倉さまの言われたことが、予にはちっとも理解できなかった。

「娘の慶を、嫁に貰ってほしい。そう申したのだ」

頭の中が真っ白になり、予はがくがくと首を縦に振った。

お慶どのが、我が妻に。つまり、家に帰るとお慶どのが出迎えてくれる。ご飯をおかわりすれば、お慶どのがよそってくれる。毎晩お慶どのの酌で酒を呑み、夜も更ければお慶どのと同じ布団であれやこれやを……。

どれくらい呆《ほう》けていたのか、気づくと朝倉さまが予の体を揺さぶっている。

「……おい朝日、おい、いかがした？」

「ああ、これは、父上にござったか」

「むう、なんと気の早い」

こうしたわけで、予はついに嫁を迎えることとなったのである。

この日、お慶どのと顔を合わせることはなかった。きっと、予の顔を見るのが恥ずかしいのだろう、愛《う》い奴め。

日頃なにかとうるさい父も、先日宝引で銭を巻き上げられた母も、嫁取りの話をすると大いに喜んでくれた。なんだか孝行息子になったような気分で、予はぶらりと家を出た。向かう先は、加藤平左衛門宅である。

「なんだ、昨日もうちで吐くまで呑んだくせに、懲りぃせん奴だ」

そう言う平左衛門の顔にはすでに赤みがさし、口から酒の臭いをぷんぷんさせている。

「まあそう言うな。こんなめでてゃあ日に呑まずにおれるか。とっておきの酒を持ってきたったで、付き合え」

予が家の蔵から持ち出してきた灘《なだ》の名酒を見て、平左は浅ましく舌舐《な》めずりした。父の秘蔵の逸品だが、息子の嫁取りが決まったのだ、きっと大目に見てくれるだろう。

それから予は、今日の出来事を包み隠さず話してやった。いくら腐れ縁とはいえ、長い付き合いの友人である。我が身に起きた幸福は報告せねばなるまい。

しかしながら、この悪友の反応はいたって冷めたものだった。

「ふうん」と言ったきり、「めでたい」とも「よくやった」とも言わず、たくあんを齧《かじ》りながら予の酒をちびちびと舐めている。

まったくもって、なんと友達甲斐《がい》のない男であろうか。少しく腹を立てていると、平左衛門はじろりと予の顔を見て言った。

「たとえば、お前《みやあ》が持ってきたこの酒だ。お前はこれを、灘の名酒だと言ったな」

「ああ、父上がそう言っとった。それがどうした？」

「外の瓶はずいぶんと立派だが、残念ながら中身は偽物だわ。ちっとも美味くない」

鼻持ちならない男ではあるが、どうしたわけか平左衛門は鋭い味覚の持ち主だった。利き酒でこの男に勝てる者は、家中にもそうはいないだろう。

「それが偽物だったからって、俺が嫁を娶ることとなんの関係がある」

「お前の嫁は、確かお慶どのとかいったな」

「ああ」

　平左衛門は以前、予と釣りに出かける途中で偶然お慶どのと往来で出くわし、挨拶を交わしたことがある。

「俺はまったくちっともこれっぽっちも思えせんが、お前はあの女子が本当に美しいと思っとるのだな？」

「失礼な上に回りくどいぞ。はっきり言え」

「お前が見ているのは、お慶どのの外側の立派な瓶ばかりだわ。中の酒がどんな味か、本物なのか偽物なのか、そもそもちゃんと中身があるのか、それすらお前は知らん。酒だと思って呑んだら牛の小便だったということもあるかもしれんぞ」

「むむむ……」

　予は返答に窮した。確かに、予とお慶どのがこれまで交わした言葉といえば、ちょっとした挨拶や「今日は暑い」だの「秋刀魚《さんま》の美味《おい》しい季節になりましたなあ」

だのといった、どうでもいい時候の話ばかりだった。しかし、牛の小便とはいくらなんでもあんまりだ。

「お前だって、お慶どのとは一度挨拶しただけだがね。お前にお慶どののなにがわかる」

「わかるなどとは言っとらん。外見はともかく、中がどうなっとるのかはわかれせん、と言っとるんだ」

「けど、親友が嫁を迎えると言っとるんだで、まあちょっと祝ってくれてもよさそうなもんだがや」

「浮かれすぎに釘を刺するのもまた、親友の役目ゆうもんだわ」

どうも昔から、口ではこの男に勝てない。予は中身が半分以上残った瓶を奪い取った。そのまま口をつけ、ぐびぐびと呷《あお》る。

美味いのか不味《まず》いのか、予にはわからなかった。

まあいい。平左は口ではどうのこうのと理屈をつけているが、美しい嫁を迎える予が羨《うらや》ましいだけなのだ。憎まれ口ばかり叩いていても、実はお慶どのに予を奪《と》られるのが悔しいのかもしれん。そう思えば、この小憎たらしい顔も可愛《かわい》く見えてくる。

結局、予は平左衛門宅でだらだらと呑み続け、帰宅した頃には東の空が白みはじめていた。

泥酔しながら書いておるため、長文、乱文、平にご容赦ご容赦。って、予はいったい誰に謝っておるのか。

三月二日

予、宿酔にて終日床を出られず。ゆえに予、本日の天候を知らず。甚だ無念なり。

酒を断とうと決意す。

三月十日

快晴。気候、甚だ温暖なり。

予は昼下がりの陽光が降り注ぐ中、お慶どのと連れ立って堀川《ほりかわ》の畔《ほとり》をぶらぶらとそぞろ歩いていた。

河原のところどころに植えられた桜は、それは見事なまでの美しさであったが、余所《よそ》行きの着物に身を包んだお慶どのも、それに劣らぬ美しさであった。

よくよく考えてみれば、これから夫婦になるというのに、ふたりで出かけたことすらなかったのである。輿《こし》入れの前に、少しでもお近づきにならねばならぬ。そう思ってお慶どのを連れ出した予は、互いの距離を埋めんがため、必要以上に喋《しゃべ》り倒した。

「やあ、なんとも美しき桜でございますなあ」

「はい」

「桜といえば、我が朝の貴顕たちは花を愛でるためにわざわざ宴を開くとのことです。『日本書紀』における、神功皇后《じんぐうこうごう》が桜を鑑賞なされたとの記事が花見の宴の初見ですな。豊臣の世では、太閤秀吉がわざわざ吉野や醍醐《だいご》に出かけ盛大な花見の宴を催したこともございます」

「まあ、そうなのですか」

「それはそうと、桜の語源には様々な説があるのですが、一説には『古事記』に出てくる『木花咲耶姫《このはなのさくやびめ》』という神の名から取ったとか取らぬとか……」

「まあ、それはそれは」

　こんな具合に、予があらん限りの桜蘊蓄《うんちく》をぶつけても、どうしたわけかお慶どのの反応はすこぶる薄く、「ええ」とか「はい」とか相槌《あいづち》を打つばかり。微笑を浮かべながら、目を細めて桜を眺めてはいるが、予の話にはちっとも関心を示さぬ。

　ひょっとして、予の話がつまらないのであろうか。そう考えた予は、なんとか会話の糸口を掴まねばならぬという焦燥《しょうそう》に駆られ、思いつくままに口を動かした。

「そ、そういえば昨年、このあたりの桜の枝で首をくくった男がおりましてな。さる武家の中間だったのですが、そこの奥方と密通しておったのが露見いたしまして
……」

「まあ、それは大変」

　やはり反応はない。

　ちっとも弾まない会話を続けるうち、予の脳裏に不吉な暗雲が立ち込めはじめた。お慶どのは、まことに予のもとに嫁ぎたいと思っているのであろうか。

　考えてみれば、お慶どのももう嫁に行っていて当たり前のお歳。親類縁者に早く嫁に行けとしつこく言われ、やむなく名前を挙げたのがたまたま予であったというだけなのかもしれない。事実、朝倉道場の門下生で妻帯していないのは予ひとりな

のである。

今さらそんなことに気づくとは、なんたる不覚！　やはり、お慶どのは予のことを好いてなどおらぬ！

いや待て、結論を急いではならぬ。予とお慶どのは、これから一生添い遂げねばならぬ身。これからじっくりと仲を深めていけばよいではないか。

「あそこになかなかよさそうな店があります。少し休みましょう」

「はい」

店に上がると、予は酒と肴《さかな》を注文した。人と人が腹を割って話すには盃を交わすのがいちばんというのが、予の変わらざる信念である。

意外なことに、お慶どのもなかなかいける口であった。最初のうちこそは遠慮していたものの、幾度か猪口《ちょこ》の酒を干すうちに頬は紅く染まり、口数も次第に多くなっていったのである。

「ささ、もう一献」なんて言いながら酌をしつつ、予はここが先途とばかりに、追加の酒と、奮発して鯛《たい》の刺身などを注文した。

「なんだかもったいのうございます。朝日さまほどのお方にお酌などしていただいて」

「なにを言われる。これから我らは夫婦となるのですぞ、お慶どの。堅苦しいことを申されますな」

「そうおっしゃる朝日さまこそ、〝お慶どの〟などと。呼び捨てで構いませぬ」

「そうか、それもそうですな。これは迂闊《うかつ》にござった」

酒が入ったおかげで、予の口もいくぶん滑らかになっていた。

「そうだ、あの話をお聞かせくださいな。先日の、引ったくりのお話」

「引ったくりを？」

その時の予は、きっと阿呆のような顔をしていたに違いない。

「また、おとぼけになって。先日、伊勢町で出くわした引ったくりを追いかけたそうではございませぬか」

ようやく合点した。

他でもない、先日の脇差を盗まれた時のことである。脱兎のごとく家に逃げ帰る予の姿を、お慶どののお父上が見かけていたのである。その後、なぜあんなところを物凄い勢いで駆けていたのかと問われ、まさか本当のことを言うわけにもいかずに狼狽した予は、「悪漢が老婆の財布を引ったくる現場を目撃いたしまして、その後を追いかけていたのでござる。いや、不覚にも逃げられてしまいましたが。実に無念に候」などと口走ってしまったのである。

お慶どのは、どうやらその話をお父上から聞いたらしい。

「聞けば、朝日さまは以前にも、田部さまの御宅に押し入った悪漢を撃退するのにご活躍なされたとか」

「え、ええ、まあ」

「失礼ながら朝日さまは、あまり武士らしいところのないお方と存じておりました。ですが、父からその話を聞いて、いたく感動してしまいました。我が身が危うくなるやも知れぬのに、他人のために引ったくりを追いかけ、悪漢に立ち向かうなど。それで、わたくしは決めたのです。嫁ぐのならば朝日さまのように勇敢なお方がいいと」

そう言って頬を赤らめ、顔を俯《うつむ》ける。

予は愕然とした。お慶どのが予を好いていない疑惑は杞憂に終わった。しかしながら、お慶どのが惚れたのは現実の予ではなく、予の口から出任せで生まれた幻想の予、ということになる。

なんたることであろうか。好かれていないよりももっと厄介ではないか。嫁いできたお慶どのが本当の予の姿を見て、自分の思い描く朝日文左衛門が幻想に過ぎなかったと知った時、いったいどう思うだろう。

複雑な心境で酒を呷るうち、くよくよと考えるのはやめにすることにした。

お慶どのが予にあらぬ幻想を抱いているのであれば、自らをその幻想に近づければよい。それが夫たる者の務めなのだ。たぶん、きっと。

三月二十日
晴れのち曇り。
ここ数日、予は鬱々として愉しめずにいる。酒を呑んでも芝居を観ても、なぜか没頭することができず、心のどこかに不安が居座り続けている。花嫁が婚礼前に似たような状態になると聞いたことはあるが、花婿がなるという話は寡聞《かぶん》にして知らない。
これはいったいなんぞ？　惚れた相手をめでたく嫁にすることができるというの

に、いったいなにが不満だというのだ。そう自分に問いかけ続けた結果、本日ついに答えを見つけた。他でもない、この日記である。

もともと、この日記は予の趣味、暇つぶしではじめたに過ぎなかった。であるからして、その日あったこと、感じたことを包み隠さず書き記してきた。当然、人目をはばかる記述が多々ある。ありすぎる。特に、この日記を慶に見られた日には、離縁の原因にもなりかねない。

では、日記を書くのをやめればよいかと言うと、そうはいかぬ事情もある。日記を書きはじめて一年が過ぎ、二年が経とうとする今、予は日記を書かねば体がむずむずして眠れないほどの日記魔になってしまった。どれだけ酔っ払っていようと、風邪を引いて熱に浮かされていようと、書かずにはいられぬのである。ちょっとした病気かもしれないと思いはするが、事実なのでどうしようもない。

そこで、予は一計を案じた。この日記とは別に、人に見られてもいいような当たり障りのない日記を書いておくのである。つまり予は、これから一日にふたつの日記を書くことになる。普通の人であれば実に面倒臭いかもしれぬが、日記が生き甲斐である予にとってはなにほどのこともない。むしろ、嬉しくて仕方ないほどである。

妻を娶って生活を共にする以上、予が毎日日記をつけていることは隠し立てできまい。ゆえに、慶の前では尋常の『鸚鵡籠中記』を書き、慶が寝静まった後で真の『籠中記』を書けばよい。そうだ、便宜上、ふたつの日記の呼び方を考えねばならぬ。ここはひとつ、表向きの日記を『表本・鸚鵡籠中記』とし、裏の日記を『秘本・鸚鵡籠中記』としよう。なんだか秘密の裏帳簿でもつけているようで胸が躍る。

さて、明日からは過去の二年分の日記を改めて書き直さねばならぬ。なかなかに大変な事業ではあるが、過去の己と向き合うという意味でもいい経験になるであろう。

難事業に臨み、今宵は早く寝ることとする。

四月十九日

曇り。夕刻より晴れ。

本日、慶の嫁入り道具、我が家に届く。

夕刻、ようやく過去の日記の書き直しが終わる。不都合な記述を隠蔽《いんぺい》し書き換えていく作業は、不正を行う役人のようで実に苦痛を伴う作業であった。藩の役人の中にも、こうした作業を毎日やらされている者がいるのだろう。心より同情いたす所存である。

四月二十一日

酉半刻《とりはんとき》、慶、駕籠《かご》に乗りて我が家に来る。多くの人が後に続き、提灯《ちょうちん》は星のごとく輝いていた。

我が家で婚礼の儀式をすませたる後、戌《いぬ》半刻前には駕籠にて朝倉家へと赴き、朝倉方の親類縁者と盃を交わす。感慨に浸る間もなく我が家へ取って返し、今度は忠兵衛一同が我が家を訪れ、祝いの宴。

まったくもって慌ただしく、感慨に浸る暇もない。散々に呑まされたために体は疲れ果て、表の日記は今日の献立を記しただけで終わってしまった。

明日からは、数日かけて親類縁者に挨拶回りをせねばならぬという。こんなことでは、落ち着いて新婚生活をはじめられるのはいつになるやらとんとわからぬ。

それはそれとして、今宵は待ちに待った初夜であるというのに、日中から呑み続けたせいで、予の不肖の倅《せがれ》はちくとも言うことを聞かない。無念なり。

四月二十三日

本日、ようやく宴が終わる。

連日連夜の宴で多くの者が正体を無くす中、予も厠にて、せっかくのご馳走のほとんどをぶちまける。

夜、泥酔のあまり動くこともままならず。初夜はまたしても明日以降に持ち越すこととする。

甚だ無念なり。

六月晦日《みそか》

終日雨。

婚礼より二月が経ち、予も慶も新しい暮らしにようやく慣れてきた。なにかと口うるさい母も、働き者の慶を気に入り、今のところうまくやっている。慶の作る食事はどれも味が濃すぎる気もするが、母もそれほど料理上手ではなかったので、不満に思うほどでもない。

しかしながら、問題がひとつある。いつまでも隠居しようとせぬ、我が父定右衛門である。

嫁を迎えれば一人前と認めるようなことを言っておきながら、父はいまだ隠居のいの字も口にしないのだ。

父が隠居せぬ限り、二十歳を過ぎ、妻までいるというのに予はいつまで経っても部屋住みのままである。己と妻の食い扶持《ぶち》くらい自分の力で稼がねば、夫の威厳など到底保てぬ。そもそも、家督も継いでいないのに妻を迎えてしまってよかったのだろうかという根本的な疑念が浮かんでは消え、予はここ数日というもの、初夜以来溺《おぼ》れまくっていた慶の体を抱くこともなく鬱々と過ごしていたのである。

いかん。このままでは、予は駄目になる。ついに一念発起した予は朝餉をすませると、母屋の父の部屋を訪《おとな》った。

予は眉をきりりと引き締め、いつになく険しい声音で言った。

「父上。今日は折り入ってお話が……」

「隠居ならせぬぞ」

まさに一蹴。取りつく島もないとはこのことであった。

いきなり遮られて不意を打たれた予に、父はさらに追い討ちをかけてくる。

「そなたの考えておることなど、手に取るようにわかるわ。さっさとわしに家督を譲らせて、妻にいいところを見せようというのであろう。じゃが、そのような甘い考えでご奉公いたしては、殿さまを軽んずることとなる。そもそも、そなたのように毎日ぶらぶらしておっては、ろくにお役を務めることなどできぬ。顔を洗って出直してまいれ」

毎日ぶらぶらするしかないのは、父上が家督を譲ってくれぬからだろう。思ったが、火に油を注ぐだけなので黙っておいた。

それから小半刻、散々に小言を食らわされ、予は這々《ほうほう》の体《てい》で自室に逃げ帰った。

まったくもって面白くない。

父が家督を譲りたがらない理由は、予にはわかっている。

なんのことはない、父は勤め以外、他にやることがないからだ。父は、とりわけ気が利くわけでも、計数に明るいわけでもない。生真面目さ、実直さだけが取柄と言ってもいい。詩歌《しいか》を吟ずることも芝居に喝采を送ることもなく、酒も嗜む程度で、博打や女遊びなどもってのほか。そんな父であるからして、隠居して勤めに出なくなったら、いったいなにをして過ごせばいいのかわからないのだろう。気の毒なことではある。予が大酒を食らい様々な遊びに手を出すのも、そんな父を見て育ったからやもしれぬ。

しかし、今はそんなことはどうでもよい。父には父の人生があるが、予にも予の人生がある。いつまでも家督にしがみつかれていては、はっきり言って迷惑だ。

「いったいどうしたものかのう」

予は慶に知恵を求めた。

「お父上さまは、あなたさまのことがまだまだ子供に思えるのでしょうね。親というのはそういうものですけど」

茶を運んできた慶は、微笑を浮かべながら答える。

「ただ頼むのではなく、お父上さまに家督を譲ってもいいとお思いになっていただけるよう、あなたさまの頼もしいところをお見せすればよろしいのではございませんか？」

なるほど。予は大きく頷いた。さすがは我が妻。

予はひとしきり頭を捻った。予の頼もしきところとは、いったいどこだろうか。

考えてみて、予は慄然《りつぜん》とした。

ひとつもありはしないではないか！

そんなはずはない。予だってこの二十年、頑張って生きてきた。武芸に学問に、それなりの努力もしてきたはずだ。しかしながら、いくら考えてもひとつとして思い浮かばない。

慶に訊ねてみようかとも思ったが、彼女の中の予と実際の予では著しい乖離《かいり》があるのであまり参考にならない。

結局のところ、予は二十歳になろうが妻を娶ろうが、一向に頼りにならぬ遊冶郎《ゆうやろう》に過ぎなかったということなのか。

そういうことなら、もういい。家督などいらん。放蕩《ほうとう》息子として部屋住みのまま一生を終えてやる。そう決意し、宵の口から呑みはじめた予はすっかり泥酔し、へろへろになってこの日記を書いているのである。

七月一日

目覚めると、空は見事なまでの晴天であった。

しかしながら、予の心はちくとも晴れぬ。頭は杭でも打ち込まれているようにがんがん痛み、胃の腑の中身が外へ出せと絶え間なく訴える。

厠に駆け込み腹の中のありったけをぶちまけた予は、涙と涎と鼻水でぐしゃぐしゃになりながら、必死に考えた。

遊治郎も楽ではない。やはり、予は家督を継いでまっとうに生きていきたい。そうして、自分の力で妻と、いずれ生まれるであろう我が子を養っていきたい。しかし、家督を継ぐには父という厄介な壁を乗り越えねばならぬ。まさに、ここが予の正念場である。

決めた。予は、力ずくで父から家督をもぎ取ってやる。

我が朝の歴史を顧みても、実の父から力ずくで家督を奪い取った例など枚挙に暇《いとま》がない。かの武田信玄公しかり、ええと、他は……まあいい、とにかくたくさんいたはずだ。予もそうした故事に倣い、この手で父を倒す。

決意を胸に、宿酔が癒えるのを待って父の部屋へと向かった。

「父上。折り入ってお話がございます」

予は昨日以上に決然とした表情で言った。

「家督は譲らぬと申しておろう」

「では、こういうのはいかがでしょう。私と父上が勝負をして、私が勝てば家督を譲っていただく、というのは」

「なにを愚かな」

「愚かとは、父上とも思えぬお言葉。我らは武士にござる。太平の世とは申せ、いついかなる事態が出来するやもわかりませぬ。そうなった時に必要なのは、父上のようなご老体ではなく、力のある若い者にござる」

「老体じゃと？」

父のこめかみがぴくりと震えた。予は、構うことなく先を続ける。

「一朝事有りし時に役にも立たぬ老人ばかりでは、殿さまも難儀なさいましょう。それとも父上は、武士としての務めを果たせず、殿さまにご迷惑をおかけすることになっても、まだ家督を手放したくはないと？」

「おのれ、言わせておけば……」

父の顔は、怒りで真っ赤に染まり、ぶるぶる震えている。

「わかった。そこまで言うのであれば、その勝負、受けて立とうではないか」

よし、乗ってきた。予の思う壺だ。それにしても、我が父ながらなんと単純なことだろう。

「では、なにで勝負いたす?」

「ここはひとつ、腕相撲というのはいかがでしょう」

「よかろう」

中間をひとり呼んで、行司役を頼んだ。

さすがに五十をいくつも過ぎた父が相手では、こちらに分があるというものだ。しかも予は、いくつもの道場に通い武芸の鍛練に励んでいたのだ。膂力《りょりょく》もそれなりについているだろう。

「では、まいりますぞ」

腕まくりをして、肘《ひじ》をついた。

「いつでも来い」

父は、予の暴言で冷静さを失っている。この勝負、すでにもらったも同然だ。

「はっけよい、のこった!」

行司の声が響く。同時に、予は渾身の力を右腕に籠めた。

「……ふぬぅっ！」

「んぐ、んぐっ、ふぎゃあっ！」

どすん！　ごろごろ！　果たして、激しい音とともに畳に引っくり返ったのは、予のほうであった。

「それ見たことか、まだまだそなたごとき若造には負けぬわ！」

ぜえぜえと激しい息をつきながら、父は握り拳を作って勝ち誇る。

予は昨日に引き続き、這々の体で逃げ帰る羽目になった。

七月十一日
曇り時々雨。夕刻より晴れる。

あの屈辱の敗戦より十日が経った。

今にして思えば、あの敗戦は自明の理であった。老いたりとはいえ、父は三日に一度は庭で木刀を振ったりして、体を鍛えている。

較べて予は、慶を嫁に迎えると決まって以来ろくに道場に顔を出さず、木刀どころか筆より重い物など持たぬという平安貴族のような暮らしをしていたのだ。膂力が衰えていて当然だったのである。

本日、予は父に再戦を挑む心積もりである。そのための段取りや根回しも、すでにすませてあった。力で敵わぬ以上、知恵を使わねばならない。

若干後ろめたくはあるが、予は勝利に向けた完璧な策を施した。よもや、再度不覚を取るようなことはあるまい。汚いと思われるやもしれぬが、勝負というのは力が全てではない。かの孫子も『算多きは勝つ』とおっしゃっている。

朝餉をすませた予がまず向かったのは、我が朝日家の親類である渡辺家、すなわち、母の実家である。

「叔父上。本日はよしなにお頼み申し上げまする」

予はふたりの叔父、弾七と武兵衛に深々と頭を下げた。予は、あの日から渡辺家に日参して我が身の窮状を訴え、この家の人々を味方につけるべく奔走してきたのである。

「うむ。こう言ってはなんだが、定右衛門どのもこのごろめっきり老け込まれたからな」

弾七叔父が言うと、武兵衛叔父も相槌を打つ。

「もしも勤めの最中に不覚を取るようなことがあっては、親類である我らにとっても恥。やはり、若いそなたに家督を譲ってもらったほうが、我らとしても安心じゃ」

「では、今日のことはくれぐれもご内密に」

「当然じゃ。このことが露見いたせば、大変なこととなる。朝日家だけでなく、渡辺の家もお取り潰《つぶ》しになりかねん。他言などいたすものか」

渡辺家は、朝日家よりも断然家格が上である。そのため、父は母の実家の者に頭が上がらない。有力な味方を手に入れた予は、ふたりの叔父とともに意気揚々と我が家へ舞い戻った。

「慶、今帰ったぞ。叔父上が参られたと、父上にお知らせいたせ」

「はい、ただいま」

客間に上がると、父の顔はすでに蒼白だった。息遣いは荒く、額には脂汗が浮かんでいる。口元に浮かびかけた笑みを、予はなんとか押し殺した。横目で、縁に控えた妻の顔を窺う。慶は小さく頷いた。

「こ、これは弾七どのに、武兵衛どの。よ、ようおいでになられました。今日はいかが、な、なされましたかな？」

父は、震える声で言い、引き攣《つ》った笑顔を浮かべた。

「うむ。そなたが当主の座にしがみついたまま離れようとせぬと聞いたものでな」

「定右衛門どの、そなたはこれまでお家のためによう働いてまいった。じゃが、寄る年波には勝てまい。後は若い者に任せ、悠々自適に暮らしても罰は当たらぬと思うが、いかがか」

父はじろりとこちらを睨《にら》みつけるが、予は涼しい顔で知らんぷりを決め込んだ。

「いかがかな、定右衛門どの？」

「お、お言葉ですがこの定右衛門、老いたりとはいえ、まだ文左衛門などに家督を譲るつもりはござらぬ。つい先日なども、家督を賭けた腕相撲にて倅を打ち負かしたばかりにて……」

「ほう、腕相撲で。しかしその話、まことか？　誰か、見届け人はおらぬのか？」

「いや、中間に行司役をやらせたのですが、今は郷里に戻っておりまして」

父は額の汗を拭きながら答えたが、実のところ、あの中間を買収し、郷里の母が倒れたことにして里へ返したのは予である。

「証人がいないとなれば、俄《にわ》かには信じかねる。のう、武兵衛」

　弾七が言うと、武兵衛も頷く。

「失礼だが、その歳で文左衛門のような若い者に勝つとは、それがしも信じられぬ。兄上、今この場でもう一度勝負してもらうというのはいかがじゃ？」

「それはよい案じゃ、武兵衛。我らがしかと見届けるゆえ、尋常に勝負していただこう。定右衛門どのが負ければ、隠居して文左衛門に家督を譲る。それでよいな？」

　慌てたのは父である。

「あいや、待たれよ。今ここで、というのはいかにも性急かと……」

「なにを申す。武士たる者、いついかなる時に戦に出ねばならぬかわからぬ。常在《じょうざい》戦場《せんじょう》という言葉を知らぬのか？」

「し、しかし、先ほどからどういうわけか急な腹痛に襲われておりまして……」

「見苦しいぞ、定右衛門どの！」

　弾七の一喝に、父の顔はさらに蒼白になった。

「負けるのが恐ろしいのであれば、率直にそう申せばよい。それを腹痛だのなんだのと。そのようなことでは、勤めもしかと果たせるかどうか、怪しいものよ」

ここにいたり、父は観念した。

「わ、わかり申した。その勝負、お受け申そう」

こうして、念願の再戦はかなった。結果は言うまでもなく、予の圧勝である。

我が子に敗北を喫した父は、勝負が終わるやいなや解き放たれた鳥のように、凄まじい勢いで厠へと飛んでいった。

渡辺家を通じて手に入れた鳶尾根《えんびこん》とかいう下剤に用いる薬草は、見事な効き目だった。これを、慶の手で朝餉の味噌《みそ》汁の中に混ぜさせたのだ。慶の作る味つけの濃い味噌汁があってこその策だった。

げっそりした顔で厠から戻った父は、ふたりの叔父の立会いのもと、隠居願いを認《したた》めた。

こうして、予は華麗なる策を弄《ろう》して勝利を手にしたわけであるが、いささか後味の悪さを覚えないでもない。

しかしそんな思いも、叔父たちが帰っていった後で予に浴びせられた愚痴や小言を聞くうち、きれいに吹き飛んでいった。

父が隠居したといっても、まだ予が家督を相続できたわけではない。殿さまのお目見えを経なければ、相続は認められない。聞くところによれば、そうした手続きはずいぶんと煩雑で、時間もかかるらしい。すんなりといけばよいのであるが……。

まあそうした面倒事はおいおい考えるとして、今宵は慶とふたりで祝い酒といこう。

第二幕　尾張名古屋、侍百景

元禄七年（一六九四）二月三日

本日、井上権左衛門宅にて『無実講《むじつこう》』の会合あり。集まったのは、加藤平左衛門《かとうへいざえもん》、神谷段之右衛門《かみやだんのえもん》、都築分内。いずれも、気の置けぬ幼少のみぎりからの友人たちである。

「しかしまあ、なんとも生きづらい世の中になってまったもんだわ」

ちびちびと猪口《ちょこ》を口に運びながら、神谷がぼやいた。

「江戸なんか、雁《がん》一羽手に入れるのにも命がけっちゅう話だがや。まったくもって、たわけた悪法だわ」

今宵の肴《さかな》は、ひとり頭八十文ずつ出し合って購入した雁肉を丸々一羽使った鍋。井上の奥方は料理上手で、八丁味噌《みそ》を使った濃い目の味付けは絶品である。

「公方さまの御小姓の伊東某《なにがし》など、頬に止まった蚊を殺しただけで流罪《るざい》になってまったらしいがや」

むぐむぐと雁肉を噛《か》みながら、都築が言った。公方さまというのは、今を去ること十四年前、すったもんだの末に将軍の座に就いた綱吉《つなよし》公のことである。

「こうして集まって雁鍋などつつこうものなら、全員切腹でにゃあか？」

井上が腹をかっさばく真似をすると、平左衛門は、

「名古屋に生まれてえかったー！」

と歓喜の声を上げる。

食べることを目的にした魚鳥の殺生《せっしょう》を禁じるお触れが出されたのは八年前のこと。その後も似たようなお触れは次々と出され、今では犬猫は言うに及ばず、牛馬や虫にいたるまで殺生を禁じられていた。

溺《おぼ》れた猫を助けなかったとか、野良犬を蹴飛ばしたとか、そんな些細《ささい》なことで罪に落とされる者も多く、上下を問わず戦々恐々たる有り様と聞く。しかしここ名古屋では、いちおうお触れが出されたものの、それほど厳しい取り締まりは行われていない。

とはいえ、あまり大っぴらにお触れに反することもできないので、面倒なことには変わりない。先日などは、町中に猪《いのしし》が現れてちょっとした騒ぎになった。猪の殺

生も禁じられているために殺すこともかなわず、皆で大声を出しながら鍋や鉦《しょう》を叩《たた》き、ようやく追っ払ったという。こんな調子で、領内の村々には殺生を免れた鹿だの猪だの熊だのがうようよしている。

予の大好きな釣りに出かけるにも、世間体にうるさい父母の目を盗むようにしなければならない。生き物を愛でるのはよろしいが、ほどほどにしてくれねば困る。まったくもって、傍迷惑《はためいわく》な公方さまである。

かかる御政道に些細な反抗を企てた予と平左衛門が立ち上げた言わば秘密の会が、この『無実講』である。

『無実講』に名を連ねる有志は、お触れの撤回を求めて署名嘆願をしたり、街頭に立ってあるべき政道を道行く人々に訴えたり、正義の名のもとにお触れの推進派を闇討ちしたりというようなことは一切しない。こうして集まっては魚や鳥を食し、時々魚釣りに出かける、というのが主な活動内容である。ちっとも実にならない活動なので、『無実講』と名付けた。

「しかし、厄介なのは殺生の禁止だけではあれせん」

そう言って、神谷はしかめっ面を作る。

「この頃市中に横行する柿羽織《かきばおり》の連中、あれはどうにかならんもんかて」

「あいつらか。元はただの足軽のくせに、お役目をええことに好き放題やっとるもんでかんわ」

柿羽織の名が出ると、予もふつふつと怒りが湧いてくる。思わず語気が強くなった。

財政難に喘《あえ》ぐ尾張藩では、昨年の五月に簡略奉行という役職が新たに作られ、倹約令の徹底に努めていた。その手先となって働くのが、『簡略廻《まわ》り』と称する下級の足軽たちである。揃《そろ》いの柿色の羽織を身につけているので、柿羽織と通称されていた。

この連中は、ある意味殺生禁止のお触れなどよりよっぽど性質《たち》が悪い。奢侈《しゃし》を取り締まるのが役目といっても、なにをもって奢侈とするかは柿羽織たちの裁量に委ねられているのだ。道行く者を捕まえては「華美に過ぎる」と因縁をつけ、着物や帯、巾着や髪飾りにいたるまで没収していく。中には、いきなり店の中に踏み込まれて品物を根こそぎ持っていかれた哀れな商人もいるらしい。

しかも、没収された品々のほとんどは藩庁に届けられることなく質屋や古物商で換金され、柿羽織たちの懐を潤しているという専《もっぱ》らの噂だった。

予も、女子《おなご》や町人が往来で取り締まられているのを幾度も目にしていたが、その態度たるや横柄極まりなく、常々不快に思っていたところである。

罪なき庶民を苦しめる柿羽織どもになんとかして天罰を加え、懲らしめてはやれぬものだろうか。我々はそう思案したものの、残念ながら無実講は世直しを目指す同志の集まりではない。しかも、全員が全員、武芸も荒事も苦手といういささか頼りない面々ばかり。

そうしたわけで、我々は天罰などという物騒な話はよして、ご禁制の雁を食らい、大声で浄瑠璃《じょうるり》などを語《かた》って愉《たの》しみ、大いに溜飲《りゅういん》を下げたのである。

そうこうしているうちに夜はすっかり更け、したたかに酔った予は帰宅することとした。

座敷で寝汚《いぎたな》く眠りこけている平左衛門や神谷、都築と違い、予は妻帯者。あまり遅くなっては妻が心配して心を痛めてしまうというものだ。さらば、哀れな独り者ども。

井上の奥方に辻駕籠《かご》を呼んでもらおうかとも思ったが、吹きつける夜風同様、予の懐もそれほど温かいわけではない。仕方なく歩くこととした。それほど遠いわけでもなく、酔い冷ましにはちょうどいい。

鼻唄を歌いながら家路につく。夜風が酔った体に心地よかった。

提灯《ちょうちん》を手に辻を曲がったところで、前方に提灯の灯《あか》りがふたつ見えた。続いて、なにやら言い争うような男女の声。予は軽く舌打ちした。上機嫌で歩いているところに痴話喧嘩《げんか》を見せつけられて、少しく腹が立ったのだ。歩きながら、ふたりの会話に耳を傾ける。

「……おやめください。簪《かんざし》はお渡ししたではございませぬか」

おそらくは、まだ若い娘なのだろう。その切迫した声に予はただならぬものを感じ、目を凝らした。暗くてよくはわからないが、提灯に照らされた男の着物は、柿色に見えた。

「ならん。まだ、お触れに反する品を持っておるやも知れぬ。我が家まで来てもらおうか」

「なにゆえ、あなたさまの家に参らねばならぬのです。おかしいではありませぬか」

「そう固いことを申すな、悪いようにはいたさぬ。柿羽織などと呼ばれて恐れられてはおるが、我らとて鬼ではない。其《そ》の方の出方によっては、見逃してやってもよいぞ」

実に好色そうな男の声が癇《かん》に障《さわ》り、予の怒りの炎に油を注いだ。うら若き娘の弱みに付け込み、己の穢《けが》れた欲望を満たす。そのような輩《やから》を見逃しては、武士の一分が立たぬ。天に代わって成敗すべし。

今となってはなぜだかわからぬが、予は突然、正義の心に目覚めた。おそらく、相当に酔いが回っていたのだろう。

とにかく、予は提灯を放り出し、猛然と駆け出した。幸いにも、男はこちらに背を向けている。予は軽やかに地面を蹴って跳躍するや、両足を揃えて男の背中に蹴りを放った。

「ぎゃあっ！」

ずざざ、と音を立てて、男が顔面から地面に突っ込む。尻餅をついた予だったが、素早く立ち上がり、もう一撃見舞うべく男に駆け寄った。

「おのれ、何奴《なにやつ》っ！」

そう喚《わめ》く男の左頬には、五寸ほどの刀傷が縦に走っている。目つきも猛禽《もうきん》のように鋭く、いかにも凶悪そうな顔つきであった。

一瞬怯《ひる》みかけた己を叱咤《しった》し、男に立ち上がる間を与えず飛びかかった。馬乗りになって、渾身《こんしん》の力を籠めた右拳を顔面に振り下ろす。が、男は予の鉄拳をいとも簡単に左の掌で受け止めた。

「む、ぐぐっ……」

押しても引いてもびくともしない。逆に、凄《すさ》まじい力で握られ、拳がぎりぎりと悲鳴を上げる。その間に、男の右手が予の脇差の柄に伸びた。まずい。思った時には、男は脇差《わきざし》を引き抜いていた。

「死ねぇっ！」

殺される。予はなにゆえ、こんな馬鹿な真似をしでかしたのか。君子、危うきに近寄らず。あれは至言であったなあ。そんな思念が、凄まじい速さで頭の中をぐるぐると巡る。

次の刹那《せつな》であった。なにかが予の体の奥底から込み上げてきた。

つい先刻、散々呑《の》みかつ食らった酒と肴である。酔いの残った体でいきなり激しく動いたのだから当然と言えば当然である。どんな具合で予の口から飛び出し、男の顔面を襲ったのかは、詳しくは記さないこととする。

「うわあ、汚ねぇっ……！」

男は脇差を放り出して、路上をのたうち回る。

対する予といえば、虚脱したように地面にへたり込んでいた。

「おのれ、許さんぞ！」

男が立ち上がろうと片膝立ちになった時、がつん、という音が響いた。続けて、男は白目を剝《む》いて昏倒《こんとう》する。男の後ろには、予の脇差を持った娘。

「さあ、今のうちに！」

叫ぶと、娘は予の着物の袖を摑《つか》んだ。予を引きずるようにして走り出す。なにがなんだかわからぬまま、予は必死の思いで足を動かした。

「もう、よろしゅうございましょう」

どれほど走っただろう、立ち止まるや、荒い息をつきながら娘が言った。小さな神社の境内で、周囲に人気《ひとけ》はない。

「あ、あの……」

「ご安心を。峰打ちにございます」

娘は武芸の嗜《たしな》みでもあるのか、さらりと言って、脇差を差し出す。それを鞘《さや》に納めながら娘の顔をまじまじと見つめ、驚愕《きょうがく》した。

月明かりに照らされたその顔は、これまで予が見てきた女の誰よりも美しかった。友人知人の中には予の審美眼を疑う向きも多いが、断言する。誰がなんと言おうと、この娘は絶世の美女であると。

歳《とし》の頃は、予の二つか三つ下くらいか。目鼻立ちはくっきりとして、いかにも気が強そうに見える。どこかの武家か、裕福な商人の娘なのだろう、着物や髪飾りはなかなかの高級品で、身のこなしなどもどこか垢抜《あかぬ》けていた。残念ながら、慶《けい》などよりよほどいい女だと、認めざるをえない。

「ありがとうございます。おかげで、母の形見の簪を奪われずにすみました」

上目遣いに言われて、予はわけもなくあたふたした。この大きな目で、予が反吐《へど》をぶちまけているところを見ていたのだ。そう思うと、恥ずかしいやらいたたまれないやらで、予はすっかり錯乱状態に陥った。

「礼を申さねばならぬのは、予……じゃない、ええと、私のほうかもしれませぬ。危うきところを助けていただいて……」

「いいえ、あの柿羽織相手に向かっていくなど、並大抵の勇気ではできませぬ。父は、近頃のお武家は軟弱だなどと常々嘆いておりますが、あなたさまのような方もいらっしゃるのですね。わたくしは、あなたさまを尊敬いたします」

娘は顔をまっすぐこちらに向けたまま、にっこりと微笑《ほほえ》む。この笑顔にならば、有り金全てはたいても構わない。そんな、百万両の笑顔だった。

若く美しい娘に面と向かって尊敬しますと言われた場合、どう答えるのが正解なのだろう。少なくとも、「あれは酒の勢いでした」などと、真実を伝えるべきではない。若く美しい娘の幻想を守るのも、武士たる者の務めなのだ。

「申し遅れました。私はれんと申します。あなたさまは？」

「私は、朝日……」

そう言いかけたところで、予は再び猛烈な吐き気を覚えた。再び醜態を晒《さら》すことを恐れた予は、

「いや、名乗るほどの者ではござらぬ。気をつけて帰られよ」

そう言い残して、脱兎《だっと》のごとく走り出したのである。

それにしても、れんは実に美しい娘であった。ほんの少し話しただけだが、気立ても良く、なにより気品がある。できれば、もっとお近づきになりたかったところである。

酒を呑んだ直後には、激しい運動は避ける。これが、今宵の教訓であった。

二月十三日

晴れ。風弱く、暖かし。

予、加藤平左衛門と連れ立ち、地蔵池に鮠《はや》釣りに行く。

地蔵池はお城の一里以上北にあり、歩けば一刻《いっとき》近くはかかるが、釣り好きに距離などなんの妨げにもならぬ。めったにしない早起きをして、両親に見つからぬようこそこそと屋敷を出た。

「やあ、今日はえらい人が少にゃあな。こんなら大漁は間違ゃあないわ」

予が池の畔《ほとり》を見渡して言うと、平左もしたり顔で頷《うなず》く。

「近々、藩でもお触れに違反した者の取り締まりを厳しくするっちゅう噂だでな。

まあ、魚たちにとってはありがてゃあ話かもしれん」

「これで釣れせんかったら、俺たちの腕が悪いゆうことになってまうな」

「とろくせゃあことこいとったらかんわ。これで釣れせんなんてことがあらすきゃあ」

そんな話をしながら竿《さお》を垂らす。

それから、一刻、二刻……。ふたりとも一匹の釣果もないまま、時間だけが過ぎていく。午後からの起死回生を誓いながら昼餉《ひるげ》の握り飯を頬張っていると、見知らぬ男に声をかけられた。

「やあ、釣れますかな?」

男はひょろりとした痩せ型で、髪は総髪。身なりからして、医者か学者のように見える。歳は、三十代半ばといったところだろう。物腰は柔らかく、口元には柔和な微笑を湛《たた》えている。腰には脇差のみを差し、細長い革の袋を背負っていた。

「いやはや、これがさっぱりで」

「おや、不思議ですな。例のお触れのおかげで、川には魚がたくさんいると聞いたのですが」

ひょっとして、喧嘩を売っているのだろうか。思ったが、男はどうやら本気で不思議がっているらしい。

「それにしても、変わった竿ですな。ずいぶんと短いようですが」

予が革袋を指すと、男は笑顔でかぶりを振った。

「いやいや、これは竿ではござらぬ」

「ほう、竿ではない」

平左衛門が怪訝《けげん》そうな顔で言った時、どこかから悲鳴が聞こえてきた。

何事だろう。驚いて四方を見回すと、大きな黒い塊が凄まじい速さで近くにいた釣り人を追い回している。

「い、猪だぁーっ！」

平左衛門が、前方を指差して叫ぶ。

なにがあったのか、猪は相当気が立っているらしい。ブオォォ、と一声吠《ほ》えるや、猛烈な勢いで釣り人を撥ね飛ばした。哀れな釣り人は人形のように宙を舞い、池にドボン、と落ちた。まだ怒りが収まらないのか、後ろ足で土を撥ね上げている。

次の刹那、猪がくるりとこちらを向き、突然走り出した。

「まずい、こっち来るぞ！」

「へ、平左、に、逃げようまい！」

立ち上がろうとするが、足腰に力が入らない。これでも予は、幾度かの修羅場を潜《くぐ》り抜けてきた。つい先日も、生きるか死ぬかという目にあったばかりというのに、体はちっとも慣れてくれない。まったくもって、情けない限りである。もっとも、腰が抜けて動けないのは平左衛門も同じらしい。

その時、予の視界の端で、男がもぞもぞと動いているのが見えた。背負っていた革袋の口紐《くちひも》を解き、中身を取り出す。

こんな時に、この男はいったいなにをしているのだ。腹を立てている間にも、猪は猛然と突き進んでくる。その異様なまでの迫力に、ああ、猪突猛進《ちょとつもうしん》とはこういうことかと、妙に納得してしまう。武芸しか取り柄のない人を猪武者などと言って馬鹿にするのはやめようと、心に誓った。

十間、五間。猪が目前まで迫った時、突然すぐ近くでなにかが弾けるような轟音《ごうおん》が響き渡った。

驚いて閉じた目を開くと、猪は口から泡を吹いて倒れていた。眉間からは、血が流れている。

　恐る恐る、男を見る。

　手にしているのは、火縄銃であった。その筒先からは、一筋の煙が立ち上がっている。

「ご両人、お怪我はないかな？」

　鉄砲を袋にしまいながら、先と変わらぬ穏やかな口ぶりで男が問う。予も平左衛門も、口をパクパクさせながら頷いた。

「このあたりはあまり人もいないので、時々鉄砲の稽古に来るのですが、まさか猪に出会うとは。やむを得ぬ仕儀とはいえ、気の毒なことをしてしまいました」

　そう言うと、本当に申し訳なさそうに猪の死骸に向けて手を合わせる。

「では、近隣の住人を集めてください。そちらの方は、火を熾《おこ》す仕度をお願いします」

「はい？」

「せっかくなので、皆で鍋にしていただきましょう。残さず食べてやらなければ、猪も浮かばれない」

「し、しかし、そのような真似をいたせば、後でどのようなお咎《とが》めがあるか……」

二の足を踏む予と平左衛門に、男はなんでもないことのように言った。

「あのような愚かなお触れなど、守る必要はありません。現に、あの悪法のせいで滋養が取れなくなった民百姓の間には、疫病が流行《はや》っています。米を作り、年貢を納める民に滋養を取らせないなど、まさに愚の骨頂というものですよ」

声音も表情も柔らかいが、痛烈な幕政批判だった。場所が場所であれば、首が飛んでもおかしくない。

「では、猪は私が捌《さば》くので、お二人はさっきお願いしたことを」

物腰は低いが、予も平左も、なぜか男の言いなりになっていた。

結局、近隣の住人が老若男女合わせて二十名以上加わり、昼日中から盛大な宴がはじまった。百姓たちが持ち寄った野菜と猪肉を煮込んだ鍋は絶品で、予も平左衛門も集まった者たちも、みな舌鼓を打った。いささか予定外ではあったが、これも無実講の活動ということでよしとしよう。

そうしたわけで腹もくちくなり、鍋の中も空になった頃、予はあの火縄銃の男の名も聞いていないことを思い出した。いかんせん食べるのに夢中で、男がいつ帰ったのかもよくわからない。

世の中にはああした気持ちのよい男もいるのだなあ。そんなことを思いながら、膨らんだ腹を抱えて家路についたのである。

二月二十三日
未《ひつじ》ノ刻より曇り。

本日、父の御役御免の願い書きを提出す。これが受理され、殿さまへのお目見えがかなえば、予は晴れて朝日家の当主となるのである。しがない部屋住みの身分とおさらばできる日を思い、予の心は否応なく浮き立った。

それはそれとして、本日はもうひとつ喜ぶべき出来事があった。

人と人との出会いというのは、まこと不思議なものである。人生には、図らずしてこうした偶然が訪れるから、実に面白い。

願い書きを御城代組組頭に提出した帰り、予は所用があって舅《しゅうと》である朝倉忠兵衛《あさくらちゅうべえ》方を訪ねた。

「おお、文左衛門《ぶんざえもん》か。ちょうどよいところへ来た。今、もうひとり客人が見えていてな。そなた、確か詩文に興味があると申しておったな」

顔を見せるなり、忠兵衛さまはそんなことを言い出した。

というのも、予はかつて、慶の気を引こうと詩文作りに励み、高名なる漢学者小出晦哲《かいてつ》氏に弟子入りしたことがあった。

しかし、過去にすがらず、未来にのみ生きる男である予は、そんなことはすっかり忘れていた。なんとなれば、詩文作りの熱は慶を娶《めと》って以来すっかり冷め、詩作に耽《ふけ》ることなどとんとなくなっていたからである。

とはいえ舅の手前、そうも言いづらい。

「ええ、まあ」

などと適当に言葉を濁していると、嬉々《きき》とした表情で居間へと通された。

畳の上にちょこんと座る客人らしき男を見るや、予は思わず声を上げた。

「ややっ、貴殿は」

「おお、これは先日の」

客人も、予の顔を見て頬を緩めた。

「おや、先生。文左衛門をご存知でしたか」

「まだ名乗り合ってもおりませぬゆえ、知り合いというほどではござらぬが、まあちょっとした奇縁がござってな」

客人の言う通り、まさに奇縁であった。舅が先生と呼ぶこの客人こそ、つい先日地蔵池で出会った、あの火縄銃の男だったのである。

「では、改めてご紹介いたそう。こちらが我が娘慶の夫、朝日《あさひ》文左衛門重章《しげあき》。こちらは、国学者にして寄合職でもあらせられる、天野《あまの》源蔵信景《げんぞうのぶかげ》どのじゃ」

その名を聞いて、予はますます驚いた。若くして朱子学をはじめとした和漢の学を究め、博覧強記ぶりは藩公からも寵愛《ちょうあい》を受けるほど。学者としての名は、尾張国内のみにとどまらず、他国にも知れわたっている。

「そなたもこれを機に、源蔵先生に師事して少しは教養を身につけるがよい」

そうしたわけで、予は源蔵先生に弟子入りすることとなった。

運ばれてきた茶を啜《すす》りながら、詩文や和漢典籍について深更《しんこう》まで語り合った。先生の話は平易でわかりやすく、語り口も柔らかなため、染み込むように頭に入ってくる。

予も、源蔵先生には遠く及ばないものの、地理や歴史、風俗、天文などの諸学に対しては並々ならぬ好奇心を抱いている。出来得ることなら、この世のありとあらゆる全ての事象について知りたいと思うほどである。

意外に思われるかもしれないが、予は実際、暇があれば城下有数の本屋である風月堂に顔を出し、興味を惹《ひ》かれた本をなけなしの銭をはたいて買い込んだりしている。しかしながら、予は生まれつき、本を読んでいると眠くなるという病に冒されているらしく、買った本の大半は部屋の隅に積まれたまま、という有り様である。

この出会いを奇貨として、予は畳の肥やしと化した死蔵本をことごとく読破し、知性と教養を備えた一歩上の大人となることを決意した。

三月二十二日

本日五つ、父とともに城代家老の屋敷に参る。

かねてより父が願い出ていた御役御免が、ようやく許されたのである。これで、父は名実ともに晴れて隠居の身となった。

とはいえ、まだ予が朝日家の当主となったわけではない。

五月に殿さまが江戸から戻られた暁には、毎日城へ通ってお目見えする機会を待たねばならないのだ。

無事にお目見えがかない、殿さまに家督相続を認めてもらえば、予が朝日家当主となるにあたっての全ての手続きが終了する。これで、堅苦しい部屋住みの身分から解放されるかと思うと、予の心は愛しの君との逢瀬《おうせ》に向かう娘のように浮き立った。

父などは予を脅すかのように、

「浮かれてはならん。いつ殿さまにお目見えできるかは、運次第じゃ。三月《みつき》、あるいは半年以上もお目見えがかなわぬ者もおるのだぞ」

などと言うが、そんな連中はよほど運が悪いのに違いない。これまで幾度となく修羅場を潜り抜けてきた予にとって、この程度の試練、いったいなにほどのことがあろう。

帰宅するや、予は慶に酌をさせながら漢詩などひねり、大いに愉しんだ。出来上がった詩を吟じてみたものの、慶の反応は芳しからず。無念なり。

五月十二日

朝、雷雨。卯《う》ノ刻には雨やみ、巳《み》ノ刻より晴。

去る五月九日、尾張徳川家三代当主、徳川綱誠《つななり》公がお国入りなされた。待ちに待った、お目見えの機会である。予は宿酔《しゅくすい》を抱えながらも城へと足を運んだ。

お目見えを願う衆は予の他にも多くおり、待機するための大腰掛は場内にいくつも設けられている。殿さまはいつ、どこの門からお出ましになるかわからないので、お目見えがかなうかどうかはまさに運次第である。

予はとりあえず、手近な東鉄御門に向かった。

門前に設けられた大腰掛は、すでに座る隙間《すきま》もないほど人で埋まっており、予は頭を下げて詰めてもらい、なんとか腰掛けることができた。さすがに、家を出るのが遅すぎたらしい。

それにしても、想像していたよりもずいぶんと様子が違う。誰もが殺気立った顔つきでむっつりと黙り込み、私語を交わす者はほとんどいない。

予は暇つぶしに数冊の書物を入れた風呂敷を持参していたが、とてものんびり本など読んでいられる雰囲気ではない。それとは別に、弁当と瓢箪《ひょうたん》に入れた酒も持ってきているのだが、ここでひとり酒盛りなどはじめようものなら、袋叩きにされかねなかった。

どうやら予は父の言う通り、お目見えを甘く見ていたらしい。

結局この日、予は昼過ぎから日が暮れるまで座り続けたものの、殿さまが現れることはなかった。

一度も開くことのなかった風呂敷包みと瓢簞を抱え、尻の痛みに耐えながら腰を上げた。

数日前から慶が体調を崩し、実家に戻っている。その見舞いのため本町通を南に下り、朝倉道場を訪ねた。

「お目見えは、いかがにございましたか？」

「まあ、ぼちぼちというところかな。それより、体の具合はどうだ？」

「はい。今日はいつも通りに夕食も食べられましたし、だいぶようなっております」

「そうか、それはよかった」

元々体の丈夫なほうではなかったが、このところ特に病気がちなのは、なかなか子に恵まれない慶に対する父や母の無言の圧力があるせいではないかと予は睨《にら》んでいる。病は気からとも言うし、実家に戻したのも、朝日の家ではなにかと気苦労も多いだろうと思ってのことである。

客間で冷えきった弁当を食べ、予は朝倉家を辞した。

体の底に、どっぷりと疲れが溜《た》まっている。

慶のことを差し引いても、こんな苦行のような真似を、これから毎日続けなければならないのか。暗澹《あんたん》たる気分に襲われた予は、道々瓢簞の酒をがぶ呑みし、家に着く頃には泥酔の態であった。

五月二十五日

予、本日もお目見えに出る。またしても殿さまのお出ましなし。

七月十五日

炎暑、甚だし。

今日より御器所《ごきそ》村にて浄瑠璃《じょうるり》興行あり。

太夫は、竹本義太夫《たけもとぎだゆう》、ワキは同新五郎、同喜内。いずれも、当代一流の演者である。これを見過ごしては、浄瑠璃好きの名折れなり。

演ずるは、蟬丸《せみまる》、伊豆日記、虎石《とらがいし》、今川、盛久、文武五人男、おさな物語など。

予、大いに観たいと思うも、周囲をはばかり断念す。

八月七日

一度は断念した御器所村の興行ではあるが、やはり予には諦めることなどできなかった。

お目見えもかなわないうちに大っぴらに芝居見物に出かけたのが世間に知れれば、後々厄介なことになる。そう分別して断念したものの、この体に流れる浄瑠璃好きの血はふつふつと沸き立ち、抑えることかなわず。屋敷にいてもお目見えに出向いても、頭は常に浄瑠璃のことで一杯となり、荷車に轢《ひ》かれそうになったり肥溜めに落ちそうになったりと、日常をまっとうに送ることも危うくなってきた。

このままでは、家督相続など夢のまた夢。だが、浄瑠璃見物に出向いたことが発覚しても、家督相続は夢と消える。

浄瑠璃を観てこれからの人生を棒に振るか、観ずに振るか。答えは考えるまでもなかった。

そうしたわけで、御器所村行きを決意した予は、こうした時だけ頼りになる加藤平左衛門とともに入念な計画を立て、本日ついに決行したのである。

辰《たつ》ノ刻、予はいかにもお目見えに向かうかのような顔で家を出た。

まずは、尾行を警戒しながら、いつも通り城へ向かって歩く。もちろん、道行く人々と挨拶を交わし、「いやあ、今日もお目見えにござるよ」などと、さりげなく城へ行くことを印象づけた。そして、人通りが絶えるのを見計らって、無実講仲間である井上権左衛門宅の台所に駆け込む。無論、井上の了解は取り付けてある。

井上の奥方に手伝ってもらい、かねてから用意しておいた粗末な小袖と短袴《たんこ》に着替え、頬被りをする。もちろん、泥で顔を汚すのも忘れない。

これで笊《ざる》を提げた天秤棒を担げば、もうどこから見ても野菜か魚売りの町人である。敵地に潜入する隠密のごとく、予の気分は高揚した。

「くれぐれも、このことは内密にお願いいたしますぞ。藩の存亡にかかわるほどの重大な御役目ゆえ、もしも発覚いたせばそれがしも井上も切腹、両家は御家断絶となり申す」

「承知いたしております」

さすがは井上の奥方、武家の女の鏡である。緊張の面持ちながら、はっきりとした声音で答えた。

すっかり騙《だま》されている奥方に少し後ろめたさを覚えつつ、井上宅を出る。予は物売りらしい軽快な足取りで富士塚町筋を南下、駿河街道に出て進路を東へ。途中、馴染《なじ》みの茶屋に立ち寄ると、先に腰掛けていた女がこちらをじろじろと見つめてきた。倹約令に沿って着物も髪飾りも地味で質素だが、異常なまでに化粧が濃く、明らかに周囲から浮いている。よく見ると、白粉《おしろい》で真っ白な首には喉仏があった。

「文左衛門、俺だわ。平左だわ」

まさかの女装であった。

渋々隣に腰を下ろし、茶を一服頼んだ。

「まさか、そこまでするとは思わんかったわ」

「中途半端な変装だと逆に目立ってまうでよう。こういう時は、徹底的にやらなかんわ」

「そうゆうもんか」

なぜか、平左衛門の声には自信が満ち溢《あふ》れている。

「そんでも、その髪はどうやったんだ？」

「鬘《かつら》に決まっとるがや。こんなこともあるだろうと、呉服町の店で買っといたんだわ。めちゃんこ高かったけども、やっと役に立ったで」

どう答えるべきかわからず、予は運ばれてきた茶を啜った。

予定ではここで合流して御器所村へ向かう予定であったが、予の提案で別々に行くことにした。

笊と天秤棒は茶屋の主人に預けてきたので、足取りはさらに軽くなる。

溜め池や荒地が多いと聞いていたが、御器所村は予想以上の人で賑《にぎ》わっていた。

やはり、天下の竹本義太夫を見られるとなれば、これだけの人が集まるのだ。

まるで村全体が盛り場にでもなったかのように、あちこちで酒や肴が売られ、朝も早くから相当に酔っ払っているお調子者も多い。辻々では軽業《かるわざ》師や大道芸人が人だかりを作り、方々から太鼓や笛、三味線が聞こえてくる。

こうなると、予のわくわくは否が応でも高まっていく。ここまで来ればきっと大丈夫だろうと、頬被りを取り、顔につけた泥を落とした。

歩きづめで喉が渇いたので、若い女の売り子から茶碗一杯の酒を買い、ぐいと呑み干す。お目当ての竹本一座が演じているのは、どうやら村外れの神社の境内らしい。酒をもう一杯と、肴に鳥の串焼きを買う。こうした場所の酒や肴は町の居酒屋よりもずいぶんと高いが、雰囲気も込みということでよしとしよう。

そういえば、平左衛門はどこに行ったのだろう。探そうかと思ったが、御器所村は結構な広さがある。しかもこの人出だ。見つけるのは困難だろうと諦めることにした。

道々酒を呑み肴を食らっていい気分になった頃、神社に着いた。舞台と客席は、境内の中に張られた幕の内側にある。

札銭四十文に場所代二十文を足し、しめて六十文。やはり他よりも高いが、義太夫を名古屋で見られる機会などそうそうあるものではないので、多少の出費はやむなし。

客席は人でごった返していたが、ちょうど一回目の演目が終了したところで、客がぞろぞろと出てきた。その間をすり抜けるように中へ入り、最前列を確保。うむ、なかなかの幸運。今日の予は、よほど浄瑠璃の神に愛されているらしい。

　やがて、演目がはじまった。

　感想は、申すまでもなく最高であった。義太夫の朗々たる語りは聴衆の滂沱《ぼうだ》の涙を誘い、盲目の三味線名人竹沢権右衛門の奏でる調べは、予の琴線を激しく揺り動かした。義太夫の弟子である新太夫と喜内も、浄瑠璃の未来を託すに足る逸材であった。

　いい芸は、人に生きる活力を与えるというのが予の持論である。予も、懐が寂しいとか毎日城に通うのが嫌だとか、不平不満ばかりを言わずに頑張ろう。武芸に学問に精進して、立派な武士になろう。手拭いで涙を拭きながら心に誓った。

　感動を胸に幕の外へ出たところで、同じように手拭いで目頭を押さえているひとりの男が目に入った。歳は、三十前後だろうか。身なりからすると、どうやら浪人者だった。しかも、着物はつぎはぎだらけで、相当に貧乏らしい。

　わかる。わかりますぞ。予は、どこの誰とも知れぬ浪人者に心の中で語りかけた。確かに、手拭いが手放せないほどの名演でござった。なに、己の境遇など羞《は》じる必要はない。芸の前に、人は平等というものです。

と、男が涙を拭き終え、手拭いを懐にしまった。

どこか見覚えのある顔だと予が思うと同時に、男もこちらに気づいて顔を向けてきた。その左頬には、五寸ほどの刀傷。

間違いない。いつぞやの夜道で出会った、柿羽織。全身の血が、一気に引いていく。

いや、待て。焦るな文左衛門。予は、己に言い聞かせた。同じ舞台を観て感動した者同士、話せばきっとわかり合える。なんとなれば、芸の前に人は平等。俗世での立場など……。

「貴様ぁっ!!」

目を見開いた男の叫び声に、予の淡い期待はあっさりと吹き飛んだ。

いきなり抜刀した男に、周囲から悲鳴が上がった。

どう見ても、話し合う余地はない。交渉を諦めた予は踵《きびす》を返し、脱兎のごとく駆け出す。

頬被りを外し、顔の泥まで落としているのだ。見つかっても不思議はない。平左衛門の言った通りだった。中途半端な変装は、かえって露見しやすいのだ。

「どけ、どけぇーっ！」

「なんだなんだ？」

「おっ、喧嘩きゃあ」

騒然とする境内を駆けながら、後ろを振り返る。男は、ほんの数間先まで迫っていた。白刃を振りかざしながら、鬼の形相で追いかけてくる。

よそ見をしていたせいで、予は前を歩く女の背中にぶつかった。もつれ合って倒れた衝撃で、女の頭がもげて地面に落ちた。いや、よく見ると、落ちたのは髪の毛だけだ。

「おお、文左衛門か？」

幸か不幸か、ぶつかったのは平左衛門だった。あたふたと鬘を付け直しながら訊《たず》ねてくる。

「なんだ、一体《いってやぁ》どうした？」

「柿羽織だ、柿羽織がおった！」

「なにぃ、柿羽織ぃ？」

言ったのは、近くにいた大工の棟梁《とうりよう》風の男だった。いきなり予の胸倉を掴むや、酒臭い口を近づけてきた。

「柿羽織がこんなところでなにしとる？」

「お、俺でにゃあて、あいつだがや。あの、刀を抜いてこっちに向かってくる……」

予が男を指差すと、棟梁は予から手を離し、叫んだ。

「おい、野郎ども！　あいつは庶民の愉しみを邪魔しようっちゅうふざけた柿羽織だわ、やったれ！」

棟梁が叫ぶや、周囲の職人仲間が声を上げた。

「今度は浄瑠璃まで取り締まる気かて！」

「俺んたぁ（俺たち）がなんにもできぃせんと思っとったらかんぞ。舐《な》めとったらかんわ！」

「俺がおっかあに買ったった鼈甲《べっこう》の櫛《くし》、返《かや》せ！」

男は見る見る屈強な職人たちに取り囲まれた。

「ま、待て。俺は柿羽織などでは……」

男は必死にまくし立てるが、酔漢たちは聞く耳を持たない。

「とりあえず助かったみたいだわ。早いうちに逃げようまい」

平左衛門に促され、予は肉を打つ音と男の悲鳴を背中で聞きながら、その場を後にした。

あの男は、まことに柿羽織だったのだろうか。浪人に変装して取り締まりの機会を狙っていたのだろうが、それにしては、浄瑠璃に感動して涙を流すような情もある。変装もずいぶんと板に付いていて、むしろ柿色の羽織のほうが似合わないくらいだった。

まあ、そんなことはどうでもいい。げに恐ろしきは、虐げられた庶民の恨みである。

農工商の上に立つ武士として、学ぶところの多い一日であった。

追記

御器所村での騒ぎから十日後、ひとりの男が斬首され、その首が市中に晒《さら》された。平左衛門と連れ立って見物に出かけた予は、思わず声を上げた。晒されていたのは他でもない、あの柿羽織の首だったのである。いや、正確に記すならば、柿羽織もどきだった。

男は越前から流れてきた食い詰め浪人で、柿羽織になりすまして町人たちから奢侈の品を巻き上げていたのである。

仕官の口も見当たらず、物価は上がることはあっても下がることはない。口を糊《のり》するため、やむなく悪事を働いたのだろう。哀れなるかな。二度までも斬られかけた憎い相手ではあるが、予は憐憫《れんびん》を禁じえなかった。

それもこれも、芝居を見て涙を流すところを見てしまったからであろう。予は心の中で、芝居好きの偽羽織に手を合わせた。

九月二十五日

朝雨、辰ノ刻より止む。午後より晴。

いつものように城へ上るも、今日もお目見えはなし。

「大手御門に殿さまがお出ましだ」「いや、西鉄門だ」といった偽情報に惑わされ、城内を右往左往したせいで、予の体はほとほとくたびれ果てていた。

それだけではない。予よりも後に家督相続を願い出た者たちが、予よりも先に相続を許されたと小耳に挟んだ。

お目見えの衆に加わって早や四月。なぜ、こうも結果が伴わないのか。この世には、神も仏もないのか。

予、鬱々《うつうつ》として愉しまず。この思いをぶつけんと、歌を詠む。

老いぬれば枯れ木とぞなる五十余り　ただ酒呑まん夢の浮き世に

昼過ぎには早くも精魂尽き果て、下城することにした。

こんな日は酒でも呑まねばやってられぬと、広小路にある行きつけの居酒屋に入った。この店は、朝から晩まで酒を出しているので、予のような酒呑みには重宝されている。

暖簾《のれん》をくぐると奥のほうに平左衛門の姿があったので、するめと煮豆を肴に盃《さかずき》を交わした。

この男と呑む時の話題といえば、だいたいが芝居や浄瑠璃についてであり、他には「どこそこの茶屋の看板娘の腰つきが実に素晴らしい」とか「どこそこの池に河童《かっぱ》が出たらしい」といった他愛もないものばかりだが、今日の予はいつになくたびれていたため、柄にもなく愚痴めいた話が多かった。

平左衛門はお目見えどころか、まだ親父どのが隠居もしていないので、予の苦労話など所詮《しょせん》は他人事《ひとごと》である。もどかしい思いを紛らわすように、予は盃を重ねた。

途中幾度か嘔吐《おうと》しながら、這々《ほうほう》の体《てい》で家に着くと、慶に水を所望した。差し出された水を呑み干すと、腰を下ろした慶がなにか言いたそうにしているのに気づいた。

「どうした。なにか、話でもあるのか？」

呂律《ろれつ》の回らない舌で訊ねると、

「ええ。実は……」

などと口ごもる。

また、父の大切にしている茶壺でも割ったのか。慶はしっかりしているようでいて、どこかそそっかしいところがある。高価な皿を落として割ったり、味噌汁に味噌を入れ忘れたりは、日常茶飯事である。

「なんじゃ、早う申せ」

「やや子が、できました」

慶は恥ずかしそうに俯《うつむ》き、頬を赤らめる。

酔っ払っていたせいであろうか、予は一瞬、なにを言われたのか理解できなかった。

「ええと……なにができたと？」

「ですから、御子が」

「……まことか？」

「今日、町医者に診ていただきました。五ヶ月だそうです」

不覚にも、予はしばしの間、呆然《ぼうぜん》としてしまった。

「喜んでは、いただけませぬか？」

上目遣いで、慶が不安そうに言う。

「た、たわけたことを言ったらかんわ。嬉《うれ》しいに決まっとるでにゃあか！」

慌てて言うと、ようやく慶も口元を綻《ほころ》ばせた。

「そ、そんで、父上と母上には？」

「まだ、お知らせしておりません。あなたさまに最初に聞いていただきとうございまして」

「そうか、今日はもう遅いもんで、ふたりには明日の朝にでも伝えたらええわ。慶、ようやってくれたわ」

嬉しそうに、慶は頷いた。

慶が床に入るのを待ち、予は今、いつものように日記の執筆に取り掛かっている。

しかしながら、子ができたと聞いた時に嬉しさよりも先に予の心中に去来したのは、漠然とした不安であった。

常々、「少年のような心の持ち主」と評されることの多い予である。そんな子供のような予が、子供を作ってしまってよいのであろうか。男子か女子かはわからないが、果たして立派な大人に育てられるのであろうか。

そもそも、まだお目見えさえかなっていない身である。これで、妻子を養っていけるのだろうか。

不安の種が尽きることはなく、予はこうして日記を書きながら、またぞろ酒を呷《あお》っている。

まあ、考えたところで仕方がない。きっと、どうにかなるだろう。強引にそう結論づけ、今宵は床に就くこととする。

す。

十月一日

晴れ。昼より曇り、夜半より雨。

予、お目見えに出るも、お出ましはなし。帰路、加藤平左衛門宅に立ち寄り痛飲す。

十一月十五日

曇り。夕刻より雪降る。寒気この上なし。

予、お目見えに出る。生命の危機を覚えるほどの寒気に敗北し、昼前に帰宅す。

まったくもって、お目見えがかなう気がしなくなってきた。

そろそろ、家督相続が認められなかった場合の身の振り方を考えたほうがいいのかもしれない。こうなると、潰《つぶ》しの利かない我が身が恨めしい。このままでは、傘張り浪人に落ちぶれるしかない。

いきなり浪人になって慌てるよりも、今のうちから稽古して、浪人っぽさを身につけておいたほうがいいだろう。そう考えた予は大須《おおす》の盛り場に繰り出して町娘にちょっかいを出す稽古をしようとしたが、本物の浪人がうろついていたため怖くなり、断腸の思いで帰宅す。

　十二月十日

長かった。実に、実に長かった。

お目見えを果たさんと城に通うようになり、早や七月余。ついにこの時が来たのである。

その文が来たのは、申《さる》ノ刻のことであった。

差出人は、御城代組同心小頭の相原久兵衛。文の内容は、久兵衛と、同じく小頭の渡辺源右衛門を同道し、城代沢井三左衛門邸にまかり越せ、というものだった。

「慶、出かけるぞ。裃《かみしも》を用意いたせ！」

城代邸への出頭となれば、考えられる用件はただひとつ。すなわち、家督相続のお許しが出たということである。

ただちに源右衛門宅に使いを出し、着替えをすませるや家を飛び出した。気の早いことに、父も母ももう涙ぐんでいる。

粉雪の舞い散る中、沢井邸に向かって歩いた。

道すがら、これまでの苦労が脳裏に浮かんでは消える。

雨の日も凪の日も吹雪の日も、予は大腰掛に座って待ち続けた。いや、さすがに吹雪の日は休んだが、基本的には毎日待ち続けた。悲嘆にくれて大酒を呷ったり、刀を持った男に追い回されたりもした。いや、それは関係ないか。

とにかく、半年以上にわたる予の努力が、ようやく実ったのである。

家督相続を認める旨の書付を貰《もら》い、城代のお言葉をいただく間、予は緊張と喜びのあまり、なにを喋《しゃべ》ったのかほとんど覚えていない。

帰宅した後は、もちろん祝い酒という運びになり、予も父も大いに酔った。母はこれまで予を育てるのにどれだけ苦労したかをくどくどと語り、慶は大きな腹を抱え、にこにこしながら酌をして回った。

これで、晴れて部屋住みの身分から脱し、大手を振って表を歩けるというものだ。たったの百石ではあるが、妻もこれから生まれる我が子も養っていける。武士として、男としての自信がふつふつと沸き上がるのをはっきりと感じる。

「御城代組本丸御番、朝日文左衛門重章である」

声に出して名乗ってみた。うむ、なかなか良い響きだ。

それにしても、これからが大変だ。明日から、お礼参りで親類や城代組のお歴々のもとを回らなければならないのだ。

全員のところを回り終わるまで、果たして予の胃腸と肝の臓はもつのであろうか。

甚だ心許なし。

元禄八年（一六九五）一月十六日

予、今朝よりはじめて御本丸の御番に出る。

予の属する御城代組御本丸勤番の使命は、その名の通り城の番、すなわち警備である。

といっても、勤めは九日に一度。三人一組で城に詰め、朝まで番をするだけ。しかも、勤めの最中も酒は禁じられていないので、当番の日はほとんど宴会のようなものだと聞く。

それが本当なら、お目見えを待っていた時のほうがよほど辛《つら》かった。天下分け目の関ヶ原からおよそ百年。いくさ人たる武士の堕落もここまできたかと嘆きたくもなる。

さて、記念すべき初出仕とあって、慶は無論のこと、父と母までが表まで見送りに出てきた。道行く人々がこちらを見てくすくすと笑っているのがなんとなく気恥ずかしい。

「お気をつけて」

「慶、そなたもしっかりな」

「なにも、今日生まれるというわけではないのですから」

そう言って、慶はふくふくと笑う。今日から慶は、お産に備えてしばらく実家の朝倉家に戻ることになっていた。

「では、行ってらっしゃいませ」

「うむ、行ってくる。父上、母上、留守を頼みます」

胸を張って言うと、父も母も感慨深げに頷いた。

慶が、かちかちと火打石を鳴らす。実を言えば、予はこの「切り火」にほんの少しばかり憧れていた。いかにも一家の大黒柱という感じが実にいい。

酒と弁当を持たせた中間《ちゅうげん》を供に、城への道を歩く。どこか晴れがましい気持ちは、以前にも味わったことがあるなあと考え、すぐに思い当たった。あれは十八の頃、安い女郎相手に筆下ろしをすませた翌朝。あの時も、こんな気分だった。あの年増女は、今頃どこでなにをしているだろう。

そんなことを考えているうちに、城へ到着。門前で待っていた同じ組の松井勘右衛門どのと大岡又右衛門どのに挨拶をした。

松井どのはどことなく洒脱《しゃだつ》な感じで、歳は二十代半ばくらい。大岡どのは、よほどの大食漢なのだろう、腹回り、首回りに見事なまでの贅肉を蓄えておられる。いったい何歳くらいなのか、予には見当がつかない。

「では、参ろうか。どこになにがあるかわからねば、とても御番は務まらぬぞ」

ふたりは予を城内見学に連れていってくれた。

予が入ったことがあるのは、せいぜい門からすぐの庭までで、はじめて目にする二の丸や本丸御殿の偉容に、予は目を丸くした。

本丸御殿には、かつては藩公が住まわれていたが、二代将軍秀忠公、三代将軍家光公が御上洛の折に宿所とされて以来、藩公は遠慮して二の丸に居住していた。その後はほとんど使われることもなくなっている。

それにしてもこの御殿ときたら、まったくもって豪華絢爛《けんらん》、勇壮無比。「尾張名古屋は城でもつ」とはよく言ったものである。歩くのも遠慮したくなるほど床は磨き上げられ、襖《ふすま》や壁には狩野元信《かのうもとのぶ》、探幽《たんゆう》といった狩野派の絵師たちの手になる、息を呑むほど鮮やかな絵画の数々。

「ほれ、襖絵や障壁画だけではないぞ」

松井どのが人差し指を上に向ける。

見上げてみて、予は吃驚《きっきょう》した。天井板には、墨を基調とした見事な花鳥山水図が描かれていたのである。天井に絵など描いて意味があるのだろうか。思ったが、畏《おそ》れ多くて口には出せなかった。

見学をすませると、昨日の当番の面々と引き継ぎを行った。いよいよ、予の初仕事である。

正直に白状いたすと、予はなにか騒動が起きることを望んでいた。火事でも盗人でもいい、なにか御番として手柄を立てられるような事態が起きないものだろうか。そんなふうに、心の中で密かに願っていたのである。

手柄を立てて、注目されたい。加増に与《あずか》って豊かになりたい。そうした気持ちももちろんなくはない。だが、予の心にあるのは、妻と子が誇れる夫であり、父になりたい、という思いである。

慶、そしてまだ見ぬ我が子よ、待っていろ。予は武士として、一家を支える主として、必ずや手柄を立ててみせる。


そうした決意をよそに、本丸御殿の一角にある御番詰所では宴会がはじまっていた。

松井どの、大岡どのの他に数名の足軽が加わり、日も暮れる前からそれぞれが持ち寄った弁当を肴に酒を呑む。やはり、本丸御番の仕事ぶりは噂通りであった。

母もその当たりは心得たもので、いつもの吝嗇《りんしょく》さはどこへやら、持たされた弁当には蛤《はまぐり》の煮付けや鮑《あわび》の焼き物、鯛《たい》の尾頭付きといった豪華食材がぎっしりと詰まっていた。予もめったに食べられない両口屋是清《りょうぐちやこれきよ》の菓子までついている。

「いやはや、朝日どのの弁当は実に豪華にござるなあ」などと、大岡どのは大きな腹を揺すって上機嫌のご様子。

酒が回り、さっそく座が乱れてきた。大声で下手な浄瑠璃を語る者、自慢の裸躍りを披露して顰蹙《ひんしゅく》を買う者、早くも酔い潰れて鼾《いびき》を掻《か》く者。

広い本丸御殿にいるのはこの場の十名ばかりのみ。誰に見られる心配もないので、羽目は外したい放題である。殿さまもまさか、自分が寝ている目と鼻の先で家来たちが宴会をしているとは思ってもいないだろう。

予といえば、新参者らしく相番のふたりや足軽たちに酌をして回っているので、それほど酔ってはいない。この状況でなにか騒動があれば、手柄を独り占めにできると考えてのことである。

「う～ん、そろそろ食い物がのうなってきたわ」

すこぶる無念そうに、大岡どのが嘆いた。あれほどたくさんあった料理の大半は大岡どのの腹に納まっているが、まだ食い足りないらしい。

「今から城下に買いに行くゆうわけにもいかんし、どうしたもんか」

「おお、そうだ。ええこと思いついたわ」

完全に目の据わった松井どのが、不穏な空気を漂わせながら言った。

「食い物なら、お城の中にもあるがね」

「いったい、どこにです？」

予が訊ねると、松井どのはにやりと不敵に笑って答えた。

「お堀の中を、元気に泳いどるわ。あれを矢で射て引き上げ、捌いて食ったらええ」

思わず、予は顔を引き攣《つ》らせた。

本丸の周囲に巡らされた内堀には、多くの鴨が放し飼いされている。松井どのは、あれを食べるつもりらしい。

「いや、しかし……」

「朝日どの。お前《みやあ》さんは確か、御弓奉行朝倉忠兵衛どのの御弟子だったなも」

松井どのは口調をやわらげ、にやりと笑って訊ねる。

「は、はあ」

「よし、決まったがや。弓は貴殿に任せるもんでよう。さあ、善は急げだわ」

「どこが善なのです。事が露見いたせば、ただではすみませんぞ」

「なんだぁ、気が小せゃあなあ。あんなにもようけ（たくさん）おるんだで、誰も気づきゃあせんて。ここにおる者《もん》らぁが黙っとればええ。それともなにか？　お前さんは、我ら御城代組の仲間が信を置くに足りんと？」

松井どのはそう言って、酒臭い息がかかるくらいに顔を近づけてくる。まったくもって、なんと面倒臭い御仁だろうか。

鴨を食べたくて仕方がない大岡どのと、酔っ払った他の足軽たちも賛成に回り、やむなく予も内堀へと向かった。気が小さいとまで言われて黙っていては武士の名折れ。それに、今後の勤めを考えれば、あまり先輩にたてつくわけにもいかない。

弓矢は、松井どのが武器蔵から勝手に持ち出してきた。堀は深いので、鴨を射ても取りには行けない。そこで、松井どのの指示で矢柄《やがら》に長い紐を結わえ付け、そのまま引き上げられるようにした。とても酔っ払いとは思えない周到さである。

その松井どのは、歩きながら「こりゃあ面白くなってきたがや」などと呟き、にやにやしている。仲間だの信だのと言ってはいるが、どう見てもこの状況を愉しんでいるようにしか見えない。

幸い、月の明るい夜だった。堀の中はなんとか見てとれる。

「では、参ります」

弓に矢をつがえ、構えを取った。弓を取るのはいつ以来なのか、自分でもよくわからない。しかも、夜風は身を切るように冷たく、手がかじかむ。

予は屋島の合戦の那須与一《なすのよいち》よろしく神仏に祈りを捧げ、第一矢を放った。手応えはない。続けざまに第二矢、第三矢を放つが、いずれも外れ。

「なんだぁ、御弓奉行の婿のくせに、こんなもんかて」

小馬鹿にしたような松井どのの口ぶりに、予は久しぶりに頭に血が昇った。

「場所が悪うござる」

言うや、堀際の欄干《らんかん》を乗り越え、石垣の端に立った。具合のいい立ち位置を見つけ、精神を統一して再び矢を放つ。

少し遅れて、激しい水音とともに、鴨の断末魔の悲鳴が聞こえてきた。

「おお、当たったわ！」

「お見事！」

足軽たちが口々に誉めそやす。

「いかがにござる？」

勝ち誇った気分で松井どのに振り向こうとした刹那だった。不意に、苔《こけ》を踏んだ足がずるりと滑り、地面が消えた。

違う、足を踏み外したのだ。そう頭が理解した時には、予はまっ逆さまに落下していた。

どぼん、という派手な音が耳朶《じだ》を打ち、全身に衝撃が走る。同時に息ができなくなった。真冬の水は、冷たいというより痛い。綿入れをしっかりと着込んでいるため、身動きすらもままならない。

ああ、もっと水練の稽古を積んでおくのだった。そんな愚にもつかない後悔とともに、これまでの人生がめまぐるしく頭の中を駆け巡る。酒。博打。安女郎屋の年増。ろくなものがない。なんと、恥の多い人生だろう。おまけに、最期はお城の堀で溺死《できし》という情けなさ。ああ、きっと、人を出し抜いてまで出世しようとした罰が当たったのだ。

その時突然、脳裏に慶の顔が浮かんだ。そうだ。予はまだ死ぬわけにはいかないのだ。愛する妻とまだ見ぬ我が子のために、生きねばならないのだ。

予は、猛然と両手両足を動かした。泳ぎの基本すら知らないために動かし方は出鱈目《でたらめ》だが、とにかく生への執着だけで、もがき続けた。

と、いきなり後ろからなにかに抱きつかれた。わけもわからないまま、強い力で引き上げられる。水の上に顔が出て、ようやく息が吸えた。

「朝日、大丈夫きゃあも？」

松井どのの声。予は辛《かろ》うじて頷きを返す。

「よし、引き上げやぁ！」

どうやら、松井どのはどこかから見つけてきた縄を腰に巻きつけ、堀に飛び込んだらしい。顔を上げると、大岡どのと足軽たちが力を合わせて縄を引き上げているのが見えた。

「松井どの、なにゆえ……？」

引き上げられながら、予は訊ねた。予には松井どのが、我が身を危険に晒してまで他人を助けるような人物に思えなかった。

「たわけ。我ら御城代組は、家族みたいなもんだがや。なにかあったら助け合うのが当たり前だがね」

予は大いに感じ入り、そして反省した。

もう、出世も加増も、どうでもよいではないか。予には、このような素晴らしき仲間がいるのだ。

その後、予と松井どのの着物を乾かすために台所で火を熾し、ついでに予の射止めた鴨を大岡どのが絞め、鍋にして食った。この鴨の美味たること、まこと筆舌に尽くし難し。

三月十日

本日、予はついに父親となった。

生まれたのは女の子で、「こん」と名付けた。呼びやすく、可愛《かわい》らしい、実によい名前である。

父は跡取りではなかったことでいささか落胆した様子だが、世間では、最初の子は女子のほうがよいという。赤子はまたできる。その時に期待すればよいのだ。

それよりなにより予が頭を悩ませているのは、こんがちっとも可愛くないという問題である。

「おぎゃあ」という声が聞こえた途端、予はいてもたってもいられず産所に使っていた部屋に飛び込んだのだが、産婆に抱きかかえられた赤子はどう見ても、毛のない真っ赤な小猿にしか見えなかった。

こんなにも可愛くないものなのかと、予は落胆した。このまま醜女《しこめ》に育ってしまったら、嫁の貰い手はどうすればよいのか。この子は、一生予が面倒を見なければならないのか。

「安心しやあて。生まれたばかりの赤子なんて、みんなこんなもんだわ」

泣き叫ぶ赤子をあやしながら、産婆が予の心を見透かしたかのように言う。

「まったく、男親はこれだでかんわ」

「は、はあ。すまぬ」

なぜ産婆に謝らなければならないのかわからないが、とりあえず頭を下げた。

すっかり憔悴《しょうすい》しきった慶をねぎらい、赤子を抱いてみた。

やはり、ちっとも可愛くない。まあ、母子ともに大事なかったということで、今はよしとすべきだろう。

しばらくすると、朝倉道場の門弟や予の知人友人などが次々とやってきて、祝いを述べた。こうなると、生まれた子の父親としては当然、酒肴を用意して彼らをもてなさねばならない。

今宵の献立は以下の通り。

塩鴨と大根の葉の汁物。烏賊《いか》と鱧《はも》の刺身。大根の葉とふきのあつ物、山芋と栄螺《さざえ》、ごぼう、独活《うど》の煮付け。焼鯖《やきさば》、焼鰡《やきぼら》、膾《なます》、鮒《ふな》の粕漬《かすづ》け、田作り、昆布、するめ、みょうが、香の物等々。酒は四升と少し。

これらの膨大な酒肴代に加え、産婆や手伝いに来てくれた近所の女衆にも礼をせねばならないので、予の懐への痛手は甚だ大なり。父はいつの間にか帰宅していたため、足りない分は舅に借りて用立てた。

生まれたその日に、いきなり借金をする羽目になってしまった。やはり、子を作り育てていくというのは大変なことである。

六月二十四日

このところ、藩士たちの間で鉄砲が流行っているらしい。

といっても、いい鉄砲を買い求めて鑑賞するというのではなく、実際に的を撃って腕を競うのである。

流行のきっかけは、井野口六郎左衛門、富永兵右衛門というふたりの城代家老が鉄砲をことのほか愛好していて、暇があれば矢田《やだ》河原の鉄砲場に行っては的を撃っているからだった。

やがて、鉄砲の腕がいい者は城代の覚えがめでたくなり、ひいては出世につながるという噂がどこからともなく流れはじめ、藩士たちはこぞって鉄砲場に出かけるようになったのである。いずれは、接待鉄砲撃ちが名古屋のあちこちで行われるようになるかもしれない。

しかしながら予に言わせれば、上役の趣味に合わせて出世の機会を掴もうなどまったくもって笑止千万、弓矢の家に生まれた者にあるまじき卑しき行いである。予はそうした心得違いの輩を心の底から軽蔑していた。

だいたい、そんな暇があるなら、予はこんの寝顔を眺めていたい。生まれた当初はあれほど可愛くないと思っていたのが不思議なもので、予は、たった三月でこんの顔を見なければ一日を終われないという子煩悩な父親に成り下がってしまったのである。

そんな予がなぜこうして鉄砲場まで来ているかというと、「一度でいいからやってみろ。こんなに面白いものはない」と、周囲からしつこく誘われたからである。子ができてから付き合いが悪いと言われていることだし、これも武芸の鍛練には違いがないので、渋々重い腰を上げたというわけだ。

あわよくば、予に鉄砲の才があって、撃つ弾全てが的の真中に命中、それをたまたま城代が見かけて気に入られる。それをきっかけに出世街道を驀進《ばくしん》、というような展開など、これっぽっちも期待してはいない。けっして。

そんなわけで、加藤平左衛門、都築分内と連れ立って矢田河原に向かった。武芸全般にとんと縁のない平左衛門が面白いと言うのだ、相当なものなのだろう。

鉄砲場は、朝から賑わっていた。鉄砲の筒音が方々で轟き、戦場もかくやといった様相である。我らも早速河川敷に下り、鉄砲場を管理する役人から鉄砲と玉薬を受け取った。

鉄砲というものは、思っていたよりもずっと重い。平左衛門や分内に教わりつつ、覚束ない手つきで弾を込めはじめる。

まずは火縄に点火し、次に早合《はやごう》と呼ばれる小さな筒から火薬と弾を銃口へ注ぎ込んだ。それから、さく杖《じょう》という棒を銃口に突っ込んで、火薬と弾を押し固める。銃身の横にある火皿に点火用の火薬を入れ、火蓋を閉じて火挟みに火縄を挟む。それからようやく筒先を的に向け、火蓋を切る。

こんな面倒臭い武器が、本当に合戦で役に立つのだろうか。そんなことを思いながら片目をつぶり、片膝をついて構えを取る。ここまできたら、後は弓とそう変わりはない。精神を集中し、的をしっかりと見据えた。予は、お堀の鴨を射止めた男だ。あの程度の的など、なにほどのこともない。

引き金にかけた指に、ゆっくりと力を籠める。

だぁん！　轟音が耳を聾《ろう》し、凄まじい勢いで筒先が跳ね上がる。

「外れー！」

的まで駆けていった都築が、大声で言った。

「おのれ、もう一発だ！」

予にも、御弓奉行の婿としての矜持《きょうじ》というものがある。的を外したますごすごと引き下がるわけにはいかぬ。

それから立て続けに四発撃ってみたものの、どういうわけか一発も当たらない。

ところが、都築は五発中四発。平左衛門ですら、五発中三発を命中させたのである。

予の面目は丸潰れであった。

これ以上の屈辱があろうか。憤慨した予は呑みの誘いも断り、天野源蔵先生宅を訪ねた。暴れ回る猪を一発で仕留めるほどの腕を持つ源蔵先生である、鉄砲の極意を伝授してもらうのに、これ以上の相手はいない。

「ほう、君も鉄砲をはじめましたか」

先生は書見の最中であったが、突然来訪した予を快く出迎えてくれた。

出された茶菓子を頬張りながら、予は訊ねた。

「はい。そこで、鉄砲の名人であらせられる源蔵先生に、鉄砲の極意を伺おうと思いこうしてまかりこした次第です」

「なるほど、極意ですか」

先生は最近蓄えるようになった口髭を指先でいじりながら、しばし沈思《ちんし》した。

「まずは、己をなくすことでしょう。上達しよう、的に弾を当てようといった自我を脱し、流れる風を感じ、大地、空、ひいては宇宙と一体化するのです。人体には、肉体と精神を司る場所が背骨に沿って、七つ存在します。これを天竺《てんじく》の言葉でチャクラと言うのですが、眉間の少し上にあるアジーナと呼ばれるチャクラ、これは俗に第三の目などと言われることもありますな。つまりは、そのアジーナを開けば、鋭敏な知性と精神が……」

「先生、お話しの途中失礼ですが、急な用事を思い出しました。今日はこれにて」

どうやら、先生の鉄砲理論は常人には理解できない域にまで達しているらしい。予は尻に帆をかけて逃げ出した。

やはり、他人に極意を教えてもらって楽に上達しようというのが間違いであったのだ。なくした面目は、自分自身の力で取り戻さねばならない。

六月二十六日

朝から鉄砲場へ行き、五発撃つがひとつも当たらず。

未ノ刻にいたり、遠くより雷鳴が聞こえてきたと思ったら、間もなく激しい雨が降り出した。

ようやく勘どころを摑みかけていたところなので、あと五発も撃てば全て当たっていたはずだった。なんとも憎らしい雨である。

七月一日

申ノ刻より、加藤平左衛門、神谷段之右衛門とともに鉄砲撃ちへ行く。

五発撃ち、ひとつも当たらず。

七月二十二日

「いやあ、先日はすまなかったねえ。あの時はちょっと天竺の書物に没頭していたものだから、ついつい人に語りたくなってしまって。で、私はどうも人に教えるというのが苦手なので、君には別の師匠を紹介しよう。私が若い頃に教わった人でね、お歳は召されているが、今でも名古屋で一、二を争う名人だと私は思うよ」

昨日我が家を訪ねてきた源蔵先生は、そう言って水野作兵衛という鉄砲名人を紹介してくれた。先生がそこまでおっしゃるからには、さぞかし素晴らしい武人なのだろう。予の期待はいやが上にも高まった。

そこで本日、早速神谷段之右衛門、都築分内らに声をかけ、訪ねてみることにした。大の酒好きということで、手土産に上物の酒を購入した。手痛い出費ではあるが、謝礼金代わりと思えばやむを得ない。

水野翁は、とうに還暦を過ぎていると思われる小柄な老人で、いかにも酒呑みといったらしない顔つきをしていた。

予はいきなり不安になってしまったが、源蔵先生が言われるには、その腕は三十間先の蜻蛉《とんぼ》を簡単に打ち落とすほどらしい。が、目の前にいる老人の皺《しわ》だらけで一本の線のようになった目は、一間先の予が見えているのかどうかも怪しい。

「さては、疑っておるな？　では、ちと見本を見せてやろうかの」

そう言っておもむろに鉄砲を持ち出し、慣れた手つきで弾を込める。心なしか、手が震えているように見えて、我らの不安は増していく。

「いい酒も手に入ったことじゃし、今宵は雁鍋で一杯といこうかの」

そんなわけのわからない独り言を呟くや、いきなり筒先を斜め上に向け、引き金を引く。

直後、予も連れの者たちも、口をぽっかりと開けて絶句した。三十間どころか、ゆうに五十間以上は離れているであろう上空を飛んでいた雁が、まっ逆さまに落下していったのである。

「ほれ、誰ぞ、取りに行ってきてくれ」

その場にいた全員が弟子入りを決め、皆で雁鍋を食べながら牛王宝印《ごおうほういん》の起請文《きしようもん》に血判を押した。

この御方に師事すれば、予の鉄砲の腕も名人の域にまで高められるかもしれない。

予は、体の奥底からふつふつと熱いものが沸き上がるのを感じた。

十月十九日

予、江戸郊外の中野という在所に広大な屋敷が建てられた、と小耳に挟む。

誰の屋敷かと訊ねると、どうやら人ではなく犬のためのものらしい。野犬や捨て犬を収容するためのもので、屋敷で暮らす犬はすでに数万匹にも達しているらしい。その世話に当たる人夫の数も膨大で、二万人を超えるという。

「犬が人に仕えるのではなく、人が犬に仕えるなど、おかしな話だなあ」

予がそう嘆くと慶は、

「よいではありませんか、愉しそう」

などとにこにこ笑っている。

「人に捨てられた可哀想な犬たちが幸せに暮らせるなら、それはそれで素晴らしいことですわ」

さすがは我が妻、慈愛に満ち溢れているお言葉である。予は反省しきりである。

元禄九年（一六九六）二月二日

本日、御城代組の新たな編成が発表され、予は御本丸御番となる。予、ようやく家督相続のかなった加藤平左衛門と、同じく幼馴染みの神谷段之右衛門と同じ班となる。嬉しきことこの上なし。

これで、悪ふざけの過ぎる松井どのや、食道楽以外に興味のない大岡どのの下で苦労することがなくなると思うと、感涙にむせびたくなる。

四月二十二日

若かりし頃より浄瑠璃だの芝居だのに傾倒している予であるからして、やはり心中と聞くと気持ちが高揚し、なぜか体がかっかと熱くなる。幾多の芝居に描かれているように、究極の愛の形とは心中にあるのではないかと思う次第である。

これまでも、心中があったと聞けば、岡っ引よりも早く現場に駆けつけて周辺住民に事情を聞き、この日記に細大《さいだい》漏らさず書き留めてきた。

そんな予であるが、とうとう身近なところで心中事件が起きてしまった。それも、現場は予の莫逆《ばくぎゃく》の友、神谷段之右衛門の屋敷内である。

その話を聞いた時にはすでに日が暮れていたが、予はすぐさま神谷宅へ駆けつけた。

「実はな、文左衛門」

沈んだ声で、神谷は語りはじめた。

長岡庄左衛門なる藩士の下僕に、関介という男がいた。その者は以前、神谷の家で下僕をしていたが、同じく神谷の家で働くさつという夫持ちの女と密通し、暇を出されていた。

ところが、本日申ノ刻、関介は性懲りもなく神谷の家までやってきて、さつを呼び出した。ふたりの間にどんなやり取りがあったのかはわからないが、しばらく経ってから、別の下僕が庭で死んでいるさつと、腹から血を流して苦しんでいる関介を発見した。

諸肌を脱ぎ、脇差で腹を切った関介は、さつの体に覆いかぶさっていたという。

その手は、さつを抱き寄せているようにも見えたらしい。

ふたりの亡骸《なきがら》は、庭に敷かれた筵《むしろ》の上に置かれていた。その傍にしゃがみ込み、予は手を合わせた。

予は、生前のふたりと幾度か顔を合わせ、言葉を交わしたこともある。

さつは働き者の慎ましやかな美人で、関介は好感の持てる闊達な若者だった。ふたりとも、二十歳かそこらの若さだ。

「よほど好き合《お》うとったんだなも」

予が感慨に浸りながら言うと、神谷は小さく首を振った。

「さつにしてみれば、関介とのことはものの弾みというか、ちょっとした出来心だったみたいだわ。さつはどえりゃあ後悔しとったと、他の下女たちが噂しとった」

よく見ると、さつの体には刺し傷の他、あちこちに殴られたような跡がある。相当争ったのだろう。

「なるほど、現実はそれほど美しゅうないということか」

「関介にとどめを刺したのは俺だ。暇を出したとはいえ、かつては俺が召し使っとった者だで、死にきれんで苦しんどるのを見るのは辛うてな」

「そうか」

予は、関介に視線を移した。喉元に、刀で突いたような傷が見える。

予は、親友にどんな言葉をかけてやるべきかわからなかった。とにかく、予にできることをやってやるしかないだろう。

聞けば、御目付に報告はしたものの、小頭の相原久兵衛、渡辺源右衛門や組の仲間にはまだ報せていないというので、予は自ら提灯片手に報せに走った。

予の東奔西走の結果、御城代組の仲間たちが神谷の家に集まってきた。酒を酌み交わしつつ語るうち、神谷の心も少しく晴れてきたようだった。やはり、持つべきものは友であると、改めて思った次第である。

四月二十三日

この日の夕刻になって、ようやく関介とさつの死体の検分が終わった。死体を親や請け人に渡すことが許されたので、関介は長岡庄左衛門の家来が引き取っていった。

だが、さつのほうは一向に引き取り手が現れない。さつの夫は牧三郎兵衛という藩士の家で若党をしている、堀部林右衛門という侍だった。すでに人を遣わして事の次第を報せてある。

「己の妻が死んだというのに、夫はなにをしておるのだ」

予は牧三郎兵衛の家を聞き出し、ひとりで足を運んだ。

牧家の下人に頼んで、堀部を門前まで呼び出してもらった。すらりと背の高い若者で、よく整った顔立ちは役者としても通用しそうだ。

「神谷段之右衛門の友人で、朝日文左衛門と申す。聞いておるだろうが、そなたの女房さつが刺されて死んだ。遺体を引き取りにきてもらいたい」

用件を伝えると、堀部はあからさまに不愉快そうな顔をした。

「あの女とは、確かに夫婦になろうという話をいたしました。しかしながら、会ったことがあるのはほんの数回。それがしは、あの女が女房などと思ったことは一度もありません。しかも、他に男がいたなどと」

「だが、一度は情を交わした女子が殺されたのだぞ。そなたはなんとも思わんのか？」

「それがしの知ったことではございませぬ。ふたりのうちのどちらかが生きていれば、行って罵《ののし》ってやるところですが、ふたりとも死んでしまった以上、もうそれがしには関わりありませぬ。さあ、お引取りください」

「なにを言っておる。さつは、そなたのことを夫だと思っていた。だから関介の誘いを断って、それで殺されたのだぞ」

「しつこい御方だ。それがしこそ、物笑いの種にされていい迷惑なのです」

ああそうか、と呟《つぶや》き、堀部は懐に手を入れた。

「それがしとて、裕福というわけではござらん。些少《さしよう》ですが、これでお引取りを」

金子を布にくるみ、うんざりした口ぶりで言いながら差し出す。

ここにいたり、予の堪忍袋の緒は音を立てて切れた。

「たわけたことを言うとるでにゃあわっ！」

渾身の力を籠め、握りしめた拳を堀部の顔面に叩きつけた。仰向けに倒れた堀部の端整な顔が、鼻血で真っ赤に染まっている。

自分の拳の痛みも、他家の若党を殴り飛ばしたことで生じる面倒も、頭から完全に消えていた。

「こ、この野郎っ！」

起き上がった堀部が、拳を振り上げ殴りかかってくる。予は難なくこれをかわし、襟首を摑んで投げ飛ばした。なにを隠そう、予は猪飼忠四郎道場で柔術の印可も受けているのだ。謝礼を払えば誰でももらえる程度の印可ではあるが、いちおうの心得はある。こんな優男《やさおとこ》を投げ飛ばすなどわけはなかった。

「ま、まいった。勘弁してちょう……！」

涙声で訴える堀部の顔に唾を吐きかけ、予は憤然と踵を返した。

これで、さつの無念を少しでも晴らせただろうか。夕暮れの町を歩きながら、予は考えた。

たぶん、晴らせてなどいない。

五月十九日

曇り。予、当番に出る。

段之右衛門は申ノ刻より用事があるということで早退し、代わりに佐藤岡右衛門がやってきた。

いつものごとく皆で酒を呑んでいるうち、どういうわけか予と加藤平左衛門のどちらが足が速いかという話になった。双方譲らず、本丸の中庭にて駆け比べをしたが、結果は引き分けであった。予も平左衛門も、十間も走らぬうちに臓腑が引っくり返り、御庭に激しく吐逆したためである。

帰宅後、妻も子もある二十三歳の男がいったいなにをやっているのかと慶にこっぴどく叱《しか》られ、予は大いに反省した。

首を竦《すく》めて説教を聞きながら、叱ってくれる相手がいるというのはありがたいことだとしみじみ思った。

元禄十年（一六九七）三月二十八日
晴。予、午《うま》ノ刻より鈴木理右衛門宅に行き、はじめて文会に参加す。

文会というのは、皆で集まって漢詩を詠んだり、古今東西の学問について語り合って互いに知識を高めるという、無実講とは正反対の崇高なる志を持った文人たちの集まりである。

話し合われる内容は実に多岐にわたり、儒学から国学、文学、歴史、政治、経済、果ては天文学にまで及ぶという。

主立った参加者は、藩内きっての学識で知られる鈴木理右衛門どのや加藤伊織どの、さらにはかつて予も師事した漢学の大家小出晦哲どの、神道学者の吉見孝和どの、我が人生の師と言っても差しつかえない天野源蔵先生などなど、尾張藩の頭脳を結集したと言ってもよいほどの、錚々《そうそう》たる面々である。

そんな場に、なぜ予のごとき軽輩が加わることになったのか。

それは源蔵先生のお誘いによるものであった。

「君は、実際の学識はともかくとして、非常に好奇心が強い。人間の皮をかぶった好奇心と言ってもいいほどだ。一度、文会に出てみたらどうかな。きっと面白い話がたくさん聞けるよ。なに、そう堅苦しい会ではないし、世間で言われるほど難しい話をしているわけでもないから、気軽に来なさい」

いささか浮き世離れしたところのある源蔵先生の言葉だけに一抹の不安は拭いきれなかったが、先生の誘いとあっては断るわけにもいかない。

それに、あの文会に参加したとなれば、他の藩士たちからは羨望の眼差しを浴び、往来を歩けば町娘たちが頬を赤らめて予の噂に花を咲かせること請け合いである。

これは、ぜひ参加せねばなるまい。

予は、この日のために新たに仕立てた羽織に袖を通し　颯爽《さっそう》と鈴木理右衛門邸の門をくぐった。

二刻半後、予は疲労困憊《こんぱい》し、ふらつく足取りで鈴木邸を出た。憔悴しきった体に、夕陽が眩《まぶ》しい。

隣を歩く源蔵先生は、対照的にすがすがしい顔つきをしておられる。

「どうかな、初参加の感想は。なかなかに面白かっただろう？」

ぼろ雑巾のような予の有り様を見て、いったいどうしてそんな言葉が出てくるのだろう。唖然としながらも、「はあ、そうですね」と曖昧《あいまい》に相槌《あいづち》を打つ。

意気込んで臨んだものの、結果は惨憺《さんたん》たるものであった。参加者同士で交わされる熱い熱い学問論議の大半、というかほぼ全てが理解不能であり、この二刻半の間に予が発した言葉といえば、「はい、そうですね」と「よくわかりませぬ」の二種類だけであった。

人より多少は本を読むというだけで、いたって普通の人間を捕まえて、「吉田兼《かね》倶《とも》が『唯一神道名法要集《ゆいいつしんとうみょうほうようしゅう》』でとなえた反本地垂迹説《はんほんじすいじゃく》についていかがお考えか？」などと聞かれたところで、答えられるはずがないではないか。

そうした次第なので、熱く交わされる学問談議を、予はほとんど言葉を発しないまま黙って聞き続けた。論を闘わす学者たちはなんとか相手を論駁《ろんばく》してやろうと殺気立ち、血走った目で口角泡を飛ばして自説をまくし立てる。

議論の内容は理解できなくとも、よくもまあそこまでのめり込めるものだと予は感心した。どうやら学問とは悪女に似て、嵌まれば嵌まるほど抜け出せなくなり、やがては周囲すら目に入らなくなるらしい。

げに恐ろしきは、学問の奥の深さである。何事もほどほどがよいと、予は胆に命じた。

元禄十三年（一七〇〇）二月一日

晴。午ノ刻より曇り。

予、朝から矢田河原に行き、鉄砲を撃つ。

日記と芝居と酒以外、万事長続きしないことでは人後に落ちない予であるが、どういうわけか鉄砲ばかりはずいぶんと長く続いている。

しかし、あれほど流行していた鉄砲だが、いつの間にやら藩士たちの熱も冷め、鉄砲場はこのところ、めっきり人が少なくなっている。今朝も、加藤平左衛門と神谷段之右衛門を誘ったのだが、ふたりとも寒いだの面倒だの昨日の酒が残っているだのと、なにかと理由をつけて断ってきた。あたりを見回しても、往時の賑わいはどこへやら、予の他にはほんの二、三人が稽古しているだけだった。

まあ、そのほうが気兼ねなく撃ち続けていられるので、予としては流行が去るのは大歓迎である。

鉄砲場もそうだが、水野作兵衛翁のもとにも足繁く通い、鉄砲の極意を究めんと日夜研鑽《けんさん》の日々である。

段之右衛門や都築分内ら、一緒に弟子入りした者たちの中で、いまだに通い続けているのは予のみである。

たとえば、構えた鉄砲の筒先になみなみ酒を入れた徳利《とっくり》を載せ、こぼさないように作衛兵先生に酌をする。あるいは、先生が屋根から投げ落とす毬《まり》に書かれている文字を読み取る。そんなふうに先生の稽古法は独創的すぎるので、弟子が長続きしないのだ。

ところがどうしたわけか、その稽古法が予の肌には合った。ぐんぐん上達していくような気がするし、稽古後に先生と酒を酌み交わすのもなかなか面白い。なにより、的を撃ち抜いたときの快感は他の何物にも代えがたかった。

十二発目を放ち、十三発目の弾を込めていると、いきなり背後から声をかけられた。

「精が出るな」

誰かしらんと振り返ると、従者らしき侍を数人連れた、五十がらみの人物が鷹揚な笑みを浮かべている。その人物の顔を見て、予は慌てて片膝をついた。

「これは、御城代さま！」

そこにいたのは誰あろう、城代井野口六郎左衛門さまである。藩士たちに鉄砲が流行したのも、この御方が鉄砲好きだからというのが理由だった。

「畏《かしこ》まらずともよい。そのまま続けよ。一時は藩士たちも足繁く通っていたようだが、最近はめっきりと廃れてしまったようじゃな」

あたりを見回し、深く嘆息なさる。

「そこへいくと、そなたはなかなかのものじゃ。武士たる者は、太平の世にあってもかくあるべし」

ふぉふぉふぉと笑って、井野口さまはその場を後になされた。

これはひょっとして、出世の糸口になるのではなかろうか。そんな邪念が頭をもたげかけたが、すぐに追い払った。予が鉄砲を撃ちまくっているのは、なにも出世のためなどではない。

再び構えを取って的を見据えた瞬間、視界の端でなにかが動いた。

「六郎左衛門、覚悟ぉーっ！」

叫んだのは、予から十間ほど離れた場所で稽古をしていた、若い侍だった。筒先を井野口さまのほうへ向けている。

頭で考える前に、勝手に体が動いた。的からその侍に鉄砲を向け直し、ほとんど狙いもつけずに引き金を引く。

ふたつ重なって木霊した銃声が風に掻き消された時、侍は肩を押さえてのた打ち回っていた。

「おのれ、狼藉者《ろうぜき》！」

侍は従者たちに難なく取り押さえられた。井野口さまにも、お怪我はないらしい。

「どうやら、そなたに命を助けられたようじゃな。この通り、礼を申す」

井野口さまは、恭《うやうや》しく予の手を取って頭を下げられた。

これはひょっとして、出世の糸口になるかもしれん。そんな邪念が、またぞろ頭をもたげてきた。

聞けば、井野口さまのお命を狙ったのは、杉村市之進という、まだ二十歳にもならない若い藩士だった。

市之進は、家は微禄ながらも近所では評判の美童で、その噂を聞いた井野口さまの衆道の相手を務めていた。無論、市之進の方にも将来の出世と加増のためという思いがあったのだろう。

しかし、ほどなくして井野口さまの気持ちは別の若衆に移ってしまった。当然、出世も加増も泡と消えた。有り体に言えば、捨てられたのである。

尻まで差し出したにもかかわらず、弊履《へいり》のごとく捨てられた。その恨みを晴らさんと、毎日のように鉄砲場に通い詰め、鉄砲好きの井野口さまを待ち構えていたのだという。恐るべき執念であった。

実に情けない話だった。御三家筆頭たる尾張藩六十万石の政を預かる城代家老が、加増をちらつかせて美童をたぶらかし、さらにそれが原因で命まで狙われたのである。こんな醜聞が殿さまに知れれば、たとえ城代といえどただではすまないだろう。

「とまあ、そういうわけなので、そなたには出世してもらおうか」

予の中で完全に株を落とした井野口さまは、悪びれることなく言った。つまりは、口止め料ということだ。

「そうだ。確か、御畳《おたたみ》奉行の席が空いておったな。いかがじゃ?」

確か、四年ばかり前に設けられたばかりの新しい役職だった。どうせなら町奉行とか勘定奉行とか、もっと重みのある奉行にしてほしいものだ。とはいえ、奉行となれば役料もつき、収入は増える。慶もこんも、父も母も友人たちも、みな喜んでくれる。

奉行。お奉行さま。声に出さずに呟く。

悪くない。

「その話、お受けいたしましょう」

かくして、予の御畳奉行就任はめでたく内定したのである。

その後、杉村市之進がどうなったのかは、予の知るところではない。

第三幕　朝日家、大いに乱れる

元禄十三年（一七〇〇）九月一日

曇りのち晴。風やや強し。

早いもので、予が御畳《おたたみ》奉行に就任してから半年近くが経《た》つ。

常々刺激に飢え、暇を持て余しがちな予は、どれほど多忙な毎日が待ち受けているのだろうと胸躍らせていたのだが、蓋《ふた》を開けてみれば、これまでと変わりばえのしない平穏で退屈な日々が続いているだけであった。

考えてみればそれも当然のことで、御畳奉行とはその名の通り、城内の畳を維持管理するだけの役職である。どこそこの部屋の畳が傷んでいれば、職人を呼んで修繕するか取り替えるかするのだが、そうした仕事は四人いる配下の者が全てやってしまうので、予はなにもすることがない。こうなると、御城代組本丸勤番として勤めていた頃のほうが、まだ退屈しなかった。天守閣で月見の宴を催したり、お堀の鴨を捕まえて食ったりしていた頃が懐かしい。

しかしながら、予もすでに二十七歳。立派な大人であり、妻子も養わねばならない。そういった意味で、奉行の御役料四十俵は実にありがたい。おかげで新居に移ることもできたのだ。

三の丸に程近い主税町《ちからまち》の屋敷は、三百石取りの侍が住むような大きなもので、予と慶《けい》のふたりではいささか広すぎるくらいだった。奉行としての体面もあり、新たに下男や女中も雇った。やはり、男として生まれた以上は一国一城の主を目指さねばならぬ。引っ越した当初は、誰彼かまわず自慢して回りたいような心境であった。両親に遠慮する必要がなくなり、慶もたいそう喜んでくれていた。

ところが、この頃どうしたわけか、慶の機嫌が優れない。

台所で食事の仕度をしながら何事かぶつぶつ呟《つぶや》いていたかと思えば、不機嫌そうにむっつりと押し黙っていたりする。以前は笑って許してくれたことでも、最近では手がつけられないほど怒り出してしまう。先日など、慶が大事に取っておいた饅《まん》頭《じゅう》を勝手に食べたという理由で丸一日口を利いてくれなかった。

「このところ様子がおかしいぞ。いったいどうしたというのだ？」

本日、たまりかねた予は慶に問い質してみた。すると、どうやら原因は近所付き合いにあるらしいことがわかった。

前の家は、近所がみな御城代組の勝手知ったる仲間であったため、さして気を遣う必要もなかった。それが、今の屋敷の近所は家格も高く、付き合いづらい相手が多いのだという。

やれ、あそこの家の奥方は着物の趣味がよくないとか、下男の人相が悪いだとか、誰々の夫がどこぞの後家と浮気しているらしいとか、愚にもつかない噂話や陰口に付き合わされるのが、さっぱりした性格の慶にとっては苦痛だった。

「しかも、しかもでございますよ」

怒りを露わにして、慶はまくし立てる。

「あなたさまの御畳奉行就任が世間でどう言われているか、ご存知ですか?」

顔を真っ赤にして詰め寄られても、予は首を振ることしかできない。

「あなたさまが御城代の井野口さまに賄賂《わいろ》を贈り、奉行の職を買ったとまことしやかに噂されているのです」

「賄賂だと?」

さすがに予も仰天した。

「馬鹿なことを申すな。我が家に奉行の職を買えるほど賂《まいない》が出せるか。そもそもそんな大金があったら、もう少しいい酒を買うわ」

「でも、他の方々はみんなそう噂しておるそうです。あの朝日《あさひ》文左衛門《ぶんざえもん》が奉行になるなど、賂を贈ったか御城代の弱みを握ったかしたに違いないと。こんな口惜しいことがありましょうか」

予は、思わず唸《うな》った。城代の弱みを握っているのは、紛れもない事実なのである。しかし、そのことを言うわけにはいかない。慶は、純粋に予の能力が評価されて奉行に抜擢《ばってき》されたと思っているのだ。

どうやら予は、四十俵の収入とこの屋敷を手に入れた代わりに、ずいぶんと面倒なものを背負わされてしまったらしい。こんなことなら出世などせず、ずっと本丸勤番のままのほうが、多少貧しくとも愉《たの》しく暮らせたのかもしれない。

なんとなく気分が塞《ふさ》ぐので、平左衛門《へいざえもん》の家に出かけて呑《の》むこととする。

十月二日

曇り。のち少しく雨。夕刻より止《や》む。

あれから、非番の日に大須《おおす》へ連れ立って寺社詣でに出かけたり、勤めの帰りに巷《ちまた》で評判の菓子を買ってきてやったりしたものの、あまり気晴らしになった様子はなく、相変わらず慶の機嫌は優れない。

予が、その日あった出来事や小耳に挟んだ噂などを面白おかしく話してみても、慶はどこか上の空で、ようやく口を開いたかと思えば、また野菜の値が上がったとか、どこそこの奥方にこんな嫌味を言われたとか、そうした益体《やくたい》もない話ばかりで、一向に座は明るくならない。

こうなってくると、せっかく引っ越した新居が、どんよりと暗く沈んで見える。家の中にねっとりとした空気が充満し、体に絡みついてくるような心地がしていまひとつ居心地が悪い。そんなわけであるから、少しでも家にいる時間を減らそうと、予はこのところ方々で呑み歩くようになっていた。

そして昨夜、加藤《かとう》平左衛門宅でいつもの面々と共に酒を酌み交わすうち、浄瑠璃《じょうるり》談義に熱中しすぎて時を忘れ、気づくと朝になっていた。泊まってくるとは伝えていなかったので、なんとなく気まずい思いをしながら家に帰った予は、出迎えた慶を見て硬直した。

玄関に立つ慶は、あろうことか薙刀《なぎなた》を構え、白刃を予に向けていたのである。

「おかえりなさいませ。昨夜はどちらへお泊まりで？」

口元に氷のごとき微笑を湛《たた》えながら、慶は訊《たず》ねた。口調は穏やかなものだったが、どう見ても尋常ではない。

「あ、ああ、ええと、平左の家で、浄瑠璃談義が盛り上がってしまってな。ところで、その物騒なものはなにかな？」

「まあ、左様でございましたか」

予の問いをまったく無視して、慶はぞっとするような微笑を浮かべた。弓奉行の娘だけあって、武芸に関しては予などよりよほどしっかりと仕込まれている。どう考えても、予に勝ち目はなかった。

「お泊まりになられる時は、先におっしゃってくださいと日頃から申しておりましょう？　昨日はよい魚が手に入ったので、腕によりをかけて夕餉《ゆうげ》を仕度しましたのに、台無しになってしまいました」

「そ、そうか。それはすまなかったな。今後は気をつけるゆえ、その物騒なものをしまって……」

「で、昨夜はどこにお泊まりで？」

「いや、だから平左の家に」

「よもや、いかがわしき店に出入りしておられるのではありますまいな？」

「ば、馬鹿なことを申すな！　他の者は知らんが、わしはそのような真似はいたさぬ。そもそも、先立つ物がないではないか」

「信用できませぬ。近頃はずいぶんと安い遊女屋もあるというではありませんか」

「違うと申しておろうに」

そんな押し問答が、半刻《はんとき》近くも続いた。結局、下男を使いにやって平左衛門や他の面々の証言を得て、ようやく慶も矛を収めたのである。

それにしても、聡明で慎ましやかだったあの頃の慶は、いったいどこへ行ってしまったのであろうか。なにが慶を変えてしまったのだろう。どれほど芝居や浄瑠璃を見て学んだところで、女子《おなご》というのは予の理解が到底及ばぬ存在である。

元禄十四年（一七〇一）二月十五日

終日曇り。風強し。

昨晩から床に伏せっている慶の病は、やはり疱瘡《ほうそう》であった。

顔と手にできた水疱はさらに大きくなり、数も増えている。このところ城下で大流行し、命を落とす者も多く出ていたが、まさか我が妻が罹患《りかん》するとは。流行をどこか他人事《ひとごと》のように見ていた予は、病というものの恐ろしさに戦慄《せんりつ》した。

今朝がた招いた医師の通庵によれば、薬はあるにはあるが、痛みを抑える程度のもので、根本的な治療法は存在しないらしい。患者を隔離して接触を極力避け、安静にして痛みが引くまで待つしかないのだという。

あの薙刀の一件以来、慶はすっかり嫉妬《しっと》深くなり、予の帰りが少しでも遅くなれば、どこかで女を抱いていたのではないかと大騒ぎするようになってしまった。皿だの鍋だのを投げつけられたり、出刃包丁を手に追い回されたりしたこともある。勤めを終えて真っ直ぐ帰ってきても、「本当にお勤めだったのか」などと言って疑うものだから、予はますますもって家に帰りづらくなる。なにより気の毒なのは、そうした母親の醜態を見せられるこんである。

愛娘も、もう七歳になる。予に似て、利発で愛らしい才色兼備の娘に育ってはいるが、家がこうした有り様では今後の成長に悪い影響を与えかねない。実に困ったものである。

しかし、そうは言っても慶は我が最愛の妻である。熱にうなされ、痛い痒《かゆ》いと訴えられれば、予の胸も針で刺されたように痛む。

予は本家から母を呼び、看病の手伝いを頼んだ。痛みと熱で苦しげな声を上げる慶を前にしても、予にできることはなにもないのが実に口惜しい。

どうやらこの世には疱瘡神というのがいて、その神が夢の中に現れると、人は疱瘡に冒されるのだ。なんという傍迷惑《はためいわく》な神であろうか。もしも会う機会があったならば、「俺の妻に手を出すな!」と叫んで横面を殴りつけてやりたい。しかしそれもかなわぬので、予は食事と薬を運ぶ役を自ら引き受け、でき得る限り慶のそばについてやれるよう努めることとする。

終日床で悶《もだ》え苦しみ続ける慶は、痛みに堪えかねて喚《わめ》き散らしたかと思えば、熱に浮かされて突然笑い出したり、がばと起き上がって浄瑠璃を語り出したりと、見るも哀れな有り様であった。

慶にもしものことがあったら。慶がこの世からいなくなってしまったら。そんなろくでもない考えが脳裏に浮かぶたび、極寒の雪原に裸で放り出されたような寒気を覚える。

慶が、予とこんを置いていくはずがない。何度も何度も、予は己に言い聞かせた。

二月十七日
薄曇り。巳《み》ノ刻より晴天。

慶、いまだ熱高く、快方に向かわず。

午《ひる》過ぎ、天野《あまの》源蔵《げんぞう》先生見舞いに来《きた》る。

「君の奥方が疱瘡に罹《かか》ったと聞いてね、これを作ってきたよ」

客間で出迎えた予が見舞いの礼を述べると、先生は懐からなにか取り出した。見ると、赤い紙で折られた、なにかの生き物のようである。大きさは五寸ばかりで、足が四本生えた胴に、やたらと大きな頭と貧相な尻尾《しっぽ》がついている。よほど試行錯誤して幾度も折り返したらしく、紙はへなへなになっていた。

「これは、猪《いのしし》かなにかでしょうか？　それとも、唐天竺《てんじく》に住むという象とかいう……」

「下手糞《へたくそ》で申し訳ない。犬だ」

　差し出しながら、手先が不器用なものでね、と頭を掻《か》く。

「疱瘡神というのは小柄な老人の姿をしていてね、どういうわけか、赤い色と犬が嫌いなのだそうだ。だから、これを奥方の枕元に置いておあげなさい。きっと、怖がって退散してくれるよ」

　いつも通り優しげな口ぶりの先生の目の下にはくまができている。きっと、夜なべして作ってくださったのだろう。予は感涙にむせびそうになりながら頭を下げ、丁重に礼を言った。

　先生を見送ると、予は下男に命じ、赤い紙を買いにやらせた。それから、部屋で手習いをしていたこんを呼ぶ。

「こん、ちょっと来なさい」

「なんでしょうか、父上」

「こんは、折り紙は得意か？」

「はい。母さまとよく一緒にやります」

　はきはきした調子で答える。

「では、これが折れるかな？」

先生にいただいた折り鶴ならぬ折り犬を見せると、こんは小首を傾げる。

「先に言っておくが、これは犬だ」

こんに折り方を教わり、ふたりで犬を折った。折って折って、折りまくった。かく言う予も、手先の不器用さには定評がある。予の折った犬の出来は源蔵先生のそれと大差はなかったが、それを補って余りある愛情が籠められている。

予とこんは、出来上がった千羽鶴ならぬ千匹犬を並べていった。枕元を埋め尽くす無数の赤い犬は、慶を囲む真っ赤な花のようにも見える。

どうだ。恐れ入ったか、疱瘡神め。心の中で神に悪態をつき、さっさと慶の体から出ていってくれることを願った。

二月二十五日
早朝より雨。午《うま》ノ刻より晴れる。
「もう、安心でございます」
慶の脈を取り終え、医師の通庵は言った。

「顔には跡が残ってしまいましたが、命があっただけでも僥倖《ぎょうこう》と思い定めるしかありますまい。念のため、しばらくは安静を心がけてください」

予は、全身から力が抜けていくのがわかった。母とこんも、それぞれ安堵《あんど》と喜びの表情を浮かべている。

だが、ひとりだけ沈んだ顔の者がいる。他ならぬ、慶自身である。

「鏡を、見せていただけますか」

通庵が帰り予とふたりだけになると、慶は体を起こしてぼそりと言った。

「医師も申しておったろう。しばらくは安静にしていたほうがよい」

予はそう言って止めたが、

「後生です。鏡を、鏡をお持ちください」

と思いつめた顔つきで言うので、やむなく鏡を見せてやった。

「これが、私の顔。これが……」

手鏡を覗《のぞ》き込み、慶はぶつぶつと呟いた。鏡を持つ手は、瘧《おこり》のようにぶるぶる震えている。

左の頬から顎《あご》にかけてと、額と首筋の一部に、あばたがくっきりと残っている。

たぶん、化粧を厚く塗っても隠しきれはしないだろう。気の毒だが、命があっただけでもよしとすべきだろう。

「そう気を落とすな。どんな顔になろうと、そなたはそなた。そうであろう？」

そう慰めの言葉を口にした瞬間、目の前に火花が散った。慶が投げつけた手鏡が、予の眉間に直撃したのである。ぎゃっ、と悲鳴を上げた予を、慶は悪鬼のような目つきで睨《にら》む。

「あなたのような人には、女子の気持ちなどわからぬのです。このような醜い顔になってしまうのなら、いっそ死んでしまったほうがましです！」

「馬鹿を申すな。町を歩けば、あばたの残った者など男でも女でもいくらでもおろう。命があっただけでもよかったではないか」

「本当は、跡継ぎが産めぬ女などこのまま死んでくれたほうがよかった。そう思っているのではございませぬか？」

その言葉に、予は愕然《がくぜん》とした。慶を娶《めと》って早や八年。子はこんだけで、男子はいない。予はまるで気になどしていなかったが、慶はそのことを気に病んでいたのだ。このところ様子がおかしかったのも、近所付き合いが苦痛なだけではなかった。徐々に積もっていった焦りや不安が、病をきっかけに溢《あふ》れ出してしまったのだ。

「そのようなこと、思うはずがなかろう。わしは、そなたが生きておっただけで……」

言い終わる前に、椀だの匙《さじ》だの盆だのが次から次へと飛んできた。とても病み上がりとは思えぬ力である。

「よせ。よさぬか！」

たまらず声を荒らげると、今度は枕が鼻に当たる。さすが弓奉行の娘。見事な腕前だった。涙目で見ると、投げる物がなくなったのか、慶は予とこんが折った犬を摑《つか》んだ。

「私が苦しんでいる時に、あなたはこんなものを折って遊んでいたのでしょう。人を馬鹿にして！」

泣き喚きながら、犬をくしゃくしゃに丸めて投げつけてくる。

「なにをいたす。これは、わしとこんがお前のために……」

「なにも聞きとうはありません。出ていってください！」

心を籠めて折った犬をそんなふうに扱われては、予もさすがに腹に据えかねた。

「勝手にいたせ！」

無残な姿になった犬を拾い、憤然と立ち上がる。

荒々しく襖《ふすま》を開き、部屋を出た。

掌《てのひら》の中の犬を見た。しわくちゃで、実に悲しそうな顔をしている。

三月十四日

この日、江戸城内にて刃傷沙汰《にんじょうざた》あり。予、後になって事の顚末《てんまつ》を聞き、ここに記す。

播州赤穂《あこう》藩五万石の太守である浅野《あさの》内匠頭《たくみのかみ》なる御方が、殿中松の廊下において高家の吉良《きら》上野介《こうずけのすけ》に斬りかかり、即刻切腹を申し付けられたとの由である。

喧嘩《けんか》は両成敗にすべきであるとの声もあるらしいが、どうやら内匠頭が突然脇差《わきざし》を抜いて斬り付けたとのことである。いきなり刃物で襲われた挙句、腹を切らされたのでは吉良どのが気の毒である。それに、予の聞いた話では内匠頭はずいぶんと気が短く、些細《ささい》なことで激昂《げっこう》するようなところがあったらしい。今回の件も乱心か、それに近いものではなかろうか。内匠頭のみの切腹は妥当であろう。

まあ、予には一切関わりなきことである。

四月二十四日

早朝、槍《やり》持ちの中間《ちゅうげん》ひとり、草履《ぞうり》取りひとりを従えた予は我が家を出立した。

行き先は京、大坂。無論、物見遊山ではない。御畳奉行として、城内の畳を買い付けるための公用である。

「行ってらっしゃいませ」

見送る慶の声は低く、とても公用で旅に出る夫を見送る妻とは思えない。きっと、自分の目の届かぬところで悪所に出入りすると決めてかかっているのだろう。

「留守は頼んだぞ。こん、土産を愉しみにしておれ」

娘の頭をひと撫でして、予は用意の駕籠《かご》に乗り込んだ。

病から快癒しても、慶の嫉妬癖はますますひどくなるばかりである。

また、慶は顔に残ったあばたを殊のほか気にしているようで、近所の誰某の奥方が自分の顔を見て笑っているなどと、愚にもつかぬ妄想にとりつかれている。家にいてもそんな陰鬱《いんうつ》な話ばかり聞かされるので、予は我が家に帰るのがますます億劫《おっくう》になっていた。

このままではいかん。なんとかせねば。

こうして予が捻《ひね》り出したのが、上方出張である。

夫婦間の関係がこじれた場合、有効なのはひとまず距離を置き、互いに頭を冷やすことである。幸い、畳の取替え時期は予の裁量次第であり、予が「この畳はもう駄目だ」と言えば、さしたる苦もなく取替えが決定する。この極限を利用して、予は畳を買い付けるため上方への長期出張を実現させたのである。なんたる妙案。予は己の頭脳の明敏《めいびん》さに恐ろしささえ抱いた。

予定では、出張は二月《ふたつき》に及ぶ。その間、藩御用達の京、大坂の畳商人たちが、新任の御畳奉行をさぞかし歓待してくれるであろう。上方といえば、芝居の本場。酒も美味《うま》い。鬱々たる名古屋を離れ、大いに羽を伸ばす。これも、目的のひとつである。

実を申せば、予は藩の御領内から外に出たことがほとんどない。そんな予の目からは、上方は極楽浄土にも思える。

駕籠に揺られながら、予はまだ見ぬ上方に思いを馳《は》せた。

四月二十五日

夜明け前、予は近江水口《おうみみなくち》の宿を発った。亀山、関、土山を経て、本日いよいよ京の都へ入る予定である。

予の初上洛を言祝《ことほ》ぐかのように、空は快晴。雲ひとつない。浮き立つ心を抑えつつ大津で休息を取り、行水で体を清め、衣服も改めた。

大津を発ち逢坂《おうさか》を越えれば、ついに念願の京の都が見えてくる。

平安遷都より九百年の歴史を誇る、王城の地である。平安の御世には王朝貴族たちが文化の華を咲き誇らせ、数多《あまた》の武人たちが覇を唱えた都。その格調たるや、猥雑な名古屋の町などはるかに及ばない。

迎えに出てきた藩御用達の畳商人たちに案内され、予はついに都に入った。宿は、油小路宗林町《あぶらのこうじそうりんちょう》三条通上ルという場所にあった。さすが都、土地の名までなんだか雅《みやび》に思える。荷も解かずに、予は町へ繰り出した。

都大路を行き交う人々は、武士に町人、町娘にいたるまで、誰もが垢抜《あかぬ》けて見える。野良犬が塀に小便を引っかける仕草さえ、そこはかとなく奥ゆかしさを漂わせていた。

これから二月にわたり、予はこの別天地で過ごすのだ。そう思うと、人目も憚《はばか》らず歓喜の雄叫びを上げたくなったが、よしておく。都の作法を知らずに身を滅ぼした木曽《きそ》義仲《よしなか》公の例もある。

そんなこんなで、都に到着した途端、予の頭の中から慶の顔はきれいに消え去っていた。

四月二十六日

未《ひつじ》ノ刻より少し曇る。

朝から畳商人たちが宿を訪れ、御畳奉行歓迎の宴となる。

八郎右衛門なる商人にいたっては、塩鯛《しおだい》三枚、酒樽《さかだる》三升を持参する気合いの入れようである。昼からは別の商人もやってきて、予は大いに呑みかつ食らった。

「では、参りまひょか」

夕刻、三左衛門という小太りの手代《てだい》が、にやにやと笑みを浮かべて言った。

「ほう、どこかな。清水《きよみず》の舞台か、それともどこぞで芝居でもやっておるのかな」

すでに酔っ払っていた予は、そんな間抜けなことを問うた。

「なにを言うてますのや。都でこの刻限から出かける言うたら、決まってますやろ。祇園《ぎおん》です、祇園。茶屋遊びしようと思ったら、祇園が一番どすえ」

茶屋遊び、すなわち大人の遊戯である。

それを聞いた予は「いや、拙者には愛する妻がおるゆえ」と突っぱね、断固として拒否した、というような事実はない。正直に申せば、脳裏に浮かんだのは慶の顔ではなく、京美人の白く艶《なまめ》かしいうなじである。据え膳食わぬはなんとやら。予はこのような誘いを断るほど恥知らずではない。

「よろしゅうおますなあ。ほな、行きまっか」

予は慣れぬ上方言葉で浮かれ騒ぎ、早速祇園へと向かった。

めくるめくような一夜であった。

予にあてがわれた妓は、唐渡りの陶器もかくやというほど肌が白く、滑らかであった。腕も腰も足も、強く力を籠めれば折れてしまいそうなほどに可憐《かれん》であった。

その夜の痴態、筆舌に尽くし難し。

五月二日

午前より曇り、時折雷鳴る。

歓待は、連日連夜行われた。どれだけ歓待すれば気がすむのかと思うほどであったが、三左衛門や八郎右衛門は毎日宿を訪れ、「今後もよしなに」とか「これからもわてらの店を、お頼み申しますで」などと言いながら酌をするのである。

清水の舞台も見た。南禅寺《なんぜんじ》にも詣でた。連日芝居を見、都で評判の料亭の料理に舌鼓を打ち、夜は遊郭に上がって京女を愛で、疲れ果てて眠る。なかなかに多忙な日々であり、慶に申し訳ないと思う気持ちもないではなかったが、これもお役目のうち。武士たる者、役目について否やを言うことなどできぬのである。ところで、役目とはなんだったろう。まあいい。

本日の酒肴《しゅこう》。塩鴨としいたけの汁物。竹の子に干わらびの和え物。鮒《ふな》にかまぼこ、かんてんとの酢味噌《すみそ》和え。酒は四升余り。

午過ぎより石垣町の茶屋にて遊び、暮れに帰る。

六月十七日

晴。髭《ひげ》と月代《さかやき》を剃《そ》り、辰《たつ》ノ刻過ぎに宿を出て、昼前に桑名《くわな》に至る。

友と過ごした青春の日々しかり、新妻との新婚生活しかり、愉しい時というものは例外なく、瞬く間に過ぎ去ってゆくものである。予の二月に及ぶ上方出張もその例に漏れず、今思えばほんの束の間の出来事であったかのように思える。

桑名から熱田《あつた》の湊《みなと》へ向かう船に揺られながら、予は素晴らしき日々の余韻《よいん》に浸っていた。

荘厳《そうごん》なる神社仏閣。芝居小屋がひしめく鴨河原の賑《にぎ》わい。舌をとろけさせる山海珍味の数々。そして、吉野茶屋のお岩、糸屋のおとよ、みよとかいう妓の腰つきも素晴らしかった。腰つきといえば、茨木《いばらき》屋の三橋という妓もなかなか……。

仕事をした記憶がほとんどないほど、充実した二月だった。いや、実際に仕事などほとんどしていない。一日か二日、畳職人の仕事ぶりを見学しただけである。

とにかく、予の旅は終わった。

予は、この旅の当初の目的を思い出していた。そう、陰鬱極まりない我が家の雰囲気を一掃するため、慶と互いに距離を置く、という目的である。若干、置きすぎた感もなくはないが、慶は遠く離れた夫を思い、今頃胸を焦がしているのではなかろうか。嫁に来た当初の新鮮な気持ちを取り戻しているだろうか。そうであれば、この旅は大成功である。そうでなければ困る。

船が熱田へ入ると、出迎えの者たちがいた。母方の縁者の、渡辺家の者である。予は妻子の姿を探したが、どこにもいない。幾分かの落胆を抱えて駕籠に乗り、夕暮れの道を我が家へと急いだ。

「あら、お帰りになりましたの」

二月ぶりに戻った夫への第一声が、それであった。

表情や口ぶり、仕草のどこをとっても、夫の帰りを待ち焦がれていた女房といった風情はない。

「私もこんも夕飯はすませてしまいましたので、残り物しかございませんが、よろしゅうございますね」

「……はい」

「それにしても、上方ではお楽しみになられたようで。お肌の艶《つや》が、ずいぶんとおよろしゅうございますこと」

冷え冷えとした視線を浴びながら、予は冷えきった飯を湯漬けにして掻き込んだ。唯一の救いと言えば、こんが喜色満面の顔で出迎えてくれたことである。が、こんの第一声も、妻とそう変わりはなかった。

「お父さま、お土産は？」

上方で買ってきた玩具を手渡すと、こんは父に見向きもせず駆け去っていった。遠ざかる娘の背中に予は、この旅が完全な失敗に終わったことを思い知らされたのである。

元禄十五年（一七〇二）六月二十日

上方出張から帰って、一年が過ぎた。

恥ずかしながら、あの旅の心とろけるような思い出の数々を、いまだに夢に見ることがある。それほど、我が家の空気は澱《よど》みきっているという証左であった。

慶との間は相変わらず冷えきったままで、最近ではろくに言葉をかわすこともない。夜の営みに関しては、言わずもがなである。

このままでは、我が家に跡継ぎが生まれることはないだろう。こんの夫を婿養子とすればよいのだが、そう都合よくもいくまい。神君家康公の御代から続く由緒正しき朝日家が断絶の憂《う》き目に遭いでもしたら、予は先祖に対しあの世でどう申し開きすればよいのか。

そう思案していた折、我が家で雇っていた下女の父親が病で倒れ、その下女が看病のために実家へ帰ることとなった。

予は知り合いの口入屋《くちいれ》に出かけた。代わりの下女をひとり雇い入れるためである。

「仕事ができなくても、礼儀がなってなくてもいい。見目の美醜も問わぬ。とにかく、明るく、若い女子を頼む。できれば、年頃は二十五、六で」

口入屋の主人が顔を見せるなり、予はまくし立てた。

なにかと塞ぎがちな慶も、同世代の明るい女子が近くにいれば、お喋《しゃべ》りに興じることもでき、近所の奥方連中の愚痴も言える。女の気晴らしはお喋りだという、加藤平左衛門の助言によるものである。

切実な様子を憐《あわ》れんだか、口入屋は予の願いをかなえるべく努力すると約束してくれた。

それから数日後、条件に適《かな》う女子が見つかったと報《しら》せが入った。

口入屋が言うには、かつては呉服町に店を構える裕福な商人の娘だったが、諸々の事情があって店が潰《つぶ》れて一家は離散、娘は決まりかけていた嫁入りの話も破談となり、奉公に出ざるを得なくなったのだという。気の毒ではあるが、よくある話だった。性質《たち》の悪い女衒《ぜげん》に買われて色町に身を沈められるよりはよほどましだろう。

連《れん》という二十五になるその女子は、不幸な境遇にもかかわらず屈託のない明るい人柄だそうな。早速、予は連を雇うことにした。

そして今日、連が我が家に挨拶にきた。

「本日より、住み込みで働かせていただきます、連にございます。ふつつかではございますが、以後よしなにお願いいたします」

いかにも裕福な家の育ちらしい、気品のある所作で挨拶の口上を述べる。やや吊り目気味でいささか気が強そうではあるが、色も白く鼻筋の通った、驚くほどの美女である。

不覚にもしばしの間、見惚《みと》れてしまった。隣の慶は、そんな予を横目でじろりと睨む。慌てて咳払《せきばら》いをし、

「うむ。当主の朝日文左衛門である」

と威儀を正す。

それにしても、と予は小首を傾げた。この女子とは、いつかどこかで会ったことがあるのではないか。そんな疑問が湧いてきたからである。

そんなことを考えているうち、連がこちらに視線を向けてきた。なにか意味ありげに、口元だけで小さく笑う。形の整ったふくよかな唇に思わず目がいき、思わず息を呑む。頭に浮かんだ卑猥《ひわい》な妄想を振り払うため、もうひとつ咳払いを入れた。

「そ、そなたの部屋は、別棟にある女中部屋に用意いたしておる。ええと、しかと勤め、慶を助けてやってくれ。では慶、あとは頼んだぞ」

予はしどろもどろになりながら腰を上げ、自室へと逃げ込んだ。矢でも突き刺さったかのように、予の背中に向けられる慶の視線が痛い。

もしかすると、予はとてつもない過ちを犯してしまったのではあるまいか。そんな予感に怯《おび》えながら酒をがぶ呑みしているうちに、頭に閃《ひらめ》くものがあった。固く絡まった記憶の糸が酒で緩んだのか、あの時の光景がまざまざと蘇《よみがえ》ってきた。

間違いない。予はかつて、連に会ったことがある。予は、当時の日記を引っ張り出して確かめた。毎日欠かさず日記をつけていてよかったと、心底思った。

元禄七年二月三日、井上権左衛門の家で酒を呑んだ帰りのこと。予は、偽柿羽織《にせかきばおり》に絡まれている若い娘を命懸けで助けた。助けたのか、逆に助けられたのかは微妙なところだが、とにかくその時の若い娘が、〝れん〟と名乗っていた。

連は、予のことを覚えているのだろうか。恐らく覚えているのだろう。だから、あんな意味ありげな笑みを向けてきたのだ。

顔見知りの女を下女に雇ったと知れたら、慶はどう思うだろう。きっと、ろくなことにならない。もしも連になにか言われたとしても、忘れたふりをしておこう。きっと、それが最善の方法だ。

七月十七日
曇り時々雨。夕刻より晴れ。
連が屋敷に来てくれたことにより、このところ我が家には一筋の光明が射し込んでいる。
連は明るく働き者で、気立てもよかった。裕福な商人の娘にありがちな傲慢《ごうまん》なところはなく、それでいて礼儀もよくわきまえていた。連が時々遊び相手になっているこんも、よく懐いている様子である。ほんのわずかだが、我が家の重苦しい空気は連によって軽くなってきている。

ただ、慶に関しては相変わらずであった。

よかれと思って若い女中を雇ってやったというのに、慶は連となかなか打ち解けようとせぬばかりか、予が連の美貌に鼻の下を伸ばしてはおらぬかと、食事中も常にこちらの視線を追っている。給仕をする連の尻にうっかり見惚れようものなら、

「あなた、いったいどこを見ておいでです」

と、冷え冷えとした口ぶりで釘《くぎ》を刺す。予はその都度、

「たわけたことを申すな。わしの目は、そなたしか見ておらぬ」

といった歯の浮くような台詞《せりふ》を吐かねばならなかったのだが、慶の疑いは晴れるばかりか、日に日に増していった。この頃では、

「よもや、連に手を付けてなどおりますまいな？」

などとのたまうようになってきた。

慶はそんな有り様だが、連のほうはというと、気にする様子もなく実によく働き、

よく笑う。

予と連は、あくまで下女と主人という会話しかしていない。もしかすると、人違いだったのかもしれない。七年前に、夜道で一度会っただけの相手である。勘違いということも十分にあり得る。

それはそれとして、連の笑顔はまことに美しく、どんよりと濁ったはきだめのような我が家に舞い降りた鶴のようで、予は庭で茶など啜《すす》るふりをしながらこそこそと連の顔を眺めていた。そして、それを見た慶はさらに疑いを深めていく。そうした悪循環に陥った我が家は、ほとんど針の筵《むしろ》と化していた。

そして、事件は起こった。

今朝、目覚めると、予は知らない場所にいた。

見覚えのない天井。予の部屋よりもずいぶんと狭く、粗末な調度品。そして、床の中で四肢に絡みつく女体。

鶏が鳴いている。まだ明け方だった。ここはいったいどこなのだ。まあいい、そのうち思い出すか。それにしても、少し呑みすぎたのか頭が痛い。喉も渇いた。

見ると、枕元に水差しが見える。予は、隣の女を起こさないようにそっと床を出た。全裸のまま、水差しに口をつけて呑む。冷たい水が喉を通り、腹の中へと落ちていく。宿酔の朝の水は、まさに甘露である。

乾きを潤した予は再び床にもぐり込んだ。この季節になれば、さすがに裸で寝るのは寒い。隣の女体のぬくもりが実にありがたかった。

「……女体？」

ここにいたり、予はようやく状況を理解した。驚愕のあまり、布団を跳ねのけ飛び起きる。びくりと体を震えわせた女は、気だるそうに眼をこすりながら体を起こした。

「お早うございます、旦那さま」

婉然《えんぜん》と微笑む女の顔を見て、予は人生最大級の眩暈《めまい》に襲われた。

「れ、れ、れ、連……か？」

まるで回らない舌の代わりに、予の頭は凄《すさ》まじい勢いで回転をはじめる。

昨夜は確か、加藤平左衛門の家で鴨鍋を肴に呑んでいた。神谷段之右衛門が奥方から教わったという味付けがまた絶品で、酒が進んで仕方なかったのを覚えている。

それから、覚束ない足取りで家路についたものの、記憶はそのあたりで途切れ、どれだけ努力しても思い出せない。

「ええと、その、これはいったい……？」

「昨夜は大変でございました。だいぶお酔いになってここに転がり込まれて」

ここ？　頭に浮かんだ疑問を解き明かすべく、予は窓を開いた。差し込んできた朝の光に顔をしかめながら、外に眼を凝らす。そこには、見慣れた我が家の庭と、まだ雨戸を閉めたままの母屋があった。

つまり予は、自分の屋敷の敷地内で、しかもすぐ近くで妻が眠っている間に事に及んでいたのである。全身の力が抜け、予はへなへなと座り込んだ。

「でも、漣は嬉《うれ》しゅうございました」

「嬉しい？」

「旦那さまが、私のことを覚えていてくださって」

「……というと？」

「昨夜私がお話ししたこと、もうお忘れでいらっしゃいますか？」

くすくすと笑い、漣は話しはじめた。

なんということであろう。予の思った通り、漣はあの時の娘であった。聞けば、連の父がやっていた店はあれからすぐに潰れた。その後、連はあちこちの武家屋敷へ奉公に出ていたが、持ち前の美貌から屋敷の者に言い寄られたり、他の女中たちから苛《いじ》めを受けたりと、辛《つら》い目に遭ってきた。そうした折、口入屋で予の名前を見つけたのだという。

「あの夜の出来事は、旦那さまも覚えていると仰《おっしゃ》っておいでででしたよ」

予は、酒の力の恐ろしさを改めて実感した。

「その、申すまでもないと思うが、このことは……」

「承知いたしております。誰にも申しませぬ」

そう悪戯《いたずら》っぽく笑った後で、連は床に手をつき、じっと予の顔を見つめて言った。

「またのお越しを、お待ち申しております」

「う、うむ」

とりあえず、予は脱ぎ散らかした着物を着込み、逃げるように部屋を出た。深く息をついて、心気を落ち着ける。

それにしてももったいないことをしたと、予は思った。せっかく連ほどの美人と一夜を共にしたというのに、まるで記憶がない。これを惜しいと思わぬ男はいないであろう。

いかん。そんなふしだらなことを考えている場合ではない。予は威儀を正し、平静を装って母屋へ向かった。

「今帰ったぞ。いやはや、浄瑠璃談議が盛り上がってしまって、平左の奴《やつ》がなかなか帰してくれんでな。気づけば朝になっておった。すまぬのう」

などと、いつになく多弁になってしまう。が、慶はというと、

「そうですか」

と、さして興味もなさそうに答えるのみ。疑われなかったのは僥倖だが、これから先、秘密を抱えたまま共に暮らしていかねばならぬのかと思うと、実に気分が重い。

まあそれはそれとして、あまりに眠くて日記を書くのも億劫である。今日のところはこれにて筆を擱《お》くとしよう。

十二月七日

連が我が家にやってきて半年。最初に予が感じた悪い予感は見事に的中した。

唐天竺には、一度でも服用するとたちまち虜となり、どれほどの大金を払っても求めずにはいられなくなるという恐ろしい薬草があると聞く。効き目が切れるとそわそわと落ち着かなくなり、甚だしきにいたっては、幻覚さえも見てしまうのだという。

恥を忍んで申せば、連の体も予にとっては同じようなものであった。万一この日記が見つかった場合を考えて詳しく記すのは避けるが、連の体は、慶とはまるで違う抱き心地だった。今も、あのふくよかで掌に吸いつくように張りのある胸と、高価な絹のようになめらかな肌を思い出しただけで、予の頭はぼんやりとしてくる。

予はあれから十日ばかり後、再び連の部屋を訪れた。慶の親類が産気づいたとかで手伝いに出かけた時、つい魔が差したのである。恐る恐る訪《おとな》いを入れたところ、先日の言葉に嘘はなく、すんなりと予を招じ入れてくれた。それからは、隙《すき》を見計らって連の部屋に通うようになっていた。

思うに、連という女はよほど奔放《ほんぽう》に生まれついたせいか、奉公先の主人とこうした関係になっても、一向に怯えたり戸惑ったりする様子がない。むしろ、この状況を愉しんでいるようでさえある。

一度そのあたりのことを訊ねてみたところ、連は以下のようなことを述べた。

この大した波風もない天下泰平の世の中は、男にとっても退屈だろうが、女にとってても同じである。よって、このくらいの愉しみがなければやっていられない。奥方に露見するかどうかという綱渡りのような日々さえ、愉しみの種になるのだと。

そう語る連に悪びれる様子は一切なく、予もなんとなく胸のつかえが下りたような心持ちがした。

そう。この退屈な世では、このくらいの火遊びは必要なのだ。

遊びをせんとや生まれけむ。予は、『梁塵秘抄《りょうじんひしょう》』という昔の歌集に収められた歌の一節を思い出した。せっかく人として生まれたのだ、苦しんで生きるよりも、遊ぶために生きようではないか。そんなふうに己を納得させて、予は慶の顔を頭から振り払い、連の体にのしかかっていたのである。

とはいえ、かかる悪事がいつまでも続くはずがない。とうとう慶に露見する日がやってきた。

本日、勤めを終えた予は帰りに配下の者をふたり連れ、店で一杯ひっかけてから帰宅した。酒を呑んで帰るのはいつものことであったが、どうも今日は、慶の様子がおかしい。いや、このところずっとおかしかったのだが、出迎え方にも言葉の端々にも、明らかに棘《とげ》を感じる。果たし合いを前にした剣客のように、全身から殺気を発しているようにさえ思えた。

「ちょっと、そこにお座りください」

着替えがすむなり、慶が言った。犬のように命じられた予は、その声音のあまりの抑揚のなさに身震いし、思わず居間の中央に正座した。その直後。

ごいん、という聞いたことのないおかしな音が頭の中に響き渡り、予の視界は束の間真っ白になった。

気づくと、正面に天井が見えていた。どうやら予は、顎を蹴り上げられて仰向けに伸びているらしい。そう理解した次の刹那《せつな》、視界が暗くなった。予の体に、慶が馬乗りになったのだ。

慶の手が、予の着物の襟に伸びる。と、猛烈に息が苦しくなった。

「んぐぐ、苦しい……よせ……！」

「三日前、神谷さまの御宅で朝まで呑んでいたと申されましたが、それは確かでございますか？」

「な、なんのことだ?」

「訊ねとるのはこっちだでよう、ちゃんと答えてちょうせ」

予の襟をぐいぐい締め上げながら、口元には薄っすらと笑みさえ浮かべている。めったに出ない妻の尾張言葉に空恐ろしさを覚え、予は何度も頷《うなず》いた。

「嘘を言っとったらかんわ。今日、神谷さまの奥方に会ったけど、あの日、お前さ《みゃあ》んは夜更けに神谷さまの家を出たって言っとりゃあしたに」

ぬかった。三日前、予は確かに神谷の家で呑んでいたが、帰ったのは慶の言う通り夜更けだった。酔いも冷めぬまま我が家に辿《たど》り着いた予は、うっかり連の部屋に寄り、そのまま寝入ってしまったのだ。

神谷には口止めをしておいたが、奥方までには気が回らなかった。

「さて」

不意に、襟を締め上げる力が弱まった。慶の表情から突然険しさが消えたかと思うと、穏やかな声音で再び訊ねる。

「では、あの夜、どこでなにをなさっておられたのです?」

「え、ええとだな……」

予は全身全霊を振り絞り、無理のない作り話をでっち上げようとした。しかし、菩薩《ぼさつ》のごとくやわらかな微笑を湛える慶が逆に恐ろしく、頭は一向に回転しない。

「関平《かんぺい》から聞きました」

関平というのは、我が家で雇っている下男である。五十過ぎの貧相な小男で、働き者ではあるが、博打好きでしょっちゅう俸給の前借を申し込んでくる困り者でもある。おそらく、小銭を摑まされて口を割ってしまったのだろう。

予は内心舌打ちした。近いうちに、なにか理由をつけて召し放ちにしてやる。

「連の部屋にお泊まりになったそうで」

知っているなら訊《き》くな。

「で、いつからです？」

「え？」

「いつから、連とはそういう関係だったのです？」

予は観念し、お白州《しらす》に引き出された罪人の如き気持ちで全てを白状した。ここで下手な嘘の上塗りをして後日露見するよりも、よほどましだと思ったからである。

それに、元はと言えば原因は予の浮気である。使用人に主人が手を付けてひと悶着《もんちやく》というのは、世間にありふれた話ではあるが、どう取り繕ったところで罪は予にあるのだ。

この後、いかなる修羅場が繰り広げられたかは詳述しかねる。思い出すだに、恐怖が蘇って手が震えるからである。

翌日訪れた医師によれば、激昂した慶から予が蒙《こうむ》った打撲、擦り傷その他諸々は、全治に二十日を要するとのことであった。

十二月十五日

この夜、江戸において件の浅野内匠頭家来四十七人が、亡主の怨《うらみ》を報ずると称し、吉良上野介邸に討ち入り首を取ったとの由。

禄を失い、再仕官もかなわず、結果かかる暴挙に出たものと思われる。首を取った浪士にしろ、取られた吉良どのにしろ、気の毒なことである。

元禄十六年（一七〇三）一月十六日

昨年、予の浮気が発覚して以後も、連は我が家で働いていた。

物価は益々高騰し、仕事にあぶれた者は町にいくらでもいる。我が家から追い出されれば、次の仕事などそう簡単には見つからないだろう。それはあまりに気の毒だと、予が慶に頼み込んだのである。

絶対に手は出さない。必要以上の言葉も交わさない。そんな条件を出され、誓紙に血判まで押して、予は連が暇を出されるのをなんとか阻止した。

そんな連が予の居室を訪れたのは、本日の夕刻である。その時予は、火鉢《ひばち》に当たりながらするめで一杯やっていた。

「旦那さま、よろしゅうございますか」

連の声に、予は慌てた。慶は風邪で伏せった母親の看病のため実家に戻っているものの、関平がどこで目を光らせているかわからない。

「ご心配なく。関平には小金を摑ませてあります。今頃は賭場で博打に興じておりましょう」

「そ、そうか。どうりで姿を見んと思った」

言いながら、予は連の抜かりのなさに舌を巻く思いだった。

「しかし、慶にはここに来るなときつく念を押されておろうに」

「はい。わかってはおりますが、どうしても旦那さまにお会いしたくて」

予は不覚にも心を動かされた。危険を冒し、身銭を切ってまで予に会いたいとは。これほどまでに思われるのは、男冥利《みょうり》に尽きるというものである。

「わかった。入るがよい」

流れるような所作で障子を開け、連が正面に座る。予は盃《さかずき》に残った酒を飲み干し、酒肴を脇にどけた。

が、連の発した言葉は予の想像をはるかに超えていた。

「来ないのです」

「なにを言っている。そなたはここにこうして来ておるではないか」

「そうではなく、アレが来ないのです」

言葉の意味が摑めず、予は阿呆《あほう》のように聞き返した。

「ええと、アレというのは？」

「月の物です」

なんの抑揚もなく、連は答えた。その能面を思わせる無表情からは、いかなる感情も読み取れない。

酒に濁った脳が、急速に回転を始めた。アレ。すなわち月の物。それが来ない。どう考えても、意味するところはひとつしかなかった。

「昨日、町医者に診てもらいました。間違いなく、身籠《みごも》っているそうです」

赤穂浪士が吉良邸の門を叩《たた》き壊す時に使ったとかいう大木槌《きづち》で、頭を一撃されたかのような衝撃だった。束の間頭が白くなり、いかなる思考もできない。

最初に頭に浮かんだのは、慶の顔である。両目を吊り上げ、頬のあばたを赤く染めて鬼のような形相で予を睨んでいる。その手には得意の薙刀が握られていた。もしも連が子を孕《はら》んだなどと知れば、その薙刀によって予の首はいとも簡単に胴から離れるだろう。予の命は、まさに風前の灯火《ともしび》である。

まことに、俺の子か？　危うく口を衝《つ》いて出そうになった言葉を、すんでのところで飲み込む。さすがの予も、そこまで下劣漢ではない。

「そ、そのことを、慶は？」

「わかりませぬが、おそらく気づいておいでかと」

女の勘というやつなのだろうか。火鉢を入れているにもかかわらず、吹雪の中に全裸で立っているような寒さを覚える。

「私、産みとうございます。今日は、それだけお伝えに上がりました」

　空っぽの頭に連の声が響く。連が立ち上がり部屋を出ていくまで、予は微動だにできなかった。

　ぱたん、と障子の閉まった音で、我に返った。

　このまま黙って首を刎《は》ねられるのを待つわけにはいかない。予は決然と立ち上がり、我が家を飛び出した。

　藁《わら》にも縋《すが》る思いで向かったのは、横三《よこみ》ツ蔵《くら》筋にある天野源蔵先生宅である。予が御畳奉行になろうが妻の悋気《りんき》に悩まされようが、先生との交誼《こうぎ》は変わることなく続いていた。悩み多き予に適切な助言をくれるのは、最早先生のみであると言っていい。

「そうか。それはなんとも大変なことになってしまったね」

　下男に運ばせた茶を啜りながら、先生はいたってのんびりした口調である。

「はあ。それがしの不徳のいたすところと言えばそれまでですが、いったいどうすればいいものか。もう、先生のお智恵にお縋《すが》りするしか……」

「智恵と言われてもねえ。知っての通り、私は若い頃から学問ばかりで、男女のことについては皆目わからないなあ」

確かに、独り身の先生はその手の話にとんと疎く、若い頃から浮いた話はまるでなかったという。頼る相手を間違えただろうか。

「ただ、問題に直面した時には、混乱したまま行動を起こすことが最もよくない。まずは落ち着いて、君が取り得る方策をひとつずつ挙げてみよう。それから、最善のものを選べばいい」

「方策、ですか」

「まずひとつ」

出来の悪い生徒に教えを垂れるように、先生は人差し指を立ててみせた。

「全てをお慶どのに打ち明け、お連どのの子を君が自分の子だと認める。君は以前、男子に恵まれないと嘆いていただろう。生まれたのが男子であれば、跡取りの問題も解決する」

「駄目です。跡取りができたとしても、それがしが慶に殺されてしまいます」

「そうか」

「それに、慶は必ず、連の子を堕《お》ろせと言うでしょう。慶は、自分が子に恵まれぬことを気に病んでおりましたから」

「なるほど。夫婦というのも色々とあるものだね。では、ふたつ目。お連どのに頭を下げ、子を堕ろしてもらう。お慶どのには、知らぬ存ぜぬで押し通す」

それも難しいだろう。連の性格から、承諾するとは思えない。

「まあ、胎児といっても命は命だ。あまり勧められたものでもないなあ。やはり、お慶どのに正直に話して謝るしかなさそうだね。どうやら、お慶どのも薄々感づいているようだし」

「謝ったところで、あの慶が許してくれるはずありませぬ。戯言《ざれごと》ではなく、殺されかねないのです。なにか、他に手立てはないものでしょうか。頼れるお人は、先生の他におらんのです」

恥も外聞もかなぐり捨てて、必死に頭を下げる。先生は困ったような顔で腕組みして考え込み、やがて言われた。

「まあ、他にないわけでもないかな」

「ぜひとも、ぜひともご教授くだされ！」

予は身を乗り出し、文字通り先生の袖に縋りついた。

その後先生が語った方策に、予は一筋の光明を見出した。

一月十七日

本日昼過ぎ、予は連と連れ立って町へ出た。向かう先は、大須の外れにある中《ちゅう》条流《じょうりゅう》の医師のもとである。その医師は、源蔵先生の知己で、堕胎手術の経験も豊富だという。

慶からは今日も実家に泊まるとの報せがあり、関平も適当に理由をつけて臨時の給金と暇を与えたので、今頃は賭場に入り浸っていることだろう。

「旦那さまとこうして町を歩くのは、はじめてでございますね」

「あ、ああ。そうだな」

答えながら、隣を歩く連の顔を見た。しっかりと化粧を施し、いつにも増して美しい。柿羽織の目もあるので着物も髪飾りも地味で質素なものだが、それが逆に連の美しさを引き立てているように思えた。

「荷物、重くはございませんか?」

「なんのこれしき。身重のそなたに無理はさせられぬ」

予が右手に提げた風呂敷包みを高々と持ち上げてみせると、連は微笑を浮かべた。

春の訪れはまだ先だが、昼間の大須の町は、人で溢れ返っていた。芝居小屋から は三味線や鼓の音、拍手や笑い声が漏れ聞こえてくるが、予の心は浮き立つことは なかった。むしろ、底なしの沼に踏み込むように、一歩進むごとに身も心も重くな ってゆく。大須に来てこんな心持ちになるのははじめてだ。

ほとんど言葉を交わすことなく、しばらく歩き続けた。

目指す家に着くと、初老の医師が待つ部屋に通された。見たこともない器具や小 瓶の類が壁の棚いっぱいに並んでいる。ここで診察をするのだろう。

「このたびは、ご面倒をおかけします」

予と連は、初老の医師に深々と頭を下げた。

「源蔵様よりお話は伺っております。そう固くなることはありません。安気になさ れませ」

にこやかに言って、いきなり連の腹のあたりに手を当てた。

「なるほど。確かに身籠っておられますな」

そう言って、医師は連の顔をまじまじと眺める。

「ふむふむ。よし、顔は覚えましたぞ。もし奥方が訪ねて来ても、人相は答えられましょう」

予はほっと胸を撫で下ろした。連も、同じ気持ちだろう。

源蔵先生が考えたのは、堕胎したふりをするというものだった。子は確かに堕ろしたという書付を医師に貰《もら》い、慶にそれを見せて平身抵頭謝罪する。許してくれる保証はないが、堕胎もせず、慶を宥《なだ》めるにはそれしかなかった。

書付を貰い、謝礼を払って退出した。謝礼の額は、堕胎の施術を行うよりもはるかに安かった。

「では、私はここで」

医師の家を出てすぐのところで、連が言った。

こうなった以上、連を家に置いておくわけにはいかない。医師に顔を見せたら、家には連れて帰らず、そのまま別れなさい。連とも、生まれてくる子とも、一生会ってはならない。そう、源蔵先生には言われている。

昨夜、源蔵先生宅から戻った予は、連に訊ねた。我が家を出ることになっても、子を産みたいか、と。

連は、迷うことなく頷いた。

小牧《こまき》に母がいる。しばらくはそこに厄介になるつもりだと、連は言った。予がぶら下げている風呂敷包みは、連の身の回りの品々だった。

「駕籠を呼んである。それが来るまで、荷物を持とう」

ちょっと間を空けて、連は「ありがとうございます」と小さく頭を下げた。

自分で言い出しておきながら、駕籠が来るまでなにを話せばいいのかわからなかった。腹の子について話すのは、なにか違う気がする。予は、父ではあるが、生まれた子の顔を見ることはないのだ。

それから、どのくらいの時が経っただろう。少し先の曲がり角を駕籠が曲がってくるのが見えた。

なにか言葉をかけなければ。だが、どう言えばいいのだろう。そんなことを考えているうちに、駕籠が目の前まで来た。

「では、参ります」

「ああ」

差し出した包みを、連が軽く会釈して受け取る。

「短い間でしたが、楽しゅうございました。お腹の子は、私が立派に育てますので、ご心配なされませぬよう」

湿り気のない笑みを浮かべて、連が言う。夕陽に照らされたその顔は、やはりいつにも増して美しかった。

「達者で暮らせよ」

必死に考えても、そんなありきたりな台詞しか浮かばない自分自身を恨んだ。予はきっと、浄瑠璃の作者にはなれないだろう。

掛け声とともに、連を乗せた駕籠が走り出す。

これでもう、連の顔を見ることは一生ない。生まれる子供も、本当の父の顔を知らずに育つのだ。そう思うと、胸が締め付けられるような痛みを覚えた。

連は、予のことを恨んではいないだろうか。楽しかったというのは、本当だろうか。そんなことすら、予にはわからない。

帰路、店に立ち寄って浴びるように酒を呑んだが、酔いは一向に訪れなかった。

家に帰ると、慶が戻っていた。

「母の具合もだいぶよくなってきたので、戻ってまいりました」

「そうか」

「連の姿がないようですが」

「暇を出した。しばらくは、小牧の母親の家で厄介になるそうだ」

「お腹の子は？」

やはり気づいていたか。女の勘の鋭さに改めて驚かされながら、予は書付を手渡した。いつ殴りかかられるかと身構えていたが、慶は「そうですか」とだけ言って、読み終えた書付を畳んだ。

「色々と、すまなかった」

精一杯心を籠めて言ったつもりだったが、答えはない。

書斎に入り、予は『鸚鵡《おうむ》籠中記《ろうちゅうき》』の表本を開く。

今日の出来事をどう記せばいいのか思案したが、なにをどう書いていいものかわからず、「連、安く堕胎す」とだけ記した。

宝永元年（一七〇四）十一月七日

晴。

連が我が家を去ってずいぶんと日が経ち、三月には華やかなりし元禄の世が終わりを告げ、宝永と改元された。今月の一日には日食があり、すわ天変地異の予兆かと世の中は騒然としたものの、今のところ何事も起きず、天下は泰平である。

そうした中にあって、我が家も次第に平穏に戻りつつあった。

連の代わりに雇った下女は五十過ぎの寡黙な年増女だった。そのおかげかどうかわからぬが、慶の病的な悋気《りんき》はこのところ治まっている。

夫婦間の会話も徐々にだが復活し、数日前には久方ぶりに慶と床を共にした。これで子でもできれば重畳《ちようじよう》である。

御畳奉行のお役目は相変わらず退屈そのもので、時折御用商人に接待を受ける程度で、予のやるべき仕事などちっともなかった。

暇を持て余した予は、密かに芝居小屋に通って浄瑠璃を鑑賞し、仲間の家で酒を呑み、時には源蔵先生とともに文会に顔を出しては、理解できない会話にさもわかったような顔で耳を傾ける。

その時こそ楽しいものの、このところどうにもならない虚《むな》しさを感じる。

このまま御畳奉行を務めていたところで、出世の目はないだろう。そもそも、予は出世したいという欲があまりない。かといって、他になにかやりたいこと、為すべきことがあるかと言われれば、それもない。このまま何者にもなれない人生を終えていくのかと思うと、虚しさを覚えずにはいられないのである。

そんな今日この頃なので、自然と酒の量も増える。昨夜も、加藤平左衛門とともに東の空が明るくなるまで痛飲し、目が覚めた時には予想通り重度の宿酔《しゅくすい》であった。

正午を告げる鐘の音が、頭にぐわんぐわんと響き渡る。もう少し宿酔の人間を慮《おもんぱか》った撞《つ》き方はできないものか、腐れ坊主め。悪態をつきながら布団をよろぼい出ると、猛烈な吐き気に襲われ、予は厠《かわや》に駆け込んだ。

胃の腑《ふ》が空っぽになり、涙と鼻水と涎《よだれ》でぐしゃぐしゃになった顔で厠を出ると、そこにこんの姿があった。

「父上、またお酒が過ぎたのですね？」

困ったものだと言わんばかりの微笑を湛えながら、手拭いを差し出す。

「ああ、すまんな」

手拭いを受け取り、顔を拭く。上等な手拭いではないが、干していたのを取り込んだばかりなのか、暖かい陽だまりの匂いがした。

「もうお若くはないのですから、ほどほどになさらないと」

やけに大人びたこんの口ぶりは、嫁入り当初の慶にそっくりであった。十歳の娘に窘《たしな》められて、予は苦笑する他ない。

「では、小夜ちゃんとおみつちゃんと、川へ遊びに行ってまいります」

「そうか。日が暮れるまでには帰るのだぞ」

「はい。父上こそ」

明るい声で答え、元気に駆けていく。

こんは、実に素直で闊達《かったつ》な娘に育っていた。父親に似ず外で元気に遊び回るのが大すきで、娘の明るさが我が家の唯一の光明である。ふと見せる仕草や横顔は、日に日に若い頃の慶に似てきた。このまま真っ直ぐに育ってくれれば、さぞ美しい娘になるだろうと、身内びいきを差し引いても、予はそう信じてやまない。

いつかはこんも嫁に行ってしまうのだなあ。あの娘に限ってそんなことはないと思うが、ろくでもない男の嫁に行きたいなどと言ってきたらどうしよう。予はその男に鉄拳を見舞うのだろうか。ひょっとすると、見舞い返されるかもしれない。その時のために、今から体を鍛えておこうか。などと埒《らち》もないことを考えていたところ、突然、晴天に黒雲が広がっていくような心境に陥った。

今は十一月で、連の懐妊が発覚したのが一月。つまり、もうひとりの我が子はこの世に誕生してすでに一月か二月が経っているのである。つまりは、予が虚しい、生き甲斐《がい》がないなどと十代の若造のように悩んでいる間に、連は耐え難い痛みに耐えて子を産み、予がいつになるかもわからぬ娘の嫁入りについて思いを馳せている今この瞬間も、夜泣きでろくに眠れず疲れ果てた体で赤子に乳をやっているのである。

なんということだろう。予は、生まれてきた子の名ばかりか、男か女か、果てはちゃんと生まれることができたのかどうかさえ知りはしないのである。

暗澹《あんたん》とした心地で厠の前に佇《たたず》んでいると、またぞろ吐き気が込み上げてきた。といって、吐く物は吐いてしまい、出るのはやたらと酸っぱい液体だけである。

再び涙でぐしゃぐしゃにしながら、予は誓った。こんの言う通り、酒は止められぬまでも、ほどほどにしよう。そして、一生会えない連やもうひとりの我が子のことでくよくよ思い悩むのは、もうやめよう。予ができることと言えば、ふたりが幸福に暮らしていられるよう、この主税町の家から祈ることくらいしかないのだ。

とりあえず今夜は呑まない。夕刻から神谷の家に皆で集まって鴨鍋を食することになっていたが、それも理由をつけて断る。

子が誇れる立派な父親に、予はなる。

十一月十日

予にとって、女というものは永遠に解けぬ謎である。

過日、京町通の名高い商家の後家が、若い手代と密通して露見し、手代が暇を出されたという話を小耳に挟んだ。その後家というのは、すでに五十の坂を越えているのだそうだ。手代と会えなくなった後家は世を儚《はかな》み、手首を切って死のうとしたが死にきれず、大騒ぎになったという。

世の噂を手当たり次第に掻き集めている予にとって、そうした話は枚挙に暇《いとま》がない。だが、その中でも最も甚だしきは、尾張藩主吉通《よしみち》公の御生母、本寿院《ほんじゅいん》さまであろう。

江戸藩邸に住まう本寿院さまは、先代藩主綱誠《つななり》公の側室であったが、三十五歳の若さで夫に先立たれ、髪を下ろさざるを得なくなった。ところがこの本寿院さま、藩士からも貪淫《たんいん》絶倫と陰で言われるほどのとんでもない色狂い、色豪だったのである。

色男を見かければ、町人、役者、相撲取りと身分を問わず藩邸に呼びつける。そして、集まった男たちに風呂で身を清めさせ、陰茎の大きさをつぶさに観察、気に入った者から餌食《えじき》にしていくというのだから恐ろしい。こうした所行が幕府の耳に入れば藩は大変なことになると、藩の上の者たちは戦々恐々の態だという。

本寿院さまのとめどない性欲と較べれば、予のささやかな浮気心など琵琶湖とお猪口《ちょこ》ほども違う。何事も、上には上があるものである。

そんな話を暇つぶしに話しながら今日の勤めを終え、予は加藤平左衛門宅に向かう。めったに口にできないような上等な酒を手に入れたので、是非遊びに来いという誘いであった。酒は控えると誓ったばかりだが、軽く一杯やるくらいなら構わないだろう。

玄関先で声をかけると、なにやら慌ただしい様子で平左衛門が出てきた。

「おお、文左か。呼びつけておいてすまんが、娘がひどい熱を出してしまってな。今から医師のところに連れていかねばならんのだ」

平左衛門も、同僚の妹君を嫁に迎え、今や一児の父である。そういうことならと、予は来た道を引き返した。

空はもう藍色に染まっていた。今日はひどく冷え込む。店に入って熱燗《あつかん》で温まってから帰ろうかと思ったが、やめておいた。

主税町の家に帰ると、玄関の引き戸が閉じられていた。声をかけても誰も出てこない。仕方なく裏の勝手口から中に入る。

家の中は、やけに静かだった。母屋には、慶もこんもいない。二人でどこかに出かけているのかと思ったが、下女のお勝と下男の関平も姿がない。庭にも台所にも、人の気配がまったくなかった。

いったいどうしたと言うのだ。予は混乱した。

だらしない主《あるじ》を見捨てて、みなで夜逃げでもしたのか。だが、部屋から物が持ち出された形跡はない。悪い夢でも見ているような気分で、誰もいない庭に立ち尽くす。

博打好きの関平のことだ、散々に負けて自棄酒《やけ》を食らい、部屋で眠りこけているのかもしれない。そう考えた予は、庭を横切って別棟に向かう。

引き戸を引こうとしたところで、予は人の声を聞いたような気がした。女。それも、喘《あえ》ぎ声。

まさか、関平とお勝が？　想像して怖気《おじけ》をふるった。ふたりとも、初老と言ってもいい歳である。だが、本寿院さまの例もある。性欲というものに歳《とし》は関係ないのだ。

とにかく、主人の留守に下男と下女が乳繰り合っているなど、許されるものではない。関平には、連との浮気を密告された恨みもある。ちょうどいい、この機会に暇を出してやろう。そう思った予は、勢いよく引き戸を開けた。

狭い四畳半の部屋の真ん中に敷かれた布団から、男女が飛び出した。予の顔を見た関平は、行灯《あんどん》の明かりの中でもはっきりわかるほど青褪《あおざ》めている。

「だ、旦那さま……」

「関平、貴様という奴は。お勝、そなたもそなたじゃ。主人の留守中に……」

怒鳴りながらお勝を睨んだ予は、その場に凍りついたように固まった。

女はお勝ではなく、我が妻、慶であった。

「ええっと、これは……」

訊ねるまでもない。つまりは、そういうことだ。それでも予は、訊ねずにはいられない。

「……どういうことだ？」

「申し訳ございませぬっ！」

関平が、板敷きの床に額をこすりつける。あちこちに染みの浮いた、貧相な背中。

「お許しを。なにとぞ、お許しくだされぇっ！」

顔を上げ、涙混じりに訴える関平を見た途端、体中の血が逆に流れた。こんなみじめな男に、慶は身を委ねていたのだ。

意図せず、右手が刀の柄に伸びた。怒りと情けなさに衝き動かされ、刀を引き抜く。

「この、不埒者《ふらちもの》が……！」

大きく上段に振りかぶった。関平は「ひいっ」と悲鳴を上げ、逃れようとする。

その背中に向けて渾身《こんしん》の一撃を叩きつけようとした刹那、がつん、という衝撃が両腕に伝わる。振り下ろした刃が、低い鴨居に食い込んだのだ。

「おのれ、くそっ！」

押しても引いてもびくともしない。なんというざまだ。抜くのは脇差にしておけばよかった。

刀と格闘している間に、関平は予の脇を駆け抜け、一目散に部屋を飛び出した。

「あ、待て、待たんか！」

叫んでも待つはずがない。追いかけようと一歩目を踏み出した途端、つま先が敷居に引っかかって無様に転倒した。強打した横面の痛みを堪えて立ち上がった時、すでに関平の背中は見えなくなっていた。

人のことは言えない。みじめなのは予も一緒、あるいはそれ以上だ。

関平を追うのは一旦諦めた。刀の柄を持って板戸に足をかけ、力任せに引く。ようやく外れた刀を鞘《さや》に納め、部屋に入る。慶は帷子《かたびら》を身につけ、布団の上に正座していた。

「追わずともよろしいのですか。妻と密通した間男でございますよ」

行灯が、慶の表情のない顔を照らしている。ふてぶてしさを覚えるほど、態度も口ぶりも落ち着き払っていた。

「こんは、お勝はどうした」

「こんは朝倉の家に遊びに行って、今夜は泊まってくるそうです。お勝は、風邪を引いたというので家に帰しました」

お勝は住み込みではなく、自分の家から通っている。

淀みなく淡々と答える慶に、予は完全に気圧《けお》されていた。いつかこうなることを予見していて、しっかりと心の準備をしていた。そんな感じに見える。

「それで、いつからだ」

「あなたが、連に手を付けたと知ってからです」

「俺への、あてつけか」

「最初はそのつもりでした」

なぜ、よりによって、あの貧相な小男などと。その思いが顔に出たのか、慶が続けた。

「言い寄ったのは、私からです。相手は誰でもよかった。でも、関平は優しかった。このあばたの残った醜い顔を、美しいと言ってくれました。あなたが真っ直ぐに見ようとしない、この顔を」

言われて、愕然とした。確かに、疱瘡から回復して以来、慶の顔を見るのを避けていたような気がする。顔を合わせても、無意識のうちに目を逸《そ》らしていた。それを、慶は悟っていたのだ。

「だが」

弱みを隠すかのように、自然と声が大きくなった。

「あの男の、どこが優しい。お前を捨てて、ひとりで逃げていったではないか！」

その時、背後で足音がした。

「旦那さま」

関平だった。いきなり地面に手をつき、頭を下げる。

「一時は恐ろしゅうて逃げてまいりましたが、斬るんならわしを斬ってちょうでゃあせ。わしが無理やり部屋に連れ込んだんだで、奥方さまに罪はあれせんです。斬るんなら、このわしを」

震える声で、必死に喚く。

もう、柄に手かける気も失せた。大きく息をつき、立ち上がる。

「もうよい。勝手にいたせ」

部屋を出て、重い足取りで母屋に向かう。

とりあえず、今日のところは酒を呑んで寝てしまおう。それくらいしか、思いつかない。

宝永二年（一七〇五）一月七日

お勝の作った朝餉《あさげ》をすませて居間で茶を啜っていると、荷物をまとめた慶が最後の挨拶に来た。

「長い間、お世話になりました」

濡れ縁に手をつき、慶が頭を下げる。

「うむ」

慶は、珍しくしっかりと化粧を施している。そういえば、連も最後に会った時は化粧をしていた。別れの際は化粧をするという決まり事でもあるのだろうか。予には皆目わからない。

それにしても、十三年だった。長いのか短いのかは、よくわからない。慶が嫁に来た日のことは、今でもはっきりと思い出せる。それでも、生まれた娘が母とそっくりな口調で父を窘めるようになるほどの時間だ。

結婚は、家と家との契約である。加えて、上役や仲人の事情も絡んでくる。それらの全てを断つには、それなりの根回しや下準備が必要で、整えるのにずいぶんと時がかかった。おかげで、予は人生で最も盛り上がらない正月を迎える羽目になったのである。

この二月ほどで、予は嫁を迎えるよりも、離縁する時のほうがはるかに疲れるということを学んだ。できれば、そんなことは学びたくなかったが。

「義父上は、許してくれたのか？」

「いまだ口も利いてはくれませせぬが、仕方ないことでございます」

「では、このまま関平のところへ行くのか？」

「いえ。いま一度実家に戻って父を説得するつもりでおります」

関平は、堀川にかかる日置橋《ひおきばし》の近くに長屋を借りている。慶もそこに移り、ふたりで暮らすつもりだという。

「関平の新しい奉公先は、見つかったのか？」

「今、懸命に探しているところですが、なかなか」

物価の高騰は止まるところを知らず、どこの武家も出費は切り詰めている。新しい奉公先を探すのはなかなか難しいだろう。

「そうか。では、俺も心当たりに聞いてみよう」

「ですが、そこまでしていただくのは」

「俺の妻ではなくなっても、お前がこんの母であることに変わりはない。あれの母親に、みじめな暮らしをしてもらいたくはない」

本当に、自分はそんなふうに思っているのだろうか。この期《ご》に及んで、体裁だの夫の威厳だのを保っていたいだけではないのか。そんな疑問がぐるぐると頭を巡った。

「ありがとう存じます。このご恩は、一生忘れません」

慶が再び頭を下げた時、どたどたと足音が響いた。

「母上！」

娘の声に、慶は弾けるように顔を上げる。

「本当に、行ってしまうの？」

涙声で、慶の袖に縋りつく。堪忍ね、と何度も呟きながら、慶は娘の頭を撫でた。

子はそんな光景を見ているのが耐えられなくなり、腰を上げた。

「こん。母上にしかとお別れするのだぞ」

そう言い残して、自室に戻った。筆を執り、仲人の彦坂平太夫さま宛てに、離縁がつつがなく行われたことを知らせる文を書く。用件だけを記した素っ気ない文章になってしまったが、書き直そうという気にはなれなかった。

第四幕　朝日家、再び乱れる

宝永六年（一七〇九）十一月十日

本日、予は宿酔《しゅくすい》のため、夕刻にいたるまで床に伏し、食事も喉を通らぬ有り様であった。

そして今、粥《かゆ》を掻《か》き込むだけの夕餉《ゆうげ》を終え、鰯《いわし》の丸干しを肴《さかな》に一杯引っかけつつこの日記を記している次第である。

なぜ、予はこれほど酒を呑《の》むのか。そこに酒があるからと言ってしまえばそれまでであるが、無ければ無いで呑まずにいられるかというとそうでもなく、買い求めるなり友人宅に行って呑むなりしてしまう。

この世の一切は、因と果によって成り立っている。予が毎晩のように痛飲するのにも、無論理由があった。他ならぬ、後妻のすめである。

すめが我が家に嫁に来たのは、慶《けい》と離縁した翌年の秋のことであった。早いもので、あれからもう三年が経《た》ち、予は三十六歳の男盛りである。

ちなみに、予は昨年の八月に名を改めた。といっても、なにか思うところがあったわけではない。ある日突然、父から「わしは、名を善太夫《ぜんだゆう》と改めることにした。ついては、定右衛門《じょううえもん》の名をそなたに譲って進ぜよう」などと言われ、やむなく藩に改名届けを提出したという次第である。父がなぜ名を改めようと思い立ったかという謎は、今もって解明されていない。解明するつもりもないが。

とはいえ、父の名など受け継ぎたくはないし、慣れ親しんだ文左衛門《ぶんざえもん》の名を捨てるつもりもさらさらない。公式な場でない限り予は文左衛門を名乗っているし、知人友人もそう呼んでいる。以上、閑話《かんわ》休題。

さて、予の後妻すめは海東郡東条《かいとうぐんひがしじょう》村の百姓の出で、父が独り身の予のために先方と勝手に話を進め、嫁に迎えることとなったのである。まったくもって余計なお世話というもので、予は当然抗議したが、すめが近所でも評判の器量良しと聞いて口を噤《つぐ》んだ。

とはいえ、百姓の娘をそのまま娶《めと》るわけにもいかない。仕方なく、すめは上役である古田勝蔵の妻の妹ということにして体裁を整えたのだが、その手続きに一年近くもかかってしまった。身分というのはなにかと面倒なものである。

ともかく、我が家にやって来て一年後、すめは晴れて我が妻となった。

女房と畳はなんとやら。予は大いに喜んだ。評判通りの美しさで、武家の女のような堅苦しさもない。闊達《かったつ》で、料理も上手《うま》い。

気がかりなのは娘のこんであったが、女同士上手くやっているようだった。こんはすめのことを「母上」と呼び、実の母のように慕っている。こんが出ていった慶のことを内心でどう思っているのかは、予にはわからない。

とにもかくにも、慶と離縁して以来沈みがちであった我が家にようやく春が訪れた。娶るなら百姓娘に限る。そんなことを、予は浮かれながら友人知人に吹聴していたのだ。

今にして思えば、度《ど》し難《がた》い愚かさである。

なにかと予を立て、真摯《しんし》に尽くしてくれていたすめの様子が変わったのは半年前、二度目の流産を経験してからのことだ。次第に顔つきが険しくなり、言葉遣いもきついものになってきた。そしてついには、慶と同じく悋気《りんき》の固まりのような女へと変貌してしまったのである。

友人宅の酒宴に出かければ、どこの女と遊んできたのかとなじり、芝居見物に出かければ、遊女を買ったのだろうと箒《ほうき》を振り回し、怒りを露わにする。以来、体のあちこちに生傷が絶えない。たまらず、予は毎晩のように酒に逃げ込むのである。

　歴史は繰り返す。その事実を、予は嫌というほど痛感させられた。

　そんなことをつらつら書き綴《つづ》っているうちに、徳利《とっくり》の酒が尽きた。

「おーい、誰か。酒を持て」

　手を打つと、やがて廊下から足音が響いてきた。

「父上、また呑んでおいでなのですか？」

　現れたのは、娘のこんである。

「もう、つい先刻まで宿酔で臥《ふ》せっていたというのに。今宵はもう、お止《よ》しください」

「そこをなんとか。あと一本。あと一本で、今宵は終いにするゆえ、な？」

「仕方ありませんね」

　予の必死の懇願に、こんは呆《あき》れた顔で台所へと向かった。

　こんは十五歳になっていた。少々気が強すぎるきらいはあるものの、予が思った通り、聡明で美しい娘に育っている。慶が去り、すめが悋気の鬼と化した今では、酒と芝居とこんの存在だけが、予の人生の潤いとなっているのである。

「父上、お持ちいたしました。これで最後ですよ」

わかったわかったなどとへらへら言いつつ、愛娘の酌を受ける。予を持つ父親にとって、至福の時である。

「あと一月《ひとつき》で、私はこの家を出ねばならないのでございますよ。このようにお酒ばかり召し上がっていては、安心して嫁ぐことなどできません」

酒を注ぎながら、こんはいたく真面目な調子で言った。

一月後、こんは嫁に行くことに決まっていた。相手は、水野《みずの》久治郎《きゅうじろう》という若侍である。

尾張藩士水野権平の倅で、家柄は悪くない。久治郎は、町でたまたまこんを見かけてひと目で見初めたらしいが、我が家にとっては願ってもない良縁である。この六月に藩庁に提出した婚姻の願いは、呆気《あっけ》ないほど簡単に受理されていた。

「母上も、父上が外で呑んでばかりいるから、色々と勘繰ったり、腹をお立てになるのです。もう少し、外で遊び回るのはお控えくださいまし」

「う～む、そうは申してもなあ……」

男の付き合いというものが云々《うんぬん》と言い訳を並べようとしたが、娘の真摯な視線を受け、予は思わず口を噤んでしまった。

愛娘が良縁に恵まれたのは、まことにもってめでたい。ただ、こんがこの家から出ていってしまうことを考えると、どうにも不安でならない。

娘を嫁に出す父親というのはみな、こういった気持ちを抱くものなのであろうか。

十二月二日

婚礼当日、こんの門出を祝うかのごとく空は晴れ渡っていた。

嫁入り道具は昨夜、水野家に運び込んである。

酒代と芝居見物で常に懐の寒い予ではあるが、見栄をことのほか大切にする尾張侍であることには代わりない。愛娘の嫁入りに際しては銭に糸目をつけるわけにはいかなかった。

簞笥《たんす》に長持ち、屛風《びょうぶ》箱に膳や椀からたらいまで。初雪の降りしきる中を進む嫁入り道具の行列は、十五人にも及んだ。道具を選ぶ若党や中間《ちゅうげん》の衣服や提灯《ちょうちん》にいたるまで新調したため、我が家は破産寸前である。

それはそれとして、婚礼は滞りなく進んだ。

白無垢《しろむく》に身を包んだこんの美しさときたら、これはもう筆舌に尽くし難いとしか言いようのないほどである。その姿は慶の若い頃に瓜二つで、予はしばし呆然《ぼうぜん》とした。

「父上さま、母上さま。長い間、お世話になりました」

三つ指をつき頭を下げるこんに、さすがのすすめも目に涙を浮かべている。継母とはいえ、子のないすすめはこんを実の娘同然に思っていたのだろう。こんも、すすめに対してなんのわだかまりもなく、実母のように接していた。

心根優しく闊達で、さらには器量も優れている。こんなよくできた娘を、他人にくれてやらねばならないのか。いたしかたないこととはいえ、予の胸の奥底に小さな怒りの炎が点《とも》った。

しかし、水野久治郎も非の打ちどころのない若者である。容貌爽《さわ》やかで武芸にも学問にも優れ、家柄を鼻にかけるようなところもない。

かつては、娘の夫になる男が挨拶にきたら一発殴り飛ばしてやろうなどと思っていたが、実際に久治郎が挨拶にきた折には、ひたすら「ふつつかな娘ではありませすが、どうぞよろしくお頼み申し上げます」などとついつい下手《したて》に出てしまった。

久治郎ほどの相手に貰《もら》われるのであれば、娘を奪われる悔しさなど微塵《みじん》も面に出してはならない。予は、そう己に言い聞かせながらこの日を迎えたのである。

諸々の式を終えると、我が家には多くの親類、朋友が訪れ、盛大な宴がはじまった。日頃から方々で飲み歩いているおかげで、友人だけは多い。祝いには数えきれないほどの人数が駆けつけ、我が家は人ではちきれんばかりに膨れ上がった。

肴や酒樽《さかだる》は祝いの客が持参したため、食の諸経費はずいぶんと安上がりですんだ。すでに火の車と化している我が家の台所にとっては、この上なくありがたいことである。やはり、持つべきものは友人だ。

座敷の上座にはこんと久治郎が座し、親類縁者が所狭しと居並ぶ。予はすこぶる上機嫌で各人の間を回り、酒を注いでは返杯を受け、すっかり酔っ払った。

「おい、文左」

呂律《ろれつ》の回らない口ぶりで話しかけてきたのは、神谷《かみや》段之《だんの》右衛門《えもん》である。

「めでてゃあ席だいうのに、なんじゃ、この膳は。海老ばかりでにゃあか」

「そう言《ゆ》うお前《みゃあ》も、海老を九尾も持って来とったがや」

「それはそうだけども」

膳の上には鮑《あわび》や鯛《たい》、なまこや牡蛎《かき》など様々な肴が並んではいるものの、それらはほんの一部であり、圧倒的多数を占めているのは他でもない、海老である。それも、伊勢海老のような高級品ではなく、なんの変哲もない普通の海老。

土産に海老を持参したのは、神谷をはじめとして、河澄与三右衛門、河原甚助、渡辺源右衛門、畳屋の勘六など、枚挙に暇《いとま》がないほどである。

膳には焼き物、煮物、酢の物から味噌《みそ》汁と、海老尽くしと言っても過言ではないほどの海老料理が並んでいる。愛娘の門出を祝う今日という日、我が家はなぜか、海老御殿と化していた。

かくいう予も、空腹時にはお城の金鯱《きんしゃち》が海老天に見えて仕方がないほどの海老好きではあるが、いくら好物でもこれほどの量はいただけない。しばらく海老料理は遠慮したいところである。

「旦那さま、源蔵《げんぞう》先生がお見えになられました」

「わかった。すぐにまいる」

予と天野《あまの》源蔵先生の交誼《こうぎ》は、今も変わることなく続いていた。

「やあ朝日《あさひ》君、遅くなってすまない。土産の品をなににしようかと悩んでいるうちに少々遅れてしまった」

「は、はあ」

少々どころか、外はすっかり日が暮れていた。

先生は年が明ければ四十九になられるというのに、相変わらずの独り身である。学識高く人格も高潔であられる上に、家柄も申し分ない。それがこの歳《とし》になるまで妻帯しないというのは、少々浮き世離れしすぎたところがあるゆえのことと、予は常々思っている。

「で、迷った挙句、これを持ってきたよ」

源蔵先生は手にした包みを開き、木箱の蓋《ふた》を開く。

「こちら……で、ございますか」

中には、箱から飛び出んばかりに活きのいい、大ぶりな海老がひしめいていた。

「うん。やはり、君が好きな物がよかろうと思ってね」

無論断るわけにもいかない。先生を家中に案内し、受け取った海老は台所へ持っていった。

想像をはるかに超える客に、台所は戦場さながらの有り様だった。すめや下女たちが忙しなく立ち働き、いたるところで海老が料理されていた。

「源蔵先生からの土産だ。すまんが、これも料理してくれ」

箱の中身を見たすめが顔を引きつらせ、予を睨《にら》みつける。

「水野さまのご親類やご友人がたは鯛だの鮑だのをご持参くだせゃあますのに、なにゆえお前《みゃあ》さまのご友人は海老しか持ってきてくれえせんのです?」

百姓育ちのゆえか、すめはなかなか武家の妻らしい言葉遣いができずにいる。

他の女たちも同意見なのか、抗議を籠めた目で予を見ていた。親しき輩《やから》を小馬鹿にされたような気持ちになり腹を立てた予は、「黙れ、海老は尾張藩士の魂じゃ！　海老を侮《あなど》る者に尾張侍の妻が務まるものか！」と叫び、逃げるように台所を飛び出した。

「おい、文左。ちょっとばかし呑みすぎとるんでにゃあか?」

神谷が耳元で喚《わめ》いているような気がして、予は顔を上げた。

「お前《みゃあ》は花嫁の父親だろう。もう少ししゃきっとしやあて」

「なに言っとる。この通りしゃきっとしておるでにゃあか」

そう言って、予は背筋を伸ばす。

「偉そうなことを言っとらすな。お前もぐらぐらと揺れとるがや」

「揺れとるのはお前のほうだわ。しっかりせえ」

台所から逃げ戻った予は、海老にはいっさい手をつけずに酒をがぶ呑みした。

水野家方の親類縁者が持参した酒はみな上等なものばかりで、ついつい過ごしてしまったらしい。視界はぐにゃぐにゃに歪《ゆが》み、周囲の声は遠くなったり近くなったりする。

「よいではにゃあか、今日くらい」

雲の上にいるようなふわふわとした心地で、神谷の盃《さかずき》になみなみと注いでやる。

神谷にしても、これだけいい酒をたらふく呑める機会はそうあるものではない。

「まあ、花嫁の父の酌は、断るわけにはいかんでよう」

そんなもっともらしいことを言いながら、だらしなく笑って盃を呷《あお》る。

「それにしても、おこんどのは器量良しに育ったもんだわ」

神谷がしみじみと言うと、近くにいた加藤平左衛門《かとうへいざえもん》や石川三四郎《いしかわさんしろう》といった友人たちが、「まったくだて。文左の娘とは到底思えーせん」「文左に似んかったのがよかったんだわ」などと、無礼極まりない相槌《あいづち》を打った。

「花嫁姿を見て、慶の若い頃にそっくりじゃ、などと感慨に耽《ふけ》っとるんだろう？」

平左衛門の軽口に、予は思わず口籠《くちご》った。

「なんだ。お前まさか、いまだにお慶どのに未練があるんでにゃあか？」

三四郎が呆れたように言うと、平左衛門が「ほほう、そりゃあ知らなんだわ」とにやにや笑う。

「とろくせぇことを言っとったらかんわ。そんなわけあれせんがや」

予は慌ててかぶりを振った。

「ただのう、すめを見とると、慶がどんだけ可愛《かわい》げのある嫁だったかと思ってまう。ほれ、見てみぃ」

予は袖をめくり上げ、三日前に箒で叩《たた》かれた痣《あざ》を見せた。

「これに較べたら、慶の悋気なんか蚊に刺された程度だわ」

「それは気の毒に」

まるで気の毒に思っていない口ぶりで、平左衛門が言う。

「おこんどのが嫁に行ってしまったら、家にはあのすめどのだけか。さぞかしおそぎゃあ（恐ろしい）毎日が待っとるんだろうなあ」

そんなことを言って笑い合う友人たちを横目に、予は過ぎ去った日々を回顧していた。

こんが生まれたばかりの頃、我が家は暖かな光が満ちていた。予は若く、前途には希望が広がっていた。友人たちと馬鹿騒ぎをして、帰れば幼いこんを抱いた慶が出迎えてくれた。

そう、慶がいたのだ。いくら慶の癇癪《かんしゃく》に悩まされたとはいえ、先に浮気をしたのは予のほうだ。

「予は、とんでもにゃあ阿呆だわ」

思わず漏らした呟《つぶや》きに、平左衛門が怪訝《けげん》な顔をする。

「阿呆なのは知っとるが、予とはなんだ、偉そうに」

取り合わず、上座の娘に目をやった。愉《たの》しげに、宴の様子を眺めている。

目が合うと、こんはにっこりと微笑《ほほえ》んだ。その瞬間、朝倉《あさくら》道場で慶と出会った日のことが脳裏に鮮やかに蘇《よみがえ》った。気づかぬうちに、娘を通して慶の姿を探していたのかもしれない。

予はあたふたと狼狽《ろうばい》した。慌てて目を逸《そ》らし、立ち上がる。

「どうした、文左」

「か、厠《かわや》だわ」

少々飲みすぎたのか、足元が覚束ない。壁に手をつきながら、廊下へよろぼい出た。尿意をこらえ、這《は》うようにして厠へ向かう。

が、不幸にも先客がいた。しかし、声をかけるのも憚《はばか》られる。もしも中にいるのが水野家側の客であれば、いかにも気まずい。花嫁の父として、恥を晒《さら》すことにもなる。尿意もこらえられない男の娘と侮《あなど》られることになっては、こんの嫁ぎ先での扱いにもかかわってこよう。

ここはいったん厠を離れ、先客が出た後でこっそり入るしかあるまい。そう思い、さりげなく廊下を行ったり来たりして待つことにしたが、先客は一向に出てくる気配がない。

体内の水位は徐々にせり上がり、もはや決壊寸前である。なにより、このやり場のない怒りをどうすればいいのか。

人気《ひとけ》のない廊下でひとり拳を握り締めてぶるぶる震えているうち、ようやく厠の板戸が開く音がした。

出てきたのはあろうことか、こんの夫、水野久治郎その人であった。

こちらに気づいた久治郎が、「やあ、これは義父上」などと言いながら軽く会釈した。

その顔を目にした瞬間、ぐっと抑え込んでいたはずの感情が凄《すさ》まじい勢いで沸騰した。

この男が、予が散々苦労しながらここまで育て上げたこんをさらっていくのだ。こんと、夜な夜なあんなことやこんなことをするのだ。こんと同じ墓に入るのだ。

激烈な怒りに衝《つ》き動かされ、予は床板を蹴った。

「お前《みゃあ》に義父上などと呼ばれる筋合いはにゃあ！」

猛然と駆けながら、右の拳を振るう。

だが、予の放った鉄拳が久治郎の顔面を捉えようとした刹那《せつな》、突然視界がぐるりと回った。

あっさりと拳をかわされた上に背負い投げまで食らった予は、びたん、という気の抜けた音とともに床に転がった。痛みがないのは、久治郎が手加減したからであろう。だが、投げられた拍子に少しばかりちびってしまった。

「義父上、いきなりなにをなさいます」

困ったような顔で、久治郎が言う。

「……い、いや、ちと戯れてみただけじゃ」

情けなさに声を詰まらせながら、予は答えた。

「なるほど、座興にございましたか。これは失礼いたしました。つい、体が反応してしまいました」

久治郎は端整な顔に爽やかな笑みを浮かべ、手を差しのべる。

「さあ、早く戻りましょう、義父上」

負けた。いとも簡単に投げ飛ばされた上に、小便までちびってしまったのだ。武芸の腕は言うに及ばず、男としての度量も完膚なきまでに負けている。

差しのべられた手を取り、おずおずと立ち上がった。久治郎の目を盗んで、袴《はかま》が濡れていないか確かめる。大丈夫。褌《ふんどし》が少々濡れただけだ。後でこっそりと着替えればいい。

そんなこんなで、失禁を人に知られることもなく宴は終わった。客人の名、及び持参の品は、別途記載のこととする。

正徳元年（一七一一）六月二十三日

蒸し暑く、夜時々雨。

本日、知人の巳比文四郎、川崎佐助と連れ立ち、市へ出かける。

久方ぶりの芝居見物とあって、予の気分はいつになく高まっていた。しかも、かねてから見てみたいと思っていた難波《なんば》太夫が名古屋へやってきたのである。これを見逃しては、芝居好きは名乗れぬというものだ。

刻限まではまだ間があったので、熱田《あつた》の茶屋で一杯引っかけ、弁当を購入して小屋へ向かった。

人で賑《にぎ》わう小屋の前に立つと、心が自然と浮き立った。このような心持ちは、いったいいつ以来であろうか。

こんなが嫁に行って、一年半になる。

すめの嫉妬は、相変わらずどころかさらに悪化していた。なにかあれば箒だの包丁だのを振り回すため、我が家の障子はあちこちが破れ、柱は傷だらけ。台所には常に割れた皿や茶碗の破片が散らばっている。

こんがいなくなった分、すめも遠慮する必要がなくなったのであろう。包丁を振り回すすめの目には、尋常ではない殺気が宿っていた。

幾度も離縁してくれと頭を下げたが、すめは一向に応じようとしない。最近では、離縁の〝り〟の字を口にしただけで物が飛んでくる始末である。

そうしたわけで、予は毎日のように妻の罵声《ばせい》を浴びながら追い回され、離縁することもできないという切ない事態に陥っている。

「いやはや、評判通り、良き芝居にございましたなあ」

「囃子方《はやしかた》などは、他の一流どころと較べても遜色《そんしょく》ないのではありませぬか？」

興行が終わると、巳比文四郎と川崎佐助は、すっかり上気した顔で一座を褒めちぎっていた。

ふたりは、一年ほど前に芝居小屋で知り合った若い藩士である。それなりに見る目を持ってはいるが、いかんせんまだまだ経験が足りない。予とは見てきた芝居の数が違うのだ。

「ふむ。音曲はなかなかのものであったのう。難波太夫もよい声をしておった。相当に修練を積んだものと見える。ただ、ワキがよろしくない。もうひとつ、芸にかける気迫のようなものが足りなんだ」

予が寸評を述べると、ふたりは感心した顔つきで、「さすがは朝日どの」「芝居を見る目に関しては、我らは足元にも及びませぬ」などと誉めそやす。

「まあ、見る目を養うには足繁く小屋に通うことじゃ。わしも若い頃は、念入りに変装して芝居を見に行ったものよ。抜き身を提げた柿羽織《かきばおり》に追い回されたこともあったな」

「おお、そこまでなさるとは」

「なんという情熱じゃ」

予の芝居見物にかける熱い思いに、ふたりはいたく感動している。

「せっかくじゃ。一杯やりながら芝居について語り合おうではないか」

毎日すめから罵詈雑言《ばりぞうごん》を浴びせられている予にとって、人から誉められることなど絶えて久しい。すっかり気が大きくなり、ふたりを連れて手近な茶屋に入った。

「今日はわしが奢《おご》ろう。好きな物を頼むがよい。おっ、冷麦《ひやむぎ》があるな。もうそんな季節か」

「いいですね、頼みましょう」

「よし。親父、冷麦三つと、あと酒もだ」

運ばれてきた冷麦をずるずると啜《すす》りながら芝居談議に花を咲かせるうちに、酒の量はどんどん増え、三人ともへべれけ状態に陥った。

やがて、話題は芝居そのものから、いまだに藩士が芝居見物をすることを快く思わない藩や幕府に対する批判、ひいては武家の世の息苦しさ、鬱陶《うっとう》しさへと進んだ後、なぜか予の家庭の話になった。なぜそんなことになるのかは、酔っていたので覚えていない。

「それにしても、朝日どのの奥方は、なにゆえ離縁に応じてくださらぬのでしょうね」

すっかり酔っ払った口ぶりで、佐助が言う。

「あれは百姓の生まれだからな。離縁してまた野良仕事に駆り出されるのが嫌なのだろう」

「ひどい話ですねえ」

「それに、すめはいったん父の上役の縁者になって我が家に輿入《こしい》れして来たものだから、離縁してしまっては上役の顔に泥を塗ることになる。ゆえに、父も離縁には反対しておるのだ」

「ああ、なるほど」

「離縁もできず、喧嘩《けんか》でも敵《かな》わない妻が居座っていたのでは、さぞ居心地が悪いことでしょうなあ」

文四郎は気の毒そうな顔をしているが、夫婦円満なこの若者には、予の苦労など到底理解できぬのであろう。

「だがな、そんな地獄のような我が家にも、わしは桃源郷を見つけたのだ」

にやりと笑うと、ふたりは怪訝《けげん》な顔をした。

我が家の桃源郷は、女中部屋にあった。二十歳になるえんという女中が、その桃源郷の主である。

二月《ふたつき》ばかり前、すめに追われて逃げ込んだのをきっかけに、予は再び住み込みの女中といい仲になってしまったのである。

地獄に仏。掃き溜《だ》めに鶴。これまでさして意識もしてこなかったえんが、予の目には天女の如く映った。あとはもう一気呵成《いっきかせい》である。毎日すめに追い回される予に対する憐《あわ》れみもあったのか、えんが拒むことはなかった。

そうしたわけで、なし崩し的にはじまったえんとの関係は、すめの目を盗みながら今も続いている。

しかしながら、好事魔多しというか、このところ困った事態が発生していた。他でもない、えんが身籠ったのである。

「それは、大変なことになるのでは?」

「うむ。えんは産みたいらしい。周囲には別の男の種だと偽り、自分ひとりで育てるから、産ませてくれと」

「いったい、いかがなさるおつもりで?」

「今のところ、えんの望む通りにさせてやっているが……」

「しかし、奥方が真相を知ったらと思うと恐ろしいですね」

「まあそうなのだが、厄介なもので、この隠し通せるかどうかというぎりぎりの緊張感が、逆に心地よかったりもするのだ」

「そういうものですかねえ」

「若いそなたたちにはわかるまい。これが、大人というものだ」

酔いに任せて出任せを言うと、ふたりはおお、と感嘆の息を漏らした。

六月二十七日

本日はお勤めの日であった。

もっとも、御畳《おたたみ》奉行から「御側同心頭御国御用人」というあやふやな役職に出世した予の仕事と言えば、御城に顔を出して下役の者たちに「おっ、やっとるか」などと声を掛けることくらいのものである。もっとも、御畳奉行もたいした仕事などなかったが。

そんなわけで、昼過ぎにはやることがなくなってしまった。仕方なく城を出た予は、友人たちとともに行きつけの店に出かけ、冷麦を肴に一杯引っかけた。

先日見た芝居の話などで盛り上がり、いつの間にか日が暮れかけていた。盛り上がっていたのは予だけという気もしないではないが、そこには触れまい。

家に帰ったのは、酉《とり》ノ刻過ぎである。

「お帰《きゃあ》りなさいませ。お勤め、ご苦労さまにごぜゃあました」

出迎えたすめはなにかいいことでもあったのか、薄っすらと笑みを浮かべていた。

「どうした。今日はなんだか機嫌がよいな」

「まあ、そう見えやぁすか？」

婉然《えんぜん》と微笑む妻に少々狼狽しながらも、玄関で履物を脱ぎ、すめに刀を渡して中に上がる。

着替えをすませて居間へつながる襖《ふすま》を開いた瞬間、全身から血の気が引いた。

「さあ、お入《ひゃあ》りくださいませ」

すめが、ぞっとするような冷たい声で言う。

だが、予はその場から一歩も動くことができなかった。なんとなれば、居間の中央にはえんが端座《たんざ》していたのである。小柄な体を仔犬のように震わせながら、こちらを見ている。

考えるまでもない。全てが露見したのだ。

「いかがなさいました、お前《みゃあ》さま」

打ち首を執行する役人のように無慈悲な声が響く。

こちらを見つめるえんが、口を開いた。声は聞こえないが、「逃げて」と言ったのだ。少なくともそう見えた。

次の刹那、予は脱兎《だっと》の如く駆け出した。

直後、後頭部に凄まじい衝撃を受け、廊下に突っ伏した。すめの投げた硯《すずり》が頭を直撃したのである。我が妻には、なにかあった時に夫にぶつけるため、常に懐へ硬い物を忍ばせておくというきわめて質の悪い癖があった。

「さて、お前《みゃあ》さま。なにかおっしゃりたいことはごぜゃあますか？」

えんと並んで端座する予の前に立ち、すめは腕組みしながら見下ろした。その姿は、どこぞの仁王像を思わせる。

「だ、誰に聞いたか知らんが、わしとえんの関係を疑っておるならとんでもない誤解だ。おかしな言いがかりはやめて……」

言い終わる前にすめの足が跳ね上がり、予の顎《あご》を蹴り上げた。

「あだだ、舌噛《か》んだ……──」

「ようもまあ、ぬけぬけと」

「落ち着け、とりあえず落ち着いて予の話を……」

「なにが〝予〟かね、偉そうに」

思わず日記上の一人称を用いてしまった予の胸倉を、すめが物凄い力で摑《つか》んだ。

「うちという者《もん》がありながら、こんな小娘と」

顔をわなわなと震わせながら、拳を固める。とその時、振り上げたすめの腕にえんがすがりついた。

「奥方さま、おやめください！」

「やかましいっ！」

野良仕事で鍛えたすめの腕っぷしに、細身のえんが敵うはずもない。あっさりとふりほどかれ、その拍子にえんは横倒しになった。

「この泥棒猫め、叩き出したる！」

泥棒猫。こうした場面になると、そんな芝居じみた台詞《せりふ》も普通に聞こえるのは不思議なものだなあ、などと場違いなことを考えているうちに、すめはどこかから竹箒を持ち出してきた。

まずい。予は思わず、倒れたえんの上に覆いかぶさった。

背中に、ばしばしと箒の柄が打ちつけられる。

「いだだだ、いだいっ……！」

「ええい、そこをどきゃあて！」

「どくものか。えんの腹には、予がおるんだぞ。大切な、わしの子だがやっ！」

我を忘れてそう叫んだ直後、脳天に強烈な一撃を受け、予は昏倒《こんとう》した。

目を覚ました時、すめの姿はなかった。

予が気を失っている間に、女中のそよを連れて家を出ていたのである。

六月二十八日

「ふむ。今日の飯はなかなかよい具合に炊けておるな。味噌汁も、いつもより出汁《だし》が利いている気がするぞ」

「はい、ありがとうございます」

「そうだ、厠の戸の建て付けが悪くなっていたから、直させておこう」

「旦那さま、おかわりはいかがなさいますか？」

「うむ、もらおうか」

茶碗を差し出しながら、予はある感慨に耽っていた。

朝餉《あさげ》に舌鼓を打ち、当たり前の会話を交わす。それが、これほどまでに素晴らしいことだったのか。人の幸福というものは、はるかな高みにある宝物などではなく、ふと足元を見ればいくらでも転がっているものなのだ。

「それにしても、奥方さまはいつお戻りになるのでしょうか」

えんのそのひと言で、感慨は瞬時に消し飛んだ。

一晩経っても、すめは戻ってはこなかった。大方実家に帰っているのだろうが、知ったことではない。確かに、浮気をしたのは予のほうだが、妾《めかけ》のひとりもいない侍などむしろ少数派である。それを耐えられぬというのであれば、最初から武家になど嫁ぐべきではなかったのだ。

「よいではないか。すめが戻らぬのであれば致し方ない。離縁いたし、そなたを妻に迎えよう」

「まあ、旦那さま」

顔を赤らめるえんをよそに、予はある疑念と格闘していた。

自分は本当に、この女を妻に迎えたいと思っているのだろうか。すめへの愛情が消え失せ、流れでなんとなく結ばれてしまっただけではないのか。

「おかわりをお持ちいたします」

いそいそと腰を上げたえんの背中を眺めながら、自問自答を放棄した。経緯がどうであれ、えんの腹の中には、間違いなく予の子がいるのだ。父親として、その成長をしかと見届けなければならない。

麩《ふ》と葱《ねぎ》の味噌汁を啜りながら決意した予は、廊下から響いてきた足音に顔を上げた。

「文左衛門どのー」

その声に、予は思わず口に含んだ味噌汁を吐き出しかけた。

声の主は、今は別棟に住む母である。母屋に顔を出すことはめったになかった。

「聞きましたぞ。すめが出ていったそうではありませんか！」

「母上。朝からそのように大声を出されますな」

「そなたこそ、なにを呑気《のんき》に味噌汁など啜っているのです。一度離縁したのみならず、後妻にまで逃げられたなどと世に知れては、我が朝日家の恥。古田さまにも、どう申し開きしてよいやら」

頭痛でもするのか、母はへなへなと座り込んだ。

「すめのほうから勝手に出ていったのです。母上が慌てる必要はございますまい」

「なにを申される。このような不始末が殿さまのお耳に入れば、今後の出世にも差しつかえましょう」

一介の藩士の醜聞を耳に入れるほど、殿さまも暇ではあるまい。そもそも母は、予がまだ出世できるなどと考えているのか。

昔から、母はなにより世間体を大切にしてきた人だった。芝居見物に出かけようとすれば口うるさく小言をぶつけ、お触れを破ってこっそり鴨鍋を食べていると知った時には、この世の終わりとばかりに嘆いてみせる。

この人はきっと、堅苦しい武家の世に囲われて囚人根性が染み付いてしまった、哀れな犠牲者なのだ。

思うことは多々あったが、面倒なので黙って味噌汁を啜った。

「とにかく使いをやって、すめにすぐにでも戻るよう説得いたします。異存はありませんね」

「い、いや、母上……」

制止の声にまるで耳を貸さず、母は部屋を出ていった。

まったくもって、なんという余計なことをしてくれる母上であろうか。それほど、我が子が小突き回されるのが見たいのか。

それから数刻の間を、予は心ここにあらずといった態で過ごす羽目に陥った。

あの自尊心と虚栄心が着物を着て歩いているようなすめが、昨日の今日でのこのこと戻ってくるはずがない。そう思っても心は千々に乱れ、なにをやっても上手くいかない。厠にいけば柱に足の小指をぶつけ、熱い茶を股の上にこぼし、刀を手入れしようとして指をざっくりと切った。

すでに満身創痍《そうい》の予のもとに最悪の報せがもたらされたのは、午《うま》ノ刻前のことであった。

「なんと。すめが戻ると？」

「ええ。これで、全て丸く収まりますね。隣近所に知られる前に戻るならば、不幸中の幸いというもの」

まるで己の手柄を誇るような口ぶりで母が言う。

「雨降って地固まるという言葉もあります。今後は仲睦まじくするのですよ。すめには、なんとしても我が家の跡取りを産んでもらわねばなりませぬゆえ」

嬉《うれ》しそうに言って出ていく母の背を見送りながら、しばしの間虚脱した。

しばらくして戻ったすめは、早速予とえんを呼びつけた。

「うちがただ戻ってきたと思ったら大間違《ちぎ》ゃあだでね。お前《みゃあ》さまらの答え次第《しでゃあ》では、また出ていかせてもらうもんで、そのあたりはお心得違ゃあないように」

予とえんを交互に見据えながら、いかにも尊大な口ぶりで言う。

いつ、戻ってきてくれなどと頼んだ。そんな言葉が口を衝いて出そうになったが、ぐっと堪《こら》えた。

「うちがこの家に戻るには、ひとつ条件があるでね」

「条件？」

予は阿呆のような顔で鸚鵡《おうむ》返しした。

「えんの産んだ子は、うちが母として育てる。これが呑めぇせんのなら、うちはこの家には戻らんで」

なにを言っているのかさっぱりわからず、えんと顔を見合わせた。

「ええと、よくわからんのだが……」

「子が産めぇせんばかりに夫に浮気をされたなんて思われてまったら、妻としてどえりゃあ赤っ恥だがね。義父上や義母上はともかく、よそではうちが産んだことにしてもらうでね」

淡々と語りながらも、目は真剣そのものだった。

ここにいたり、予は悟った。すめは、子を産みたかったのだ。妻としての立場を保つためには、跡継ぎを作らなければならない。しかし、すめの子は二度までも流れた。

跡継ぎを産めない武家の妻というのは、刀の振り方を知らない侍のようなものなのかもしれない。周囲から白い目で見られ、陰口を叩かれたこともあったのだろう。その苛立《いらだ》ちが、夫への暴行となって現れたのだ。なんとも迷惑な話だが、予ははじめて、すめに憐れみの念を覚えた。

だが、このふざけた条件を呑むかどうかは別問題である。

「しかし、そのようなことを隠し通せるわけがあるまい」

「安心しやあて。子が産まれるまで、うちは極力外に出ぇせん。やむを得ん時には、腹に詰め物すればええて」

平然と答えたすめは、さらに続けた。

「昔、唐土《もろこし》の漢という国に、子が産めんで悩んどった皇后がおりゃあしたそうな。

そんで、一計を案じたその皇后は、腹に詰め物をして身籠ったふりをしたんだわ。後宮《こうきゅう》の美女が産んだ子を引き取って、我が子と称して皇太子にまで仕立て上げたそうだわ。そんな例があるんだで、うちが母と偽っても、気づく者なんかおらせん」

「そなた、どこでそんなことを……」

「以前、天野源蔵先生がいりゃあた時に、こっそり教えてもらったんだわ」

まったく、余計なことを。どうせ、訊ねられるままにべらべらと喋《しゃべ》ってしまわれたのだろう。

「さあ、いかがなさいますきゃ？」

「断ると言ったら？」

「離縁だがね。けど、若い妾に溺《おぼ》れて正妻を追い出したなんて噂が立ったら、お前《みゃあ》さまも立つ瀬があれせんわ。古田家の方々も、どえりゃあお怒りになるんでにゃあか？」

すめは悪びれることなくうっすらと笑う。

「古田さまの口から殿さまのお耳に入るのも、時間の問題だがね。そうなったら、もし産まれたのが男子だったとしても、そんないわくつきの子に家督相続が許されるかどうか」

「ま、待ってくれ」

予は頭を抱えた。百姓育ちの純朴な娘と思って妻にしたのは、とんだ女狐《めぎつね》だった。これは前世の報いなのだろうか。だとすれば、前世の予は、女子《おなご》に対してよほどひどい行いをしたに違いない。

恐る恐る、隣を見た。えんは唇を引き結び、畳の一点をじっと見つめている。その顔は、心なしか青褪《あおざ》めて見えた。

「しばし、時をくれ」

予は、搾《しぼ》り出すような声でようやく言った。

「よくお考えなせゃあませ。お前さまの返答ひとつで、この朝日家は断絶の憂《う》き目に遭うかもしれんでね」

勝ち誇った顔つきで、すめは高らかに笑った。

その日の夕刻、今度はえんが出ていった。

子はひとりで産むので、探さないでほしい。そんな言葉が綴られた手紙を残し、えんは予の前から姿を消したのである。

七月一日

快晴。風強く、波高し。

「やあ、まいっちまったねえ、どうも」

芝居で聞き覚えた江戸っ子風の言い回しで、予は呟いた。

あたりを見回しても、自分がいったいどこを歩いているのか見当がつかない。見知らぬ町の往来でひとり、予は途方に暮れている。

えんが置手紙を残して出ていって、もう三日になる。

えんが腹の子とともにいなくなってしまったことで例の条件はご破算となり、すめは当然のような顔をして我が家に居座っている。

これからまた、あの地獄のような日々がはじまるのか。予は与えられた生を全《まっと》うするその瞬間まで、すめの悋気に怯《おび》え続けるのか。丸二日間、居室に引き籠ってそんなことを考えていた。

いかん。このままでは駄目になる。もうとっくになっているかもしれんが、それでも部屋に籠って手を拱《こまね》いているわけにはいかんのだ。

決然と立ち上がった予は、日の出とともに家を出た。

「供はいらん。すめには、お役目だと言っておけ」

中間にそう言い残し、颯爽《さっそう》と歩き出す。行き先は鳴海《なるみ》。えんの実家のある町だ。

城下を抜けて熱田に出た予は、東海道沿いに歩き続け、一路鳴海へと急ぐ。

このまますめの尻に敷かれ続けるとしても、えんがいるのといないのとではまるで違う。ましてや、えんの腹の中には予の子がいるのだ。奉公先で孕んで帰った女子を、周囲はどう見るであろうか。世間の冷たい風を受けながら子を産み、女手ひとつで育てる。そんな真似を父親として、人としてさせられようか。

是が非でも、えんを連れ戻す。妻と妾がひとつ屋根の下で暮らすなど、さして珍しくもない。きっと、なんとかなるはずだ。

そう意気込んで飛び出してきたものの、予は完全に路頭に迷っていた。

鳴海に実家があるとは知っていたが、正確な場所を聞いていなかったのである。

鳴海など、名古屋の御城下からすればただの田舎で、人家の数もたかが知れている。

そう思ったのが間違いだった。

鳴海の往来は多くの人馬が行き交い、すこぶる賑わっていた。人家も数えきれないほど建ち並んでいる。

城下から遠いといっても、東海道の宿場町である。考えてみれば当然のことだった。

なんという不覚であろう。せめて、家の名くらい聞いておけばよかった。いや、聞いたかもしれないが酔っ払って覚えていないだけかもしれない。

しかたなく、道行く人に訊ねながら歩き回っているうちに、自分がいったいどこにいるのかさっぱりわからなくなっていた。三十八歳にもなって、迷子になってしまったのだ。

真っ青だった空にぎらぎらと輝く日が、ずいぶんと西へ傾いていた。あたりは狭い路地が入り組んでいて、人の姿も見えない。

教わった通りに歩いていたはずなのに、いったいどこで間違ったのだろう。いや、そもそも予は、どこで人生を誤ってしまったのか。若い頃に思い描いていた大人はもっと立派で、たとえ知らない町に来たとしても、決して迷子になどならないはずだ。

頭の中をぐるぐる巡る雑念を追い払い、とりあえず振り出しに戻るべく、東海道を目指して歩きはじめた。

　ところが、歩けども歩けども細い路地が続くばかりで、大通りに出ることができない。これまで、知らない場所へ行くときは大体友人なり供の者がいたのでわからなかったが、どうやら予は、方向の感覚が根本的なところでおかしいらしい。

　見上げれば、日はどんどん暮れていく。不安と焦りと心細さで、予はいい歳をしてべそをかきそうになっていた。路地に人の姿はない。どこかの家を訪《おとな》って道を訊《き》くべきだろうか。しかし、仮にも二本差しの侍が、道に迷って難儀しているなどと思われるのはいかにもばつが悪い。

　どうしたものかと逡巡《しゅんじゅん》していたその時である。予の鋭敏なる聴覚は、確かに人の話し声を捉えた。

　これぞ天佑である。「やあ、今日もお暑うござったなあ。ところで、東海道はどっちだったかな。いや、ちとど忘れいたしてな」などとさりげなく訊ねればよい。予は声のする方へと向かった。

　辻を曲がった数間先に、一組の男女の姿。斜めに射し込む夕陽で顔は見えないが、ふたりともまだ若いようだ。

「ええから、俺が面倒見たるがや。ごちゃごちゃ言わんと、俺の言う通りにしとったらええがね」

男の方が、苛立ちも露わに喚き立てている。どうやら、痴話喧嘩の最中だったようだ。まったくもって間が悪い。着ている物から察するに、女のほうは、どこにでもいそうな町娘。男のほうは、小柄だが、いかにも真っ当な仕事をしていなさそうな風体である。たぶん、遊び人かやくざ者の類だろう。

君子危うきに近寄らず。諦めて立ち去ろうとした時、予の耳朶《じだ》に聞き慣れた声が響いた。

「だ、旦那さま？」

弾かれたように振り返る。夕陽を背にこちらを見つめる若い娘は、まぎれもなくえんであった。

「おい。誰だ、このおっさん」

誰がおっさんだ、無礼な。軽く腹が立ったが、今はそれどころではない。男を無視して、えんに歩み寄った。

「旦那さま、どうしてこんなところに？」

「決まっているだろう。お前を連れ戻しにきたのだ。さあ、家に帰ろう」

「ちょう待ちゃあて、おっさん」

男が、どすを利かせた声で割って入ってきた。予は若干怯《ひる》みかけたが、えんにみっともない姿を見せるわけにはいかない。己を鼓舞し、昂然《こうぜん》と胸を反らせた。

「おっさんおっさん言うな。何者だ、そなたは？」

「こいつの幼馴染《おさななじ》みだがや。あんたか、えんを孕ませた上に追い出した腐れ侍は」

「清《せい》ちゃん、あたしの話聞いてた？　追い出されたんじゃないって……」

「みなまで言わんでええ。お前《みゃあ》の口惜しい気持ちは、俺が晴らしたる」

よくよく見ると、役者にでもなれそうな、色白の優男である。だが、予に負けず劣らず思い込みが激しいようだ。

清ちゃんと呼ばれた男は、なんとか止めようとするえんの言葉に耳を貸さず、ずかずかと向かってくる。

「言っておくが、わしはえんを追い出したりなどしておらんぞ。悪いが、えんとふたりで話をしたい。ちと、外してはくれんか？」

「やかましいわ、この色惚《いろぼ》け侍が。えんを泣かせる奴は、俺が許さん！」

駄目だ、まったく話が通じない。

「町人も侍も関係にゃあぞ。こっちから先は、男と男の勝負だがや」

言うや、清ちゃんは地面を蹴った。拳を振り上げ、雄叫びを上げながら真っ直ぐ突っ込んでくる。

予は身を翻《ひるがえ》し、すんでのところでその拳を避けた。渾身《こんしん》の一撃をかわされよろめいた清ちゃんは、なんとか体勢を立て直す。

「この野郎、なんでよけるんだ！」

道理に合わぬことを喚く清ちゃんを見て確信した。

こいつは弱い。まったく腕に覚えのない予だが、この男はそれに輪をかけて弱い。

「やめておけ、清ちゃん。お前では、わしには勝てん」

一度は言ってみたい科白だったが、ようやく言えた。だが、激昂《げっこう》した清ちゃんの耳には届かない。

「気安く呼ぶなあっ！」

再び飛びかかってくるが、喧嘩慣れしていないことが一目瞭然の、見事なまでのへっぴり腰である。予はその腕を摑み、華麗な背負い投げを繰り出した。若い頃に道場で学んだ柔術の技である。その道場にはろくに通いもせず、投げ方もうろ覚えだったが、相手が弱いおかげで十分に通用した。

「くそっ、まだまだ！」

立ち上がり向かってくる清ちゃんを、再び投げ飛ばす。それでもまだ、清ちゃんは立ち上がる。根性だけは見上げたものだった。

都合十三回投げ飛ばしたところで、清ちゃんは大の字に倒れたまま動かなくなった。予も全身汗だくで襟や髻《もとどり》は乱れ、肩でようやく息をするという有り様である。

「ふたりとも、もうやめて！」

えんが甲高い声で叫んだ。えんよ、なぜもっと早く止めない。

「旦那さま、お願いです。清ちゃん……清六《せいろく》さんを許してやってください」

「えん、余計なこと言わんでええ」

見ると、清六はよろよろと立ち上がってきた。

「このままですむと思っとったらかんぞ。俺はまだ、負けたなんて思っとらんからな」

言い捨て、清六は駆け去っていった。まだ、逃げるだけの力は残っていたらしい。

「あの者は、いったいなんなのだ？」

「あの人は……」

ちょっと口籠り、えんは話しはじめた。

「清六さんと私は物心ついた頃からご近所で、幼馴染みでした。私が身籠って実家に戻ったと知ると、相手はどこの誰だ、赤子はどうするつもりだ、ってしつこく訊いてきて」

「それで？」

「ひとりで育てるつもりだって言うと、俺が赤子の父親になったる。だから俺の嫁になれって……」

「そうか。よほど。えんのことを好いているのだろうな」

「気持ちはありがたいんですけど、ろくに働きもせずに博打三昧《ざんまい》で。悪い人たちとも付き合いがあるみたいですし」

確かに、いくら優男でも、それでは嫁に行く気にはなれないだろう。しかも、子にのされるほど腕も立たない。人間はやはり、顔ではないのだ。

「それで、本当にひとりで産むつもりなのか？」

「いいえ。実は、明日にでも旦那さまのところに戻ろうと、思い直していたところでございました」

「え？」

「やっぱり、あの奥方さまのところに、旦那さまをひとりでお残ししてはまいれません」

「だが、戻れば、赤子はすめの子ということになってしまうのだぞ」

あまりにあっさりとした様子に、予は連れ戻しにきたという立場も忘れ、そんなことを言っていた。

「わかっております。けど、殺されてしまうわけでもないし、遠くに引き離されるわけでもありません。武家の子として育てられたほうが、この子にとっては幸せかもしれませんし」

そう言って、えんは目立ちはじめた腹をさする。

つまりは、予がはるばる迎えに来ずとも、えんは戻ってきたということだった。

これでは清ちゃんも投げられ損である。

「では、仕度をしてまいりますゆえ、そこの角を折れた先にある神社でお待ちにな

 っていてくださいませんか」

「あ、ああ」

遠ざかるえんの背を見送りながら、女子とはなんとしたたかな生き物かと、予は感心することしきりだった。

教えられた神社の石段を疲れ果てた体で登り、手水所《ちょうずどころ》で水をがぶ呑みして、ようやくひと息ついた。

ヒグラシの声が降り注ぐ人気のない境内を通り、社の縁に腰を下ろした。すっかり茜色《あかね》に染まった空を、鴉《からす》の親子が悠々と飛んでいくのが見える。

それにしても、いい歳をして迷子になったり、清ちゃんと死闘を演じたりと色々余計な手間を食いはしたが、えんが戻るのは大幸である。子を生《な》すという重圧から解放されれば、すめも少しは大人しくなるであろう。

そんなことをつらつら考えているうちに、石段を登る足音が聞こえてきた。きっと、えんだろう。予は腰を上げ、歩き出した。

とそこで、奇妙なことに気づいた。足音が、ひとつではない。

人違いだったか。そう思って鳥居の下まできて石段を見下ろした瞬間、予はその場に固まった。

「あっ、おった。あいつだわ、兄貴！」

こちらを見上げて指差すのは、つい先刻予にのされたばかりの清ちゃんである。

そしてその後ろに、どう見てもまっとうな生業を持っているとは思えない屈強な男たちが続いていた。

なんと情けない男であろうか。投げ飛ばされた腹いせに、大勢の仲間を連れてくるなど。そんなことだから、えんに袖にされるのだ。

しかし、相手は清ちゃんも含めて七人。これが芝居か講談ならば、町のごろつきなど峰打ちでばったばったと薙《な》ぎ倒すところである。だが、これはまぎれもない現実。予の腕でそんな芸当ができるはずもなかった。

「よし、やったれ！」

「俺んたぁを舐《な》めたらどんな目に遭うか、教えたれ！」

口々に喚きながら、男たちは石段を駆け登ってくる。その手には、匕首《あいくち》だの木刀だのが握られている。

三十六計、逃ぐるに如かず。とりあえず、この場は逃げるしかあるまい。その後にえんと合流し、一刻も早くこの物騒な町を出よう。そう思って踵《きびす》を返しかけたところで、石段の下にえんの姿が見えた。この状況を前に、どうしたらいいのかわからず立ち竦《すく》んでいる。

予が逃げれば、今度はえんが危ない目に遭うやもしれない。男たちは、石段を登りきるところまで迫っていた。

なぜだ。なぜ、予はすんなりと幸福を手に入れることができんのだ。世間の人々はそれなりに幸せそうに暮らしているというのに、なぜ予ばかりがかかる苦難を味わわねばならんのだ。

疑問ではちきれそうになった頭の中で、なにかが弾けるような音が聞こえた。

もう、どうにでもなれ。そんなやけっぱちな気持ちで、腰の刀を抜き放つ。

「野郎、抜きやがった！」

「どうせ遣えやしねえ。見ろ、あのへっぴり腰を！」

重ね重ね、無礼な連中だ。予は雄叫びを上げ、猛然と地面を蹴った。男たち目がけて跳躍し、刀を振り上げる。

着地と同時に刀を振り下ろす……つもりであったが、それより先に、先頭を駆ける清ちゃんの体にぶつかった。

「わあっ……！」

のしかかる形で倒れ込み、予の尻が清ちゃんの顔を下敷きにする。石段の角で頭を打ったのか、予が立ち上がった時、清ちゃんは白目を剝《む》いてぴくぴくと体を震わせていた。

「この野郎、無茶苦茶しやがる」

顔を引き攣《つ》らせ、男のひとりが言った。

「どけぇっ！」

予を囲む男たちに向け、滅多やたらと刀を振り回す。型もなにも、あったものではない。

「わわっ、危にゃあっ！」

「ちょ、待っ……落ち着きゃあて……」

「うるさい！　予は、人並みの幸せを手にしたいだけなのだ。邪魔するな！」

「駄目だ。こいつ、まともじゃねえ！」

予の尋常ならざる剣幕に押され、男たちは怯みを見せた。その隙《すき》を衝いて前を塞《ふさ》ぐひとりの腹を蹴り飛ばし、数段飛ばしに石段を駆け下りる。

「旦那さま！」

「えん、走れ！」

振り返ると、男たちが追ってくるのが見えた。

いいだろう。予のささやかな幸福を邪魔する者があれば、誰であろうと叩き斬ってやる。

右手に刀、左手にえんの小さく柔らかな手を握り、止まることなく走り続けた。

第五幕　文左衛門、筆を折る

享保二年（一七一七）一月一日

雪。未《ひつじ》ノ刻には止《や》み、晴れる。

本日をもって、予は四十四歳になった。すっかり初老である。一晩眠っても疲れが取れず、宿酔《しゅくすい》で伏せる時間も以前に増して長くなった。腹まわりの肉は一向に落ちる気配がなく、尿意を催す回数もずいぶんと増えた。厠《かわや》で用を足しても、切れが悪いことこの上ない。

人は老いると幼児に逆戻りすると聞く。とすると、再び寝小便で褥《しとね》を濡らす日もそう遠くはないやもしれぬ。その時に備え、今から言い訳を考えておくべきか。いや、いかん。今年最初の日記だというのに、いきなりしみったれた事を書いてしまった。

なんと言っても、新しい年の幕開けである。ここはひとつ、今年の抱負でも述べておきたいところではあるが、そうもいかぬ事情がある。

なんとなれば、予は新年早々、上役の屋敷に年賀へ出向く刻限に遅刻し、こっぴどく叱責《しっせき》されたのである。

大晦日《おおみそか》ともなれば酒を呑《の》んで騒ぎたいし、夜更かしして除夜の鐘も聞きたい。にもかかわらず、元旦の卯《う》ノ刻に屋敷へ来いなどと言うのは、人の情を解さぬ鬼畜の所業である。

これが血気盛んな若者であれば、ほとんど眠らずとも元気に動き回ることもできよう。だが、とっくに初老を迎えた予にとって、これほど過酷な要求はない。

それをあの上役め、「目上の者をなんと心得る」などとさんざん説教しおって。暖かい家の中でただ待っている上役は安気なものだろうが、予は眠気と宿酔による吐き気を堪《こら》えながら、雪の降りしきる中を死ぬような思いで訪ねて行ったのだ。もう少し大目に見てくれてもよさそうなものではないか。

いや、いかん。今度はただの愚痴になってきた。

よし、今年こそは歳《とし》相応に落ち着きや風格のある、立派な人間にならねば。

えんの産んだ娘あぐりは、生まれにまつわる諸々の事情も感じさせないほどすくすく育ち、もう五歳になった。水野家に嫁いだこんも、いまだによく我が家を訪れ、なにかと予の世話を焼こうとする。嫁に行った娘にいつまでも心配をかけているようでは、父親失格である。あぐりも、そんな父親を情けなく思うに違いない。

そんなわけで、予は今年こそ、ちゃんとする。酒も芝居見物も博打も控える。父親として、侍として、愛する娘たちが誇れるような真人間になるのだ。

と、ここまで書いたところで、廊下から足音が聞こえてきた。障子を開いたのは、えんである。

「旦那さま。加藤平左衛門《かとうへいざえもん》さま、石川三四郎《いしかわさんしろう》さまがお見えになりました」

そうだ。新年を祝って、いつもの面々で呑む約束をしていたのをすっかり忘れていた。

なんといっても、新しい年の幕開けである。めでたいことこの上ない。抱負の実践は明日からということにして、今宵は宴に興じることとする。

六月十一日

「これ、もそっと落ち着かぬか」

縁に腰を下ろして茶を啜《すす》りながら、予は大人の風格でもって、廊下を行ったり来たりしている水野久治郎を窘《たしな》めた。

「そなたがうろうろしておっても仕方あるまい。産むのはそなたではなく、こんなのだぞ」

「はあ、わかってはおるのですが、義父上」

そう言って予の隣に腰を下ろしてはみるものの、腕組みをしたり茶に手を伸ばしてみたり、かと思えば、再び立ち上がって意味もなくうろつく。

予は薄曇の空を眺めながら、自分もこんが産まれる時はこんなふうであったのだろうかと感慨に耽《ふけ》った。

出産のために我が家に戻っていたこんがにわかに産気づいたのは、今朝早くのことである。

予はすめやえんと手分けして急いで産婆を呼び、水野家に使いをやって急を知らせた。そして情けないことに、久治郎は我が家に駆けつけた時からこの有り様である。何度も湯呑みを倒したり、柱に頭をぶつけたりと、落ち着きのないこと甚だしい。

しかしそれも、故なきことではない。早朝に産気づいて、昼近くの今になっても一向に産まれないのである。どうやら、相当な難産らしい。

「それほど心配なら、仏に手でも合わせてきたらどうだ？」

「そうですね。そういたします」

我が家の仏壇には、この数年で位牌《いはい》がふたつも増えていた。他ならぬ、予の父と母である。父は三年前の十月に、母は一昨年の六月に他界した。

ふたりとも、いまわの際には予の大酒をやめるよう言い残した。その遺言をいまだに守れずにいるというのは、まったくもって予の不徳のいたすところである。

仏間から戻っても、久治郎はやはり不安を拭えないらしい。

「男子《おのこ》だろうか、それとも女子《おなご》だろうか。いや、そんなことはどうでもいい。こんが無事でさえあればいいのだ……」

ひとりでぶつぶつと呟《つぶや》き続けるその様は、微笑《ほほえ》ましくも薄気味悪くもある。はじめのうちはよかったが、さすがに一刻《いっとき》以上も続けられれば鬱陶《うっとう》しく感じる。

「ええいうろたえるな、見苦しい。そなたも武士の端くれなら、もっと泰然といたせ」

「し、しかし義父上、私にとってははじめての子。やはり、落ち着いてなど……」

「わしなど、こんが生まれた時も泰然自若としたものであったぞ。いや、生まれてこのかた、狼狽《ろうばい》というものを知らぬ。辻斬りに襲われようが、犬の糞を踏もうが、慌てたことがない」

「そうですか。それは素晴らしい」

久治郎の言葉は棒読みで、予の言うことを欠片《かけら》も信じていないのは明白であった。

「おのれ、義父をそのような疑いの目で見おって。よかろう、証拠を見せてやる」

予は居室に戻り、膨大な日記群の中から該当する一冊を持ってきた。

「こんが産まれた日の日記だ。これを読めば、予がいかに泰然としていたかがわかろう」

「はあ」

疑わしそうな面持ちで、久治郎は日記を開く。

「元禄八年、三月十日の項だ」

「えーと、巳《み》ノ刻、慶《けい》安産。娘、ともにつつがなし」

無論、渡したのは『鸚鵡《おうむ》籠中記《ろうちゅうき》』の表本であり、様々な秘事を記した秘本のほうではない。

「どうだ?」

「いや、どうだと申されましても、これだけでは義父上が泰然としておられたかどうかはわかりませぬ」

なんと可愛《かわい》げのない。これでも我が婿だろうか。腹を立てた予は、日記を引ったくって頁をめくった。

「では、これならどうだ。元禄六年、二月二十一日」

「伊勢町辻にて猿若舞を見てうつつになり、脇差《わきざし》を盗まれる。ただし、鞘《さや》は残る」

読み進むにつれて久治郎の声は震え、やがて声を上げて笑いはじめた。

「な、なにがおかしい!」

「も、申し訳ございません。しかし、鞘ごと盗まれるならともかく、中身だけ掏《す》られるなど……」

「ええい、そなたを笑わせるために見せたのではないぞ!」

予は声を荒らげるが、久治郎の笑いはなかなか収まらない。

予の日記魔ぶりは、家族はおろか、藩士たちの間にも誰知らぬ者がないほどだが、自分から読ませたのは久治郎がはじめてである。すめやえん、こんにも慶にも見せたことはない。もっとも、いつ誰に盗み読まれてもいいように日記を二種類作るという手間をかけてはいるのだが。

「しかし、話には聞いておりましたが、これほど細かな日記をつけておられるとは。世間の噂話から芝居の評、酒宴の献立にいたるまで、まさに細大《さいだい》漏らさずといった趣きですなあ」

笑いを引っ込めた久治郎が、心底感心したように言う。

「うむ。はじめは手遊《すさ》びにはじめたのだが、そのうち書かねば眠れないようになってしまってな。日記を書かずに寝ようとすると、手が震え出したり悪夢にうなされたりするのだ」

「完全に病気ですな」

「そんなわけだから、日記はもう、三十冊を超えてしまった」

はじめて日記を書いたのは十八歳の六月だった。それから、今月でちょうど二十六年。我ながらよく続いたものだ。

「義父上。この日記をまとめて刊行し、世に出すというのはいかがでしょうか？」

ぱらぱらと頁をめくっていた久治郎が、いきなり真面目な顔で言う。

「刊行だと？」

予は、突拍子もない提案に目を剝《む》いた。この婿は、いったいなにを言い出すのか。

「いやあ、この日記は面白うござる。公家や大身《たいしん》の武士が書いた日記ならば私もいくつか読んだことがありますが、どうにも堅苦しくてなんの面白みもありません。その点、義父上の日記はなんというか、生き生きとしております。人も世の中もありのままに捉え、飾るということがない。私は、これほどまでに下世話な日記を読んだことがありません」

「それは、誉めているのか？」

「もちろんです。この日記には、我らのような下級の侍や庶民の息吹が綴《つづ》られております。世の人々は、この日記をきっと歓迎いたします」

「しかしなあ……」

たとえ表本であっても、中には殿さまの無能を笑う記述や、幕政に対する批判がさんざん書いてある。世間の目に晒《さら》すのはすこぶるまずい。

「もしも日記を刊行して人気を博せば、朝日家の台所もずいぶんとお楽になると存じますが」

声をひそめる久治郎は、まるでどこぞの悪徳商人である。

男子三日会わざれば、刮目《かつもく》して見るべし。こんが嫁に行った当初は爽《さわ》やかな好青年であったが、数年のうちにすっかり世知を身につけたらしい。

「馬鹿なことを申すな。この日記は、人に見せるために書いたものでも、ましてや金儲《もう》けのために書いているのでもない」

「そうですか……」

すこぶる残念そうに久治郎が言ったその時、産所からけたたましい泣き声が聞こえてきた。

予と久治郎は互いに顔を見合わせると、物凄《ものすご》い勢いで立ち上がった。足をもつれさせながら廊下を駆け、産所の襖《ふすま》を開く。

「生まれたかっ!」

婿を押しのけて叫んだのは、予のほうである。

「男か、それとも女子か? こんは、こんは無事か!」

「お前《みゃあ》さま、ちょっとは落ち着きゃあて」

「これが落ち着いていられるか、すめ。わしの初孫だぞ!」

怒鳴りつけ、這《は》うようにしてこんの枕元に膝を進める。我ながら、今思い出しても恥ずかしくなるような狼狽ぶりであった。

「玉のような男子にございます。おこんさまもご無事ですよ」

えんが、予の慌てぶりに苦笑しながら言う。

「父上、あまり大騒ぎしないでください。赤子が驚いてしまいます」

やはり、かなりの難産だったらしい。褥《しとね》に横たわるこんはぐったりとしているが、顔には笑みを浮かべていた。

「これが、わしの子か」

恐る恐る赤子を抱く久治郎は、先ほどのあくどい顔とは打って変わって、感極まった表情である。これで水野家は安泰、こんは自らの務めを見事に果たした。さすがは予の娘である。

それにしても、時の流れというのは実に速いものである。こんが生まれたのがついこの間のように思えるのに、そのこんが子を産んだのだ。

予にもついに、孫ができてしまった。無論、喜びはひとしおであるが、いずれは爺《じい》さまと呼ばれることになるのかと思うと、複雑な気分である。

駄目な爺さまだと思われぬよう、精進せねば。そんなことを考えながら、予は目を赤くしながら我が子を抱く久治郎を残し、両親の位牌に報告すべく部屋を出た。

六月十二日

快晴。炎暑。

昨日は難産で精魂尽き果てた様子のこんであったが、今日はすっかりいつもの調子を取り戻し、実によく食べ、よく笑った。

孫も、夜が明ける前から腹が減った、乳をくれろと泣き喚《わめ》き、早速母親譲りの元気さを発揮している。様子を見にきたかかりつけの医師存安が、ことのほか丈夫な生まれつきだと目を見張るほどである。

親類縁者からは、次々と祝いの品が届いている。しばらくは食費が浮くということもあり、すめもえんも上機嫌だった。

赤子が無事に生まれたというだけで、我が家にはえもいわれぬ幸福な空気が流れている。あぐりが生まれる前には陰々滅々とした雰囲気に包まれていた家が、この変わりようである。赤子の力、恐るべし。

さて、めでたく爺さまとなった予といえば、朝から書斎に籠《こも》りきりである。

昨日、久治郎が言っていた刊行の話が頭から離れなかった。果たして、こんな下級藩士の日々を綴った日記が、本当に売り物になるのであろうか。

確かに、近年の物価高騰の煽《あお》りを受け、たかだか百石取りの我が家のやりくりは非常に厳しい。加えて、主《あるじ》が無類の酒好き、芝居好きということで、出費はかさむばかりである。上役への付け届けのために金策に走り回ったことも一度や二度ではない。

もしもここで一発、大金を稼ぐことができたなら、暮らしぶりはずいぶんと楽になる。家の者たちの予を見る目も変わってくるだろう。あぐりにきれいな着物を買ってやることだってできる。

そうしたわけで、予は『籠中記』を一から読み返してみた。

読めば読むほど、とても世間に発表できるようなものではないという思いが湧いてくる。それは、予の心情を赤裸々に綴った『籠中記』の秘本のみならず、淡々と事実のみを記した表本にも言えることだった。

たとえば、四代藩主吉通《よしみち》公について、こんな記述がある。

ある冬の日、吉通公は寒中水練を思い立ち、家臣たちに湯舟ならぬ水舟を作らせた。水舟は幅三間、長さ十五間という巨大なもので、八百両もの巨費が投じられている。

しかし、完成した水舟に足をつけた途端、吉通公は「水が冷たいではないか!」と激怒し、慌てた家臣たちは水の代わりに湯を張った。これではただの大きな風呂である。

ともかく、上機嫌で泳ぎはじめた吉通公に家臣たちが胸を撫《な》で下ろしたのも束の間、今度は水舟から湯が漏れ出しはじめた。急ごしらえのため、あちこちに隙間《すきま》が生じていたのである。

すっかり干上がった水舟の中で、寒さに震える吉通公。勘気《かんき》を恐れて青褪《あおざ》める家臣たち。実に間抜けな光景である。

このように、殿さまをはじめとする藩上層部の醜聞から、果ては幕府の政に対する批判まで、我が筆はしっかりと記している。こんなものが出回れば尾張徳川家の権威は地に落ち、予は切腹、朝日家は断絶となることは目に見えている。

だからこそ、人々はこの日記を面白がって読むかもしれない。匿名で刊行することを考えてはみたが、予の日記魔ぶりは藩内に知れわたっている。真っ先に疑われるのは予であろう。

「やはり、世に出すわけにはいかんなあ」

すっかりぬるくなった茶を啜りながら、ぽつりと呟いた。

もしもこの日記で大金が転がり込むとしても、命あっての物種である。この歳になって、やっと平穏な家庭を手に入れたのだ。たかだか銭のために不幸になるなど、まっぴらだった。

さすがに、六十数冊に及ぶ日記を全て読むのは、肉体的にも精神的にも辛《つら》い。十冊ほど読み進んだところでいったん休憩を入れることにした。

指で眉間を揉《も》んでいると、廊下から小刻みな足音が聞こえてきた。

見ると、五寸ほど開いた障子の隙間から、あぐりが覗《のぞ》き込んでいる。

「どうした、あぐり？」

訊《たず》ねると、障子を開いて中へ入ってくる。

「ちちうえ、遊ぼう」

家の者たちは、こんや赤子の世話で忙しくしている。遊び相手がいなくて暇を持て余していたのだろう。

えんに似て、屈託のない娘に育っている。母親はすめだと教えてあるが、不思議なもので、えんにもよく懐いている。

はじめのうちはひやひやしたものだが、あぐりがえんを慕っているのを目にしても、すめは腹を立てたり嫉妬《しっと》したりはしない。あぐりを育てているうちに刺々《とげとげ》しい部分が消え、すっかり丸くなってしまったのだ。すめとえんも、色々とあったが今は上手《うま》くやっている。

予は開いていた日記を閉じ、大きく伸びをした。

「よし、なにをして遊ぶ？」

「う～ん……」

今のところ、足りない物はなにもない。予は、考え込むあぐりを眺めながら思った。

妻や子がいて、孫もできた。酒や芝居見物に付き合ってくれる友人にも事欠かない。この上、大金を稼ぎたいなどと思ったら、きっと罰が当たるというものだ。

少々貧しくとも、予は満ち足りている。

まあ、貧しさの原因の多くが予自身にあるのはこの際置いておく、ということで。

六月二十二日

炎暑。快晴。

赤子の生誕から七夜目には、親類縁者が集まって祝うのが慣例である。我が家も例に漏れず、今宵は多くの人が集まって盛大な祝宴が催される。

宴の後では酔っ払って日記など書けそうにない。それゆえ、今日は宴のはじまる前に日記を書いておくことにする。

それにしても、母子ともに元気に七夜を迎えることができたというのは実にめでたいことである。そしてなによりめでたいのは、またしても祝いの品が山のように届いたことである。

我が家の台所には鮎《あゆ》、鰈《かれい》、鮑《あわび》、餅、酒、するめ、その他諸々が山と積まれた。おかげで、しばらくはおかずや晩酌の肴《さかな》には困らないだろう。なんとありがたい慣例であろうか。季節柄、海老の姿を見ずにすんだことも実にありがたい。

慣例といえば、赤子の名を披露するのも七夜の祝いの席である。

名付け親を任された予は、さんざんに悩んだ挙句、『亀之助《かめのすけ》』と名付けた。亀は長寿の象徴であり、文左衛門《ぶんざえもん》となる前の予と同じ名乗りでもある。記念に、市で亀を買ってきて庭の池に放ちもした。我が孫も、この亀のように長久ならんと願うのみである。

それはそれとして、『籠中記』を読み返すという作業は今も続いていた。

ほぼ全ての人に言えることだと思うが、自分の書いた文章をもう一度読むということは、かなりの苦痛を伴う作業である。若い頃の文章は特に。

刊行はしないという結論に達したのに、そうした苦痛を味わいながらも読み続けているのは、日記を読み返すという作業が己の人生を振り返るという作業とそっくりそのまま重なるからである。

十八歳の時の日記には十八歳の予が、三十歳の日記には三十歳の予が、しっかりと生きているのだ。なにを見、なにを思い、なにをやらかしたか。日記の中の予は、つまらぬことで怒り、嘆き、大いに喜んだ。

そう、この日記には、予の人生の全てが詰まっている。もはや、生きた記録としての日記なのか、日記を書くために生きているのかわからぬほどである。この数日、予は日記を読み返しながら、己の人生をもう一度味わうという稀有《けう》な体験をしていた。

特に繰り返し読んだのは、十代後半から、三十代前半の頃の日記である。十八歳で『籠中記』を書き始めてすぐに、予は慶と出会った。そして、三十二歳で慶と離縁したのである。

当時の日記には、一文字一文字に若気のいたりが満ち満ちている。

慶を嫁に迎えるまで、予は慶に気に入られんがためにあらゆる努力を惜しまなかった。武芸を磨くために様々な道場に通い、漢詩を学び、亀が嫌いだという慶のために、それまでの亀之助という名乗りを捨てた。

断言しよう。あの頃の予は、稀《まれ》に見る阿呆《あほう》であった。

慶を嫁に迎えたはいいものの、跡継ぎを産めず苦悩する妻の心情を察しようともせず、御畳奉行に昇進したことですっかり浮かれていた。慶の悋気《りんき》が表面化した後も、逃げるように上方へ出張し、遊び回っていた。

これでは、慶が怒るのも無理はない。もしも時を遡《さかのぼ》ることができたなら、真っ先に当時の予のところに行って横面を張り飛ばしてやりたい。

離縁以来、慶とは一度も顔を合わせていない。

三年ほど前に慶の父・朝倉忠兵衛《あさくらちゅうべえ》さまが亡くなった際には、予は使いをやって香典を届けさせただけで、自身で出向くことはなかった。理由はただひとつ。慶と会うのが気まずかったのだ。

かの織田信長公が愛した『敦盛《あつもり》』では、人間五十年と謡《うた》っている。予は四十四歳になった。全身くまなく酒毒に冒されたわが身に、いつお迎えが来てもおかしくはない。今のうちに、己の人生でやり残したことは片付けておくべきではないか。

やり残したこと。すなわち、険悪な雰囲気のままで別れた慶といま一度対面し、「すまなかった」と頭を下げる。そうすれば、心の中に長年わだかまっていた感情も、きれいに消え去ってくれるであろう。

「いや、待て」

そこまで思案した予は、思わず声に出して呟いた。

謝らねばならぬのは、予ひとりか？　先に浮気をしたのはこちらだが、下男の関平と駆け落ち同然に出ていったのは慶である。

考えているうちに、腹の底に怒りの火が点《とも》るのを感じた。慶が関平に抱かれているのを目撃したあの日、予は慶を怒鳴りつけることすらしなかった。あの頃は、浮気相手の連と別れ、夫婦仲は修復されつつあると思っていた。その矢先の裏切りに、怒りを露わにする気力を根こそぎ奪われてしまったのだ。

その後も、淡々と離縁の準備を進めただけで、慶とは深い話もしないまま別れた。やり残したのは謝ることではなく、怒りをぶつけ、過去をきれいに清算してしまうことかもしれない。

よし。予はやる。これをやり残したままでは、死ぬに死ねない。思いを残したまま死んで、その挙句に化けて出たのでは、家の者たちにも迷惑がかかるというものだ。

腰を上げかけたところで、廊下からえんの声がした。

「旦那さま。皆さまが、お集まりになりました」

予は我に返った。

そうだ。今日は孫の七夜祝いだった。出かけている暇などない。

決行は明日にしよう。今日のところは孫の成長を願って宴に興じねばならない。

六月二十三日

曇り一時雨。時々晴。暑し。

這うようにして帰宅した予は、厠で苦悶《くもん》していた。うずくまり、壁に手をついて胃の中のものをぶちまける。荒い息をつきながら懐紙で口と鼻を拭っても、まだ胃の中はぐるぐると不快を訴えている。

昨夜の七夜祝いでは、案の定呑みすぎた。大量の酒と肴を前に、呑みすぎるなと言うほうが無理な話なのだ。

加えて、朝から方々へ出向き、昨日の礼を述べて回らねばならなかった。「昨日はどうも」かなんか言って回るだけならいいが、そこは大人同士の付き合い、菓子も出れば酒も供される。結果、行く先々で迎え酒をする羽目になったのである。

慶のもとへ出向くのは、明日以降とする。

九月十三日

晴。暑し。

九月とは思えぬ強い日差しの下、城下の西を流れる堀川《ほりかわ》では多くの鳥たちが集まって気持ちよさそうに水浴びをしている。

予は川の畔《ほとり》の茶店で一杯引っかけつつ、その様子を眺めていた。一杯と言いつつも、卓の上にはすでに空になった銚子が数本並んでいる。

慶に会い、思いのたけをぶちまける。そう決意して、早くも三月近くが経《た》ってしまった。

お勤めや諸々の会合、芝居見物などで多忙であったというのは言い訳で、率直に申せばなかなか決心がつかなかったのである。

しかし、今日こそはやる。決意を新たに家を出た予は、自らを奮い立たせるために茶店に寄り、昼日中から酒を呑んでいるという次第である。人生は長く、様々な出来事が起こる。時には、酒の力が必要になることもままあるのだ。

何本目かの銚子を空けると、店の親爺が目ざとく話しかけてきた。

「旦那、お銚子が空ですな。おかわりはいかがで？」

「う～ん、じゃあ……」

もう一本もらおうか、と言いかけたところで、予は厳しく自分を律した。酒は目的ではない。あくまで手段なのだ。

「いや、やめておく。勘定だ」

残念そうな親爺に代金を支払って茶店から出ると、予は胸を張って往来を進んだ。しばらく堀川沿いに歩き、東へ一本入って竪三ツ蔵《たてみくら》筋を南へ下ったところに、朝倉道場はある。

慶が実家に戻っていることは、すでに確認ずみである。類は友を呼ぶと言うべきか、予の周囲には噂好きの連中が多く、慶の近況は折りに触れ、頼みもしないのに耳へと入っていたのである。

慶を奪い去った中間《ちゅうげん》の関平は、あろうことか他所に女を作り、行方をくらませていた。宝永四年のことというから今から十年前、予と慶が離縁してたった二年後のことである。我が先妻ながら、なんと男を見る目がないことか。

その後、慶はやむなく実家に戻り、ほどなくして婿を取った。相手は門弟のひとりで、忠兵衛さまの死後は道場を継いでいるという。

わかっているのはそこまでで、夫婦仲や子の有無といった事情までは、さすがに知る者が居なかった。しかし、そんなことはどうでもいい。

中からは、矢が的を射抜く小気味よい音が聞こえてくる。弓術を極めんと欲する熱き若者たちが、今日も稽古に励んでいるのだろう。

いったん足を止め、目の前にそびえる道場の門を見上げた。

若かりし頃に何十回、何百回とくぐった門である。佇《たたず》まいも看板も、あの頃となにひとつ変わっていない。

予の弓術は的ではなく、好いた女子を射止めるためのものであり、真面目に弓術に励む他の弟子たちにはずいぶんと申し訳ないことをしていた。

この道場で、慶に出会った。その姿を目にした時のことは、今も脳裏に焼きついている。はじめて言葉を交わした時には天にも舞い上がる気持ちで、日記を書く筆も進んだ。

次々と鮮明に蘇《よみがえ》る記憶が、胸の奥にあるやわらかい場所を激しく揺さぶった。ああ、あの頃の慶はあんなに眩《まぶ》しく見えたのに、どこでどう間違えてしまったのか。酔いもあってか、涙腺は決壊寸前であった。

いかん。こんなことでは駄目だ。予は過去を清算すべくここまで来たのだ。慶に向き合う前から泣かされてどうする。

大きく息を吸い、門を叩こうとしたその時である。

の向こうから、話し声が聞こえてきた。ちょうど出かけるところらしく、門扉がこちらに向かって押し開けられる。

まずい。なぜかはまったくわからないが、とにかくそう思った。そして次の瞬間、一目散に逃げ出していた。

五間ほどの距離を三つ数える間もなく駆け抜け、手近な路地に飛び込む。交合を見つかった猫のような、自分でも驚くほどの俊敏さだった。

天水桶の陰から顔を出して道場の様子を窺《うかが》う。相手の姿はまだ見えないので、たぶん気づかれてはいないだろう。顔を引っ込め、安堵《あんど》の息をつく。

それにしても、情けないことになってしまった。やましいことはなにもないのだから、盗人の如く逃げる必要などない。正々堂々と名乗り、慶との面談を求めればよかったのだ。

よし。もう一度改めて、正面から乗り込もう。そう決意した時、一組の男女が愉《たの》しげに話しながら、予の目の前を通り過ぎていった。

天水桶が邪魔で、顔はよく見えなかった。相手も、こちらには気づかなかっただろう。

だが、その声を聞いただけでわかった。慶である。

一刻後。予は参拝客で賑《にぎ》わう大須《おおす》観音《かんのん》でひとり、木陰に身を潜めている。両刀を外し髷《まげ》も結い直した予の外見は、どう見ても商家の手代《てだい》である。芝居見物のための変装道具は、この近くにあるいきつけの茶店に常に置いてある。芝居を見るための変装が、こんなところで役に立つとは。

朝倉道場を出た慶と男は、真っ直ぐ大須界隈《かいわい》へと向かった。予は絶妙の距離を取りながらふたりの後を追い、隙を見て町人姿に変装した。我ながら、役者になれそうな早着替えであった。

ふたりは今、観音堂で参拝している。道中での様子から、男が慶の今の夫であることは間違いなさそうだ。

「旦那。団子はいらんかね？」

「いや、いい。話しかけるな」

予の殺気に気圧《けお》されたか、団子売りは顔を引き攣《つ》らせて退散していった。

昼下がりの空は、予の心を象徴するが如くにどんよりと曇っていた。それでも多くの人が行き交い、活気に溢《あふ》れている。物価が高騰し、景気もすこぶる悪いなどとは、にわかには信じられないほどの賑わいぶりである。

境内には若い男女から家族連れ、若い娘たちや老人の一団など、多種多様な人々が入り乱れている。その誰もが、いかにも幸福そうな笑顔を浮かべていた。

老若男女が神仏に祈りを捧げ、あるいはささやかな余暇のひと時を芝居見物や屋台巡りで過ごそうとしているこの場所で、自分はいったいなにをやっているのだ？

という疑問を、予は抱かない。

袖振り合うも多生の縁。袖が触れただけでも前世からの因縁だというならば、離縁したとはいえ、慶とはひとつ屋根の下で同じ時を過ごしたのだ。予と慶との縁はきっと、幾十重にも結ばれていることは間違いない。

つまり、予には慶がどんな男を夫としているか見届ける義務があるのだ。

腕を回しても届かないほど大きな楓《かえで》の木の陰でふたりが参拝を終えるのをじっと待っていると、突然後ろから肩を叩《たた》かれた。

「おい」

その重々しい声に、体が勝手に戦慄《せんりつ》した。

境内を見回っていた役人が、予を胡乱《うろん》な奴と勘違いしたのか。それとも、先刻追い払った団子売りが、邪険にされたことに腹を立てて知り合いのやくざ者を連れてきたのか。あるいは……と、生涯でも一、二を争う頭の回転の速さで考えながら、恐る恐る振り返る。

「よう、文左」

そこには、幼い頃から嫌というほど目にしてきた加藤平左衛門の顔があった。

「お侍さま、人違いではございませぬか。私は伊勢屋の八兵衛と申すしがないあきんどで……」

平左衛門は予のへたな芝居に「おー、上手い上手い」と適当に手を叩き、「で、なにをしとるんだ？」と何事もなかったように訊ねた。

連れ立ってしょっちゅう芝居見物へ出かける平左衛門である、予の変装した姿などいとも簡単に見抜けるらしい。

「お前《みやあ》こそ、なにをしとる」

「俺は、酒でも呑もうと思ってぶらぶらしとるだけだわ。御城番組は相変わらず暇だでな」

　この太平の世に武士として生まれた以上、暇を持て余すのは宿命である。生まれ変わるとしたら、もっと忙しい人間になりたいものだ。

　やむなく、予は事の仔細《しさい》を白状した。出任せを並べたところで、どうせこの男には通じない。

「ほほう、そりゃ面白そうでにゃあか。俺も混ぜやぁて」

「やめてちょう。お前が首を突っ込むとろくなことになれせん。いつだったか、お前が『山崎川《やまざきがわ》で河童《かっぱ》を見た。捕まえに行こう』言うもんで付き合ったら、溺《おぼ》れてどえりゃあ目に遭《お》うた。そん時、お前は助けようともせんで、げらげら笑っとったがや」

「そんな二十年も前の話を持ち出すでにゃあわ。川釣りに出かけた帰り、肥溜《こえだ》めに落ちたお前を助けたったのは誰だと思っとる？」

「それこそ三十年も昔のことでにゃあか！」

　そんな不毛極まる言い争いをしている間に時は過ぎ、いつの間にか慶と夫の姿は境内から消えていた。

「くそっ。見失ってまったがや」

憤慨する予の肩を、平左衛門がぽんと叩く。

「そう苛立《いらだ》ったらかんわ。明日からは俺も手伝ったるでよう」

最高の玩具を見つけた童のように、我が幼馴染《おさななじ》みの顔は輝いていた。

十月十四日
薄曇、時々晴。深更《しんこう》より雨。

予、辰《たつ》ノ刻より朝倉道場へ赴き、物陰から様子を窺う。

「いかんなあ、なかなか尻尾《しっぽ》を出さんわ」

加藤平左衛門は低く呟き、まるで似合わない顎鬚《あごひげ》を撫でた。無論、付け髭《ひげ》である。

「なにも、下手人《げしゅにん》を追っとるのとちゃうぞ」

「甘《あま》やあな、文左。この世の女子という女子は皆、なにかしらの罪を犯しとる」

確信に満ちた声で言う平左衛門は、白髪の鬘《かつら》の上に年寄りが好みそうな頭巾をかぶり、腰を曲げて杖《つえ》まで突いている。そこまでするかというほどの変装ぶりであった。かく言う我が身も、前掛けに法被《はっぴ》、頭には手拭いという大工姿である。

この一月《ひとつき》というもの、予は朝倉家の内情を探ることに余念がない。

周辺の家や店に聞き込みを行い、慶やその夫がどこかへ遠出するとなれば、この目でしかと見届けた。広小路《ひろこうじ》の呉服屋でどんな帯を買ったか。茶店でなにを飲み、なにを食べたか。日記とは別にそうしたことを克明に記した帳面は、すでにかなりの厚さに達している。

こうした行為を「気持ち悪い」とか「どうかしている」などと言うのは、甚だ見当違いというものである。

予は先夫として、慶が幸福な毎日を送っているかどうか確かめねばならぬ。そしてそれ以上に、予はいったん関心を抱いた事柄を全て記録せねば気がすまぬという性癖、もとい責任感の持ち主なのである。

「しかし、どえりゃあ寒いわ。これが終わったら、お前の家で熱燗《あつかん》でも呑もうまい」

「なんで俺の家なんだ？」

「俺は、妻や子に酒ばかり呑んでいる駄目な人間だと思われたくない」

「地獄に堕ちてまえ」

あの日、大須観音で出くわして以来、平左衛門はすっかり乗り気で調査を手伝っている。予がお役目で城に上らねばならぬ時は、ひとりで道場に張り込むほどの気合いの入れようであった。それほど退屈な毎日を送っていたのかと思うと、多少同情したくもなる。

しかしながら、最初のうちこそ緊張感を持って張り込みに臨んでいたものの、ただ道場を見守るというのも退屈なものである。平左衛門は遠慮なく大きな欠伸《あくび》をすると、ぽつりと言った。

「……暇だがや」

「確かに」

「なんか面白い話はあれせんのか？」

「そうだなあ……」

しばらく考え込むうち、予は最近起こったとある出来事を思い出した。

「そういえば、十日ばかり前だわ。城で勤めを終えた帰りに、おかしな視線を感じた」

「ほう」

「市に寄って酒だの肴だのを買って帰ったんだけど、どうにも誰かに見られとるような気がしたんだわ」

「どこぞの町娘が、お前に見惚《みやあ》れとったとでも？」

そんな馬鹿なことがあるか、という口ぶりで平左衛門が言う。失礼な奴だ。

「それが、どうにも背筋がぞくぞくするような気味の悪さだったんだわ。けど、振り返ってもそれらしい相手はおらん。気のせいだろうと思っとったけど、三日前にもまた、同じ視線を感じた」

「三日前といったら、神谷《かみや》と三人で呑んだ日だな」

「ああ。店からの帰り、またあの視線を感じた。で、振り返っても誰もおらん」

「とうとう物《もの》の怪《け》にでも憑かれたか。日頃の悪行が祟《たた》ったんだわ」

いったいいつ、予が悪行を為したというのか。平左衛門は反論しようとした予を制して腕を組み、似合わない深刻な顔つきで言った。

「あるいは、お前が藩の上の者に疑われとるとか」

「俺のどこが疑われると言《ゆ》うんだ」

「お前が城内から市井まで、あらゆる噂を蒐集《しゅうしゅう》しているのは有名な話だでな。もしかすると、公儀から送り込まれた隠密と勘違いされたのかもしれん」

「たわけたこと言うな！」

「声が大きぃ。お慶どのに聞こえてまうぞ」

慌てて、予は口を噤《つぐ》んだ。

「戯言《ざれごと》だがや。お前に隠密が務まると思うほど、上の者も阿呆ではあるまいて」

老人の姿でへらへら笑う平左衛門は、実に小憎らしい。こんな年寄りは家族にも疎《うと》まれ、きっと孤独な死を迎えるに違いない。

「それで、考えてみたんだが」

予は、昨夜寝る間を惜しんで推理した結果を披露する。

「おそらく、慶を見張っている者が別におる。そして、我らの存在に気づいて後をつけ回しとる」

「なにを言っとるかさっぱりわからんぞ」

「心当たりはある。かつて慶と恋仲にあった、関平っちゅう男だわ」

「関平？」

予は、なおも怪訝《けげん》な顔の平左衛門に事の次第を説明した。

「つまり、お慶どのを捨てて出ていった関平が、今になってお慶どのをつけ回しとると？」

ありえないといった顔で、平左衛門は首を振る。

「俺はそんな視線、いっぺんも感じんかったけど」

「それは、お前《みやあ》が鈍いだけだがね」

「お前のほうこそ、ややこしく考えすぎだでかんわ。大方、自分が後ろめたい行いをしとるもんで、何気ない視線も大げさに感じてまうんだわ」

「俺は後ろめたい行いなんか、なにひとつしとらん」

毅然と言い放つ予に向かって人差し指を立て、平左衛門は顎をしゃくった。

道場の門が開き、誰か出てくる。我々は天水桶に身を潜め、じっと窺った。

出てきたのはいずれも、まだ十四、五歳くらいの若人である。おそらく、稽古を終えた門下生たちだろう。わいわいがやがやと騒々しく、なにが面白いのか大声で笑い合う。

遠ざかる一団を眺めながら、予は思った。自分にもあんな時代があったのだろう。

いや、たぶん無かった。

ふと見ると、左平衛門は予の顔をまじまじと眺めている。

「おい、なんだ。気持ち悪い」

「いや、あの門下生の中にひとり、お前によう似とる奴がおったもんでな」

「ほう」

それならば、ゆくゆくはさぞ美男になることだろう。

「まあ、どこにでもおるような顔だでな。似とる者など、いくらでもおるだろう」

そう続けた平左衛門に腹は立ったが、この男の口の悪さはいつものことである。

相手にせず、予は張り込みへと神経を集中させた。

十一月十四日
寒さ厳しく、霜降る。
巳ノ半刻過ぎ、慶、下女と共に建中寺《けんちゅうじ》へ参詣。予も七間ばかりの距離を開け同行す。
慶ら、帰路に茶店に寄る。団子、抹茶等食す。代金、十二文なり。

十一月十七日

厳寒。庭先に干した手拭い凍る。

今日は、平左衛門は張り込みに参加せず。すでに飽きたものと思われる。

帰路、天野《あまの》源蔵《げんぞう》先生宅に寄りて夕飯を給わる。先生、料理にもことのほか造詣深く、そばきりは絶品なり。

十二月十二日

慶、終日道場より出でず。夫も同様なり。

快晴。

十二月二十五日

予、昨夜の酒で終日甚だ不快。夕飯も食することかなわず、無念なり。

大酒は慎むべしと自らを戒む。

晴。数日来の雪が固く凍り、歩くのに難儀す。

本日は、城へお勤めに出た。相変わらず勤めは単調にして退屈で、ここに記すのも馬鹿馬鹿しい。

予が思うに、武士という生き物は誰しも、天から試されているのではなかろうか。退屈で窮屈で、無数のしがらみにがんじがらめにされた息苦しい日々の中で、なにを成し遂げられるのか。

振り返ってみるに、己はどうか。あと数日で今年は終わり、予は四十五になる。それだけ生きて、なにか意義のある行いをしたのだろうか。

毎日欠かさず日記を書いた。それが、いったいなにになるというのだ。自らのたいして山も谷もない日常や、世間の出来事や噂話をそっくりそのまま記しただけではないか。

いっそ、日記などやめてしまおうか。こんなものをつけているから、己の過去に縛られてしまう。

と、こんな柄にもないことを思うのも、故なきことではない。予は朝倉家の調査に行き詰まり、あるいは虚《むな》しさを感じていたからである。

調査を開始して、もう三月が経った。だが、どれほど調べても結果は同じ。夫婦仲は睦まじく、慶の夫も立派な人物であるということだった。弓術のみならずあらゆる武芸に通じ、人となりはきわめて温厚篤実。酒は嗜《たしな》む程度で、博打も女遊びもしない。目上の者に媚《こ》びることなく、目下の者にも驕《おご》らない。師範としても優秀で、弟子の多くが殿さま御上覧の競射『御的御覧』に参加し、お褒めの言葉を賜っているという。

『御的御覧』には、予も若い頃、亡き朝倉忠兵衛さまから参加を勧められたことがある。

殿さまではなく、慶に晴れ姿を見せられると勇躍した予は、忠兵衛さまの教えのもと稽古に励んだ。しかしまるで上達せず、泣く泣く参加を断念したのだ。

認めざるを得ない。慶の今の夫は、予にないものを全て持っている。その敗北感は、並大抵のものではなかった。

思えば、心のどこかで慶の不幸を願っていたのかもしれない。自分を捨てて他の男と出ていった先妻が幸せになっていることを、予は許せなかったのだ。

そのことに気づいてから、予は己を嫌悪した。なんと尻の穴の小さい男だろう。こんな夫は、捨てられて当然である。

そうしたわけで、予は調査を終了した。慶に怒りをぶつけて積年のわだかまりを晴らすという目的も、今ではひどく色褪《あ》せたものにしか映らない。

勤めを終えて城を出ると、すっかり沈み込んだままの気分を引きずって、城下の市に出向いた。こんな日は、我が家でひとり盃《さかずき》を傾けるに限る。

「旦那さま、あの牡蛎《かき》などはいかがでしょう？」

人で賑わう市を歩いていると、供に連れていた若党の新七《しんしち》が指を差した。まだ三十路前の青二才だが、なかなかに逞《たくま》しい性根の持ち主である。たぶん、予の相伴に与《あずか》るのを期待しているのだろう。

まあいい。たまには大盤振る舞いをしてみせるのも、主人の務めである。

「よし、買おう」

「おお、鴨ですな」

「よし、買おう」

「あそこに活きのいい蛸《たこ》が」

「よし、買ってこい」

そんな調子で、我が家の台所事情も顧みずに購入していく。

さて、買い込んだ牡蛎だの鴨だの蛸だのをどう料理しようかと考えながら市の雑踏を歩いている時である。不意に、背中に視線が突き刺さるのを感じた。

ねっとりと絡みつくように執拗で、そのまま体を貫かれるのではないかと思うほど激しい。間違いない。いつぞや感じた視線だ。

やはり、思い過ごしなどではない。素早く振り返るが、こちらに目を向けている者はいない。行き交う人々は皆、夕飯の買出しに忙しく、それらしき相手も見当たらない。

勃然《ぼつぜん》と湧き上がった怒りは、瞬きするほどの間に一気に頂点に達した。

「おのれ、関平！」

予は、これまで出したこともないほどの大音声で叫んだ。行き交う人々や店の者がぎょっとしているのが見えたが、構うことなく続ける。

「いるのはわかっているのだ。出てまいれ！」

こそこそと他人の後をつけ回すような卑劣な輩《やから》は断じて許せん。予が成敗してくれる。刀の柄に手をかけたところで、慌てた新七がしがみついてきた。

「だだだ、旦那さま、いかがなさったのです？　こんなところで刀を抜いたら、大変なことに……」

必死の形相で制止する新七に、予はなんとか落ち着きを取り戻した。

「あ、いや、なんでもない。ええと、あれだ、芝居の稽古だ」

「なぜ、このようなところで」

泣きそうな顔の新七をよそに、周囲に視線を走らせる。

やはり、怪しい者はいない。というより、今現在この界隈で最も怪しいのは、他ならぬ予である。

毎晩の大酒が、とうとう頭まで冒しはじめたのだろうか。だが、つい今しがた感じた視線は、間違いなく予に向けられたものだ。

釈然としないまま、予は家路についた。

十二月二十九日

快晴。

本年も残すところあと二日。城下の市は年越しに備え餅だの正月飾りだのを求める人々ですこぶる賑わっている。

年の瀬というものは、いくつになっても心が騒ぐものである。

それにしても、正月に立てた〝今年こそはちゃんとする〟という目標は、またしても達成できないまま終わろうとしている。もう、何年連続であろうか。孫もできたというのに。

今年の下半期、予はおかしな妄念に取り憑《つ》かれ、先妻の素行を探るなどという愚かな行為に費やしてしまった。結果、得たのは大いなる敗北感のみである。

ここ数日考えてみたところ、その原因はやはり、この日記にある。とどまるところを知らない記録癖のせいなのである。つい先日も、藩内の人事異動について、自分にまるでかかわりのないところまで逐一日記に書いてしまった。予は、見知ったことを日記に記さずにおけないのだ。

これでは、生きた記録をつけているのか、記録をつけるために生きているのかわからない、と改めて思う。手遊びにはじめたこの『鸚鵡籠中記』が、想像もつかない怪物となって予の人生を食い尽くそうとしているのだ。

ここにいたり、予は重大な決意をした。本年をもって、日記を終了する。来年からは、日記を離れ、己の生を生きるのだ。

というわけで、この日記を書くのもあと二回。明日と明後日を残すのみである。長い長い日記の最後を飾るに相応《ふさわ》しい有意義な二日間となることを願いつつ、今宵は床に就くこととする。

終幕　籠の中の鸚鵡

一

明日は大晦日《おおみそか》とあって、大須界隈《おおすかいわい》は平素に輪をかけた賑《にぎ》わいを見せていた。物売りの声がひっきりなしに飛び交い、年越しの買出しに出てきた人々を当て込んで、いつにも増して多くの屋台がひしめいている。

なんとも息苦しいことよと、朝日文左衛門《あさひぶんざえもん》は思った。

人で埋め尽くされた通りは熱気に溢《あふ》れ、ほんの数間進むだけで何度も肩がぶつかり、足を踏まれ、物売りの天秤棒に顔を打ちつけそうになる。

「旦那さま、旦那さま～」

人波に押し流された若党の新七《しんしち》が、情けない声を上げながら遠ざかっていく。

「新七、こっちだ！」

「私に構わずお行きになってください！」

「駄目だ、諦めてはならん！」

「旦那さま、おさらば……！」

新七の姿は、見る間に人の壁の向こうに消えていった。

こうなると、もう追いつくことは不可能である。あっさりと諦め、文左衛門は足を進めた。

最初の用件はすでに終えた。わざわざ大須まで出向いてきたのは、馴染《なじ》みの本屋に溜《た》まっていたツケを支払うためである。おかげで懐はすっかり軽くなっていた。

そろそろ昼飯時だが、茶屋に寄ることもできない。

苦闘の末に人ごみを抜けて横三ツ蔵筋に出ると、西へ折れる。そのまましばらく歩いたところに、天野《あまの》源蔵《げんぞう》宅はあった。

ちょうど、大掃除の真っ最中だったらしい。障子や畳が取り外され、下女や中間《ちゅうげん》が忙《せわ》しなく立ち働いている。

「やあ、いらっしゃい」

いつ来ても書物やら書付やらが散乱している源蔵の部屋は、積み上げられた本があちこちで雪崩《なだれ》を起こし、いつにも増して凄惨《せいさん》な有り様である。

「今日こそは部屋を整理しようと思っていたのだが、片付けているうちに、失くしたと思っていた書物が次から次へと出てきてね。それが、久しぶりに読んでみると実に興味深い。そんなわけで、この有り様だよ。まあ、適当に座っていてくれ。茶を用意させるから」

「はあ……」

座れと言われても、足の踏み場もない。仕方なく、適当に片付けて場所を確保した。

「今日は、お借りしていた書物をお返しに上がりました」

「ああ、すっかり忘れていたよ」

包みを開いて取り出したのは、『浪合記《なみあいき》』という軍記物語である。天野家に伝わる古文書を源蔵が整理し、実証的な検証を加えて書き直したものだ。

「それで、どうだった?」

「はい。面白く拝読いたしました。昔の武士というのは、立派なものだったのだなあ、と」

『浪合記』の舞台は室町時代の初め。南朝の遺臣が、後醍醐《ごだいご》帝の末裔《まつえい》である皇子を奉じて足利《あしかが》幕府方と戦う話である。嘘かまことか、天野家の家系はその皇子につながるのだという。

「それはよかった。私も苦労した甲斐《かい》があったというものだよ。まあ、昔の武士が皆立派だったというのは、眉唾《まゆつば》だと思うがね」

「そういうものでしょうか」

「人の本質なんて、たかだか数百年でそう簡単に変わるものじゃない。ほんの一握りの人間を除けば、我々と大差はないんじゃないだろうか。戦は怖いし、斬られるのは嫌だ。できれば楽をして出世したい。儒教も武士道も、幕府が世の中を上手《うま》く治めるために使われている、ただの道具さ」

「幕府のお偉方が聞いたら、顔を真っ赤にして怒るでしょうね」

「図星だからね」

源蔵は受け取った『浪合記』を、本の山の上に無造作に置いた。

「昼は食べていくだろう？　知り合いからいいきしめんを貰《もら》ったんだ。すぐに茹《ゆ》でさせよう」

「では、お言葉に甘えまして」

やった。これで昼飯代が浮く。文左衛門は、心の中で快哉《かいさい》を叫んだ。

出されたきしめんは呉服町に店を構える老舗《しにせ》のもので、文左衛門が常日頃口にしているものとはまるで別物のように美味だった。

「老舗というものは、えてして〝老舗〟と呼ばれるようになった時点で堕落が始まるものだが、この店は違う。たゆまぬ努力とさらなる高みを目指す意思こそが老舗たる条件だと私などは思うのだが、その点どうだろう?」

源蔵はいかにも学者然とした口調で考察を並べるが、あちこちにつゆを飛ばし、着物にしみを作っているその様は、そこらの子供と大差ない。

「小生、浅学にして老舗のなんたるかは存じませぬが、このきしめんは美味《うま》いです」

せっかくなので燗酒《かんざけ》の一本も欲しいところだが、残念ながら源蔵は、その種の気配りができる人物ではない。いつものことなので、酒は我慢して、文左衛門は老舗の味を堪能することに努めた。

ずるずると音を立ててきしめんを啜《すす》りながら、源蔵が思い出したように言う。

「ところで先日、あれは文会の宴の席だったと思うが、なにやら悩み事があると言っていたね。君はそれからすぐに酔っ払って寝てしまったから聞けなかったが、いったいなんだったのかな？」

「ああ、はい。それについては、結論が出ました」

「ほう。よければ話してくれないかな？」

「実は、今年一杯で日記をやめることにしました」

「それはいけない！」

ずずずっ、と一気に麵を啜り、源蔵は叫んだ。つゆが文左衛門の顔に飛び散っていることもお構いなしである。

「二十年以上も、自らの行いのみならず世の出来事や噂話の類まで集めた日記を書き続けるなど、並の人物にできることではない。それをここまできてやめてしまうなど、もったいないにもほどがある」

口の端からきしめんを垂らしながら、身を乗り出してまくし立てる。その源蔵らしからぬ剣幕に、文左衛門は思わずのけぞった。

「自分では気づいていないかもしれないが、君は、我々が生きたこの名古屋という町を、世相や風俗を、時代そのものをそっくりそのまま書き残し、後世に伝えるという偉業の道半ばにいるのだ。それを中途で放り出すつもりかい？」

「いや、そのように大層なものでは……」

「断言しよう。君がこの世に生を受けた意味は、最期を迎えるその時まで日記を書き続けることにある」

「そんな馬鹿な」

源蔵は垂らしたきしめんを啜り、居住まいを正した。咳払いをひとつ入れ、普段の穏やかな調子に戻って続ける。

「多くの人は、生まれてきた意味など考えることなく働き、食べ、眠ることを繰り返して生涯を終える。人の営みというものは、おおむねそうしたものだ。わかるね？」

「はい」

「それはそれで尊いことではあるが、君は違う。己の生が意味あるものならば、それは全うすべきではないかな。なにしろ、天から与えられた、君にしかできない務めなのだ」

自分の人生に意味がある。偉業を為そうとしている。生涯の師と仰ぐ源蔵の口から言われると、なんだか自分が後世に名を残す偉人のように思えてきた。

「先生」

文左衛門は箸を置き、背筋を伸ばした。

「私はやります。死するその瞬間まで、日記道に邁進《まいしん》いたします」

後世に残して恥じることのない日記を書くにはいったいなにが肝要であるか。そんなことについて源蔵と語り合ううち、日はすっかり西に傾いていた。

「近いうちに一度、君の日記を拝見してみたいものだ」

玄関先まで見送りにきた源蔵が言った。一度も読んだことがないのに後世に残る偉業だと言い切ってしまうあたり、この人もやはり常人とは違うのだと、文左衛門は思う。

「わかりました。そのうち」

「では、また。お酒はほどほどにね」

「はい。失礼いたします」

文左衛門は源蔵宅を辞すと、横三ツ蔵筋を東へ進んだ。

外は冷え込みが厳しい。無数の小さな針で肌を絶え間なく刺されているような心地さえした。

新七には源蔵宅へ行くと伝えていなかったので、たぶん家に戻っているのだろう。今頃は部屋の中でぬくぬくとしているのかと思うと腹が立つ。

そもそも、主《あるじ》とはぐれるなど、中間にあるまじき失態である。帰ったらなんと言って叱《しか》りつけてやろうか。

そんなことを考えているうちに、本町通に出た。西の空が赤く染まりはじめる中、家路へ急ぐ人々が早足で行き交っている。正月用の酒樽だろうか、目いっぱい荷を積んだ車を曳《ひ》く人足たちの掛け声がこだましていた。

あれだけの酒があれば三月《みつき》は毎晩たらふく呑《の》めるだろうなと、羨望の視線を向けながら歩く。

不意に、文左衛門は足を止めた。正面からこちらに向かって歩いてくる、ふたりの女。そのひとりに目を奪われたまま、呆然《ぼうぜん》と立ち尽くす。

向こうも、こちらに気づいたらしい。一瞬驚いたような表情を浮かべ、文左衛門の数歩先で立ち止まった。

「……慶《けい》」

搾《しぼ》り出すような声で、ようやく名を呼ぶ。

あれだけ張り込みを続けていながら、顔を間近で見るのは実に十二年ぶりだった。顔にわずかに残っていた疱瘡《ほうそう》の跡は、化粧で上手《うま》く隠している。口元に浮かべた微笑を目にした瞬間、文左衛門は二十年以上も時を遡《さかのぼ》ったような錯覚に陥った。

下女らしき娘の怪訝《けげん》そうな様子をよそに、慶は軽く頭を下げた。

「お久しぶりにございます、朝日さま」

見事なまでの他人行儀な挨拶に、文左衛門は「う、うむ」としか答えられなかった。

そうだ。慶はもう、朝日家の人間ではない。自分とはもう、なんの関わり合いもない。そんな当たり前のことを思い出し、なんとか我に返った。

「た、達者であったか？」

「はい、おかげさまで」

なにが〝おかげさま〟なのかさっぱりわからないが、「そうか。それはよかった」と鷹揚に頷《うなず》く。

「そうだ。最近、身の回りでおかしなことはなかったか？　たとえば、怪しい者が近所をうろついているとか、誰かにつけられているとか」

　先日の市場での一件を思い出しながら訊《たず》ねると、慶は首を傾げた。

「いいえ、特には。なにゆえ、そのようなことを？」

「ああ、いや、なにもなければよいのだ。最近はいろいろと物騒だからな」

　下女が、慶に視線を送っている。早く帰ろうということなのだろう。

「申し訳ございませぬが、先を急ぎますので」

「そうか。ええと、その……」

　なにか気の利いたひと言を探したが、まるで思いつかない。

「では、いずれまた」

　そう言って、慶はまた頭を下げた。

　結局、怒りをぶつけるどころではなかった。情けなさと、これでよかったという思いが同時に込み上げる。

　同じ名古屋の町で暮らしていながら、十二年も顔を合わせなかったのだ。たぶん、もう会うことはないだろう。ふんぎりをつけるように歩き出そうとした時、視界の隅におかしなものが映った。

道の反対側からこちらへ向かって猛然と駆けてくる、ぼろ布のような着物をまとった、見るからに貧しい身なりの男。その手には、抜き身の匕首《あいくち》が握られていた。

慶の下女が、気づいて悲鳴を上げた。往来人もなにかとんでもないことが起きつつあるのを察し、ある者は足を止め、ある者は足早にその場を後にする。

やはり、自分が感じたあの視線は、間違いではなかった。頬かむりをしていて顔は見えないが、関平に違いない。刃物で婦女子を襲うなど、なんたる卑劣漢であろう。

「おのれっ！」

咄嗟《とっさ》に慶と下女を庇《かば》うように前に出て、刀の柄に手をかける。無銘だが、家督を継いでからは常に腰に帯びてきた、先祖伝来の名刀である。

「止まれ。止まらぬと斬るぞ！」

叫んだが、関平が足を止める気配はない。

「と、とと、止まれと言っとるだろうが！」

声を裏返らせながら叫ぶが、関平は奇声を上げ、なおも突進してくる。どう見てもまともではない。平素であれば、絶対に近づきたくない相手だ。

だが、文左衛門の背中には、慶がいた。自分が逃げ出せば、関平が慶に危害を加えるのは明白である。

今回ばかりは、逃げるわけにはいかん。己を鼓舞し、文左衛門は鯉口《こいぐち》を切った。腹の底から雄叫びを上げ、鞘《さや》を払う。

だが、それよりもほんの一瞬早く、関平が匕首を突き出した。出鱈目《でたらめ》な突きが、抜刀しようとしていた文左衛門の右上腕を抉《えぐ》る。切っ先が深々と刺さり、鮮血が飛び散る。

「痛ぇーーーーっ！」

全身を貫くような激痛に悲鳴を上げながら、それでも文左衛門は抜刀を止《や》めない。ここで刀を離しては、慶が危うい。武士として、先夫としてのありったけの矜持《きょうじ》を右腕に注ぎ込み、抜き打ちを見舞う。

首筋を狙ったはずの斬撃は、相手の肩口に炸裂《さくれつ》した。硬い骨に当たり、柄を握る手に痺《しび》れが走る。同時に、甲高い音を立てて刀が根本から折れた。

なんというなまくら刀だ！　文左衛門は先祖伝来の名刀を心の中で罵《ののし》った。今の一撃で、右腕は使い物にならなくなった。自分のものではないように、まるで力が入らない。すぐに、痛みさえも感じなくなった。

だが、肩口を斬られた相手も動きを止めている。

今だ、もう一撃。まだ動く左手に力を籠めた時、相手と視線がぶつかった。薄汚れてはいるが、よく整った顔立ち。役者にでもなれそうな色男だった。

違う。こいつは、関平ではない。いつかはわからないが、どこかで会っている。

「お、お前《みやあ》のせいだがや……」

男は血の滴る肩を抑えながら、呪詛《じゆそ》のような声を漏らした。

「お前のせいでえんには振られるし、仲間からは馬鹿にされっぱなしだ……」

思い出した。鳴海《なるみ》で出会った、えんの幼馴染み。確か、清六《せいろく》とかいった。

「名古屋に出てきても仕事はあれせんし、博打も勝てんし、それもこれも、全部お前の……」

「知るかっ！」

左手で脇差《わきざし》を鞘ごと抜き、力任せに振り下ろす。

鞘は、清六の脳天を見事に捉えた。一瞬全身をびくりと震わせると、膝を突き、やがて前のめりに崩れ落ちた。

文左衛門も、その場に尻餅をつく。

なんと見栄えのしない勝ち方だろう。できることなら鮮やかに相手を叩《たた》き伏せ、先妻の尊敬の念を勝ち取りたかった。だが、やはり現実は、芝居や講談のように上手くはいかない。

「朝日さまっ！」

さすがの慶も、蒼白《そうはく》な顔をしていた。文左衛門は極力平静を装い、ぎこちない笑みを浮かべる。

「慶、無事であったか？」

「ご無事でないのは朝日さまです！」

叫ぶように言った慶の目は、文左衛門の右腕に向けられていた。

「なんの。こんなかすり傷程度、唾でもつけておけば」

見下ろした右の上腕を、匕首がきれいに貫通していた。

「……あれ？」

あまりに現実離れした状態に、滑稽ささえ感じる。

そしてその直後、文左衛門は白目を剝《む》いて卒倒した。

二

「そろそろ、おせちも飽きてきたなあ」

昆布巻きを頬張りながら率直な感想を述べると、すめの不機嫌な声が飛んできた。

「贅沢言ったらかんわ。食べさせてあげとるだけでも、感謝してほしいくらいだがね」

「そう怒るな。右手がぴくりとも動かんのだ、仕方あるまい」

「いつまでも甘えられたら困るがね。早う、左手で箸を使えるようになってちょうせ」

「わかったわかった。では、次は田作りをもらおうかな」

「本当にわかっとるのかねえ、この人は」

そう言いながらも、すめは箸で摘《つま》んだ田作りを文左衛門の口に運ぶ。

「うん、美味い。やはりすめの料理が一番じゃ」

「田作りは、えんが作ったもんだがね」

「あ、ええと、あまりに美味いので、すめが作ったのかな、と……」

すめは無言のまま、冷たい目でこちらを見つめる。

気まずい空気が流れる中、文左衛門は左手で湯呑みを摑《つか》み、茶を啜った。

「まったく。往来で顔も知らん辻斬りに襲われるだなんて。平素の心構えが足りぃせんのとちがいますか？」

「歩いているところをいきなり襲われたのだ。さしものわしの腕をもってしても、防ぐことはできん」

「はいはい」

享保三年（一七一八）が明けて、もう五日になる。

本町通で卒倒した文左衛門は、慶たちによって手近な町医者に運び込まれ、手当てを受けた。慶は、見守るだけでなにもしようとしない野次馬を怒鳴りつけ、手を貸させたという。後で知った文左衛門は、まったく慶らしい話だと思った。

血はだいぶ失ったものの、命に別条はなかった。気を失ったのも、刺されたことに驚いたからという情けない理由である。

ただ、町医者が言うには、再び右手を動かせるようになるのは難しいらしい。指を動かす腱が傷ついてしまったのだ。

これでは、箸も筆も持つことがかなわない。そうしたわけでこの数日、文左衛門はすめから食事の世話を受けている。

事件を起こしたのが自分の幼馴染みと知ったえんからは、涙ながらに謝られた。文左衛門はえんに固く口止めし、すめにはただの辻斬りに襲われたと説明している。今さら、えんとすめの間に余計な火種を作りたくはない。

これはたぶん、いい嘘だ。そう、文左衛門は自分で納得している。

朝餉《あさげ》を食べ終えて苦い薬湯を飲むと、文机《ふづくえ》の前に腰を下ろした。

左手で苦労しながら墨を磨《す》り、筆を握る。

大きく息を吸って精神を統一し、文机の上に広げた半紙に筆を下ろす。長い時間をかけ、〝い〟の文字を書いた。

うん、悪くない。続けて、次の半紙に〝ろ〟の字を書く。これも、満足のいく出来だった。ここまでは、昨日のおさらいである。

次は、昨日一度も上手く書けなかった〝は〟だった。まだぎこちない手つきで筆に墨をつけ、ゆっくりと筆を動かす。

いまいち。どうも、跳ねの部分が上手くいかない。右下のくるりと回るところも、かなりの難関である。

まあ、焦ることはない。日記が書けるようになりさえすれば、それでいいのだ。達筆になる必要などない。いざとなれば、あぐりと一緒に近所の寺子屋に通ってもいい。

次の半紙を用意したところで、廊下からえんの声が聞こえてきた。

「旦那さま。天野源蔵先生が見えられておられます」

「そうか。お通ししてくれ」

「はい。今日は、先生の奥方さまもおいでですよ」

「奥方だと?」

先生は、いつの間に妻帯されたのか。自分になんの相談もないとは、なんと水臭い。

だが、源蔵の後に続いて現れたのは、奥方などではなかった。

「朝日さま。このたびは、なんとお礼を申し上げてよいか」

畳に手をついて頭を下げたのは、慶である。

「いやあ、お礼を兼ねて見舞いに行きたいが立場的にまずいので、どうしたらいいだろうと相談を受けてね、一計を案じてみたよ」

すめもえんも、慶とは面識がないが、女子がひとりで訪ねて行くことで波風が立たないようにと気を遣ったのであろう。

「ところで、君を斬ったあの清六という男だが」

珍しく、源蔵が口籠《くちごも》る。

「やはり、斬首と決まったよ。まあ、あれだけのことをやらかしたんだ、仕方ないだろうね」

「そうですか」

同情するつもりはないが、鳴海で最初に出会った時、清六がえんを想う気持ちに嘘偽りはなかった。投げられても投げられても立ち上がってくる姿を思い起こせば、多少の憐《あわ》れみは禁じえない。

「うーん」

えんが運んできた茶を啜り、庭を眺めていた源蔵が唸《うな》った。

「どうも、あの立ち木の刈り込み具合が気に入らないなあ。ちょっと鋏《はさみ》を借りるよ」

そう言って、源蔵は庭へ下りていく。

その背を見送りながら、慶がくすくすと笑った。文左衛門も、つられて笑う。慶とふたりにしようとしたのか、それともただ単に居づらくなったのか。どちらにしても、わざとらしいにも程がある。

「それにしても、うっかりしたところは相変わらずでいらっしゃいますね」

「うん？」

「相手はあなたさまを狙って襲ってきたのに、私に危害を加えると勘違いして、無理をして戦うなんて」

「ああ、それはまあ、なんというか……」

一から説明するとなると、とんでもなく長くなる。その上、色々とまずい事実も発覚する。どう答えるべきか思案していると、慶は笑顔で言った。

「でも、とてもあなたさまらしいと思いました」

「そ、そうか」

慶は、懐かしそうな顔つきで文左衛門の居室を見渡した。文机の上の半紙に視線を留める。

「左手で字を書く稽古をなさっているのですね。ひょっとして、まだ日記をお続けになるのですか？」

文左衛門が毎日日記をつけていることは、慶も知っている。ただ、一度も読ませたことはない。日記が表本と裏本の二通りあることも、知りはしないだろう。

「ああ。いったんはやめようかと思ったのだがな。よくよく考えてみると、日記が書けなくなったら、俺の人生には面白いことなどなにも残らない。酒を呑むか芝居を見るか、博打に興じるか本を読むか、あとは漢詩をひねるか釣りに出かけるくらいしかない」

「結構ありますね」

「とにかく、俺の生涯は日記と共にあるのだ。これぱかりは、やめるわけにはいかん」

毅然と胸を張って言うと、慶は子供の自慢話を聞くような顔で大らかに笑った。しばらく互いの近況などを話し合い、時にはふたりで声を上げて笑った。この十数年の間に溜め込んだわだかまりがゆっくりと溶け出していくような感覚を味わったが、越えることのできない一線が存在することもまた、はっきりと感じる。

これから先、自分と慶の人生が交わることはない。このあたりが、自分の限界なのだろう。

「やっと気に入る形になったよ。どうかな?」

源蔵が、鋏に手に戻ってきて言った。彼もまた、限界だったらしい。

「ええ。素晴らしい形ですこと」

わかっているのかいないのか、慶は口元を綻《ほころ》ばせた。

三

九月の半ばにしては、暖かい朝だった。

いつも通り一番鶏の声で目を覚ました天野源蔵は、庭に面した縁に腰を下ろし、いまだ薄暗い空を眺めた。

時には思索に耽《ふけ》りながら、時にはただぼんやりと、明るさを増していく空を見つめる。それが、十代の頃から続く、源蔵の朝の日課だった。

二番鶏が鳴く頃には家人たちが起き出し、朝餉の仕度がはじまる。源蔵は下女たちが忙しなく立ち働く台所を身を縮めて通り抜け、井戸で水を汲《く》んだ。部屋に戻って墨を磨り、書きかけの随筆に手をつける。

だが、今日はどうも筆が乗らない。心の奥のどこかがざわめくような心地がして、いまひとつ集中できなかった。

それも無理はないと、源蔵は思う。無理に文机に向かうことはせず、大人しく筆を擱《お》いた。

朝日文左衛門がいよいよ危ないという報せを受けたのは、昨日の昼間のことだった。床に伏せるようになったのは半月ほど前で、医師の診立てによれば、酒毒に肝の臓が冒されているのだという。倒れた時点で、医師は手の施しようがないと判断したらしい。

あれだけ酒に目がなかった文左衛門のことだ、酒に倒れるのなら本望かもしれない。報せを聞いた時にはそう思ったが、酒を呑む習慣のない源蔵には本当のところはわからない。

「朝餉の仕度が整いました」

「ああ。すぐに行く」

朝餉は、湯漬けに味噌《みそ》汁、香の物だけの質素なものだ。源蔵は五十六歳になっていた。この歳になれば、魚も肉も体が受けつけない。

使いがやってきたのは、湯漬けを半分ほど腹に収めた時だ。朝日家からの使いとなれば、聞かなくとも用件は察しがつく。箸を置き、源蔵は立ち上がった。

「仕度を」

主税町《ちからまち》筋にある朝日宅の玄関には、履物がずらりと並んでいた。

「これは先生、ようおいでくださいました。ささ、こちらへ」

若党の新七に案内された居間は、人で溢れ返っている。

娘のこんと、夫の水野久治郎。すめが嫁入り前に縁組をした古田夫妻。加藤平左《かとうへいざ》衛門《えもん》や神谷段之右衛門《かみやだんのえもん》といった、文左衛門の幼馴染みたち。他にも、芝居見物仲間や文会の諸氏、御畳奉行《おたたみ》時代から親交のある城下の畳屋や馴染みの本屋の店主と、玄関が草履《ぞうり》で埋まるほど多くの人々が、文左衛門の最期を見届けるために集まっている。源蔵は、文左衛門の交友の広さに改めて感嘆の念を覚えた。

ただ、どの顔を見ても、臨終に立ち会うという悲壮感はほとんどない。すめやえんも、とうに覚悟はできていたのだろう、客人に茶や菓子を出したりして、忙しなく動き回っている。客たちは文左衛門の容態を気遣うでもなく、見知った顔に挨拶したり世間話に興じたりと、騒がしいことこの上ない。

その輪の中心に、文左衛門の床が延べられている。意識はあるらしく、客人たちの顔を眺めながら穏やかな笑みを浮かべていた。

死にかけの病人を前に人々が談笑しているというのは実に奇妙な光景だが、実に文左衛門らしいとも思う。

加藤平左衛門をはじめとする文左衛門の朋輩《ほうばい》たちにいたっては、あろうことか枕元で酒まで呑んでいた。

「しかし、文左とは長い付き合いだったわ。なにしろ、俺たちが寝小便を垂れとる頃からの顔見知りだで。なあ、神谷」

「平左、俺は寝小便など垂れとらんぞ」

「平左さま。父も、その、お漏らしを？」

こんが、平左衛門に酌をしながら訊ねた。

「ああ、そうだぞ、おこんどの。文左の場合は特にひどくてな。十歳を過ぎても、毎朝庭に布団が干してあった。母上に叱《しか》られている声が俺の家まで聞こえてきて、我が家ではみんな大笑いしとったわ」

「まあ。私には、わしは寝小便など一度もしたことがないなんて言っておりましたのに」

こんの暴露に、どっと笑い声が上がる。

「おっ、源蔵先生ではありませんか」

平左衛門が、こちらに気づいて声を上げた。

「そんな隅っこでなにをしておられるのです。ささ、こっちへ」

赤くなった顔でへらへら笑いながら、手招きをする。あまり面識がないが、無視するわけにもいかず、隣に移った。

「新七、先生の盃《さかずき》を」

「へい」

「あいや、私は酒は……」

固辞する源蔵の手に、無理やり盃が押しつけられた。平左衛門はそこへなみなみと注ぎながら、ほんの少しだけ声の調子を落として言う。

「堅いことを申されますな。みなで賑やかに見送ってくれというのが、文左の願いなのです」

どこか寂しげな笑みを湛《たた》える平左衛門に頷きを返し、源蔵は盃をひと息に呷《あお》った。

酒など普段はほとんど呑まないので、いきなり顔が熱くなる。

「おお、さすがは文左の師匠だ。なかなかいけますなあ」

嬉《うれ》しそうに二杯目を注ぐ平左衛門の顔が、ゆらゆらと揺れている。

こんなものを毎晩欠かさず呑んでいては、死期を早めるのも無理はない。それでも、我慢という言葉を知らず、自分に正直に生きた文左衛門が少し羨《うらや》ましくもある。

そう思うと、二杯目は最初よりも美味に感じた。

「先……生……」

不意に、文左衛門の乾ききった唇が動いたが、声は掠《かす》れて聞こえない。

「どうした。なにか、私に言いたいことがあるのかい？」

盃を置き、口元に耳を寄せる。

「先生に、お願いしたいことが……」

弱々しい声で、文左衛門が願いを言った。

「わかった。しかと頼まれたよ」

答えると、痩せ細った顔に安堵《あんど》の表情が浮かんだ。

周囲の喧騒は、すでに静まっている。客人たちが注視する中、文左衛門が口を開いた。

「みんな、今日はよく来てくれた。今日、は……存分に愉《たの》しんで……くれ……」

それだけ言うと、ゆっくりと目を閉じる。

脈を取った医師が、小さく首を振った。

「まったく。だから、酒はほどほどにしろと言ったんだ」

啜り泣きの声が広がる中、神谷段之右衛門がぽつりと漏らした。

「いいでにゃあか、神谷。こんだけ好き放題やってきたんだで、多少早死にしたところで、きっと悔いはあれせんて」

平左衛門は立ち上がり、集まった客人たちに向かって言った。

「みなさまも、文左の最期の言葉をお聞きになったでしょう。今日は酒でも呑んで、存分に愉しみましょう。新七、泣いている暇はあれせんぞ。宴の仕度だ！」

「へ、へえっ！」

手の甲で涙を拭い、新七は台所の方へ駆けていった。

「私も手伝います」

こんも、勢いよく立ち上がり、新七の後に続く。

いつしか、泣き声はまるで聞こえなくなっていた。

再び騒がしくなった居間を出ると、源蔵は文左衛門の書斎へと向かった。酔いのせいか、足元がいくぶんふらつく。

文左衛門の頼みはふたつ。どちらも、人任せにはできない。己を鼓舞しながら、襖《ふすま》を開いた。

源蔵の部屋も相当なものだが、ここもあちこちに書物だの絵巻物だのが積み上げられ、かなりの散らかり具合である。釣り道具や三味線、芝居見物で変装するために使うらしい鬘《かつら》などもいたるところに転がっている。

苦心して、源蔵は目当ての物を見つけ出した。一抱えはありそうな箱で、外には鍵がかかっている。

源蔵は壁に立てかけられた釣竿《つりざお》を手に取り、言われた通りに柄の部分を引っ張ってみた。ぽん、と小気味いい音がして、柄が外れる。中から出てきたのは、小さな鍵である。

たいした念の入れようだった。よほど、見られたくないことが書いてあるのだろう。

鍵を開けると、中には大きさも厚さもまちまちな帳面がびっしりと詰まっている。『鸚鵡《おうむ》籠中記《ろうちゅうき》』。これが、文左衛門が二十六年にわたって書き記した日記の題名らしい。

まったく。中身を吟味すると、文左衛門が言った通り、日記には二種類あった。

は。まさに、病的な筆まめさだった。一体、他の誰がこんなことを思いつくだろう。

日記はどちらも、去年の十二月二十九日で終わっている。

左手で字が書けるようにずいぶんと稽古したらしいが、ついに日記を再開することはかなわなかったようだ。

源蔵は筆記具を借り、文机の上で墨を磨った。この狭い机で、毎晩せっせと日記を書いていたのだろう。想像して、源蔵は苦笑した。

筆に墨をふくませ、文左衛門が〝表本〟と呼んでいた日記の最後の頁を開く。

終焉《しゅうえん》。

頼まれた通りの言葉を記し、日記を閉じた。

「さて」

源蔵は日記のもう半分、〝秘本〟の方を風呂敷に包み、腰を上げた。

「おや、先生。もうお帰りになられるので？」

廊下で、膳を運ぶ途中の新七に声をかけられた。

「ちょっとした用事があってね。それがすんだら、またお邪魔させていただくよ」

「そうですか。では、お気をつけて」


四半刻《しはんとき》後、源蔵は朝倉道場の客間にいた。

道場の方からは、矢が的に突き立つ音や、「お見事！」という潑剌《はつらつ》とした声が聞こえてくる。

「先生、お待たせいたしました。色々と立て込んでおりましたもので」

「お久しぶりです、お慶どの」

会うのは、今年の正月にふたりで文左衛門の見舞いに行って以来だ。もう四十三になるはずだが、それよりずいぶんと若く見える。

「先生のほうからお訪ねくださいますとは、いかなる風の吹き回しです？」

「まずは、これを」

脇に置いだ包みを、慶の前に進める。怪訝な顔の慶に、開くよう促す。

「『鸚鵡籠中記』。これは？」

「今日、朝日君が亡くなりました」

一瞬、慶が目を見開いた。それから放心したように宙を見つめた後、呟《つぶや》くように言う。

「そうですか」

「つい半刻ほど前のことです。酒毒に肝の臓を冒されましてな」

「だから、お酒はほどほどにと申しましたのに」

「みんな、同じことを言っていましたよ」

戯言めかして言うと、慶は口元だけで小さく笑った。

「この『鸚鵡籠中記』は、朝日君が十八の時から毎日綴《つづ》った日記です。日記には二通りあって、これはそのうちの一方、朝日君が〝秘本〟と呼んでいたものです。これを、あなたに届けてほしい。私はそう、朝日君から頼まれた次第です」

表本のほうは、源蔵に引き取ってほしい。そう、文左衛門は言っていた。

日記の山をじっと見つめ、慶が訊ねる。

「なぜ、これを私に？」

「さあ。私は頼まれただけですから。それに、私のような者に男女の機微はわかりません。とにかく、確かにお届けいたしましたよ」

それだけ言うと、源蔵は腰を上げた。

「私はまた朝日家に戻りますが、お慶どのもどうです？　今頃はすっかり宴たけなわでしょうが」

「宴たけなわ？」

不思議そうに言って、また笑い出す。

「あの人らしい」

「最後に、彼の顔を見ていってはいかがかな？」

重ねて訊ねると、慶は少しだけ寂しげな声で答えた。

「私はもう、朝日家の者ではございませんから」

「そうですか。これは私としたことが、不躾《ぶしつけ》なことを言ってしまったな」

「私のぶんまで、お愉しみになっていらしてください」

慶は、玄関先まで見送りにきた。

そこで、ひとりの若者が入ってくるところへ出くわした。たぶん、まだ十三、四歳くらいだろうが、源蔵はその若者の顔を目にした途端、思わず目を瞠《みは》った。

「ただいま帰りました、母上」

「あら、早かったわね」

「ええ。今日は寺子屋の先生がお風邪を召されていたので、早く終わったのです。そちらさまは、お客人ですか?」

「ええ。あのご高名な、天野源蔵先生ですよ。ご挨拶なさい」

促され、若者が行儀よく頭を下げる。

「お初にお目にかかります。朝倉亀之助《あさくらかめのすけ》と申します」

「あ、ああ。天野源蔵です」

武芸の道場の息子らしく、体つきはしっかりとしていて、よくしつけられてもいる。

「さあ、早く着替えて道場へお行きなさい」

「はい」

はきはきと答え、こちらに一礼して駆け去っていく。

「亀之助というのは、朝日君の前の名ですね」

疑念を率直にぶつけると、慶は微笑しながら首を振った。

「あの子は、わけあって、小牧の知り合いの家から跡取りとして養子に迎えました。亀之助など、よくある名にございましょう？」

「そうですな。また、つまらぬことを口にしてしまったようだ。お許しください」

亀之助と名乗った若者の顔は、若い頃の文左衛門と瓜二つだった。

だが、それ以上詮索《せんさく》したところで何の意味があるだろう。

「そうだ。ひとつ言い忘れておりました」

「はい、なんでしょう」

「あの日記は、後はどう扱われようとお慶どののお好きになされよ、とのことでした。捨てるなり焼くなり」

「そうですか。承知いたしました」

「では、私はこれにて」

軽く頭を下げ、朝倉家を後にした。

さて、慶はあの日記をどうするだろう。いや、その前に、あの日記を読むのだろうか。

「まあ、今となってはどうでもいいことか」

声に出して呟き、大きく伸びをした。見上げると、雲ひとつない空を鳶《とび》が気持ちよさそうに飛んでいる。

籠《かご》の中の鸚鵡だった文左衛門も、今頃は外に出られたことを喜んでいるに違いない。

そんなことを考えながら歩いていると、午《うま》ノ刻を告げる鐘の音が響いた。

頼まれ事は果たした。今日くらいは文左衛門の真似をして、昼日中から酔い痴《し》れるのも悪くはない。

肩の荷を下ろした身軽さを感じながら、源蔵は朝日家に向かって足を速めた。

【参考文献】

＊名古屋市教育委員会編『名古屋叢書　続編　第9～12巻　鸚鵡籠中記』名古屋市教育委員会
＊朝日重章著・塚本学編注『摘録鸚鵡籠中記　元禄武士の日記　上・下巻』岩波書店
＊神坂次郎著『元禄御畳奉行の日記　尾張藩士の見た浮世』中央公論社
＊加賀樹芝朗著『江戸時代選書　第1巻　朝日文左衛門「鸚鵡籠中記」』雄山閣
＊林董一編『近世名古屋　享元絵巻の世界』清文堂出版
＊田中アツシ編著『朝日文左衛門の元禄ことば事典』中日出版社
＊溝口常俊監『古地図で見る名古屋』樹林舎
＊遠藤元男著『近世生活史年表』雄山閣
＊石川英輔著『実見　江戸の暮らし』講談社

解　説——酒好きで日記魔。三〇〇年前のお侍への共感と敬意。

渡邉和彦

二十歳から日記を書いている。

始まりは一九九〇年一月一日だから、もうじき二十八年になろうとしている。きっかけはたしか、前年の終わりに雑誌の日記特集か何かを読んだことだったと思う。今振り返ると、年の初めから日記をつけることを勧めるベタな企画にまんまと乗せられたわけだけれど、「ふ〜ん。日記かあ。ちょっと書いてみるか」とあっさり乗せられたのは、学業を疎《おろそ》かにするぐらいしかやることがなかった大学三年生としては、とにかく暇だったことに尽きるだろう。

まあ、ちゃんとした日記帳ではなく、たまたま部屋にあった手の平サイズの市販のノートに、気分が乗ったら五、六行、乗らなかったら一行書くといった具合だったけれど、逆にそのほうが気楽でよかったのか、三日坊主にならず、一応、今もなお続いている。

そして、本書の内容の大半を占める日記もまた、「すこぶる暇だったから」「退屈を紛らわすため」といった理由から書き始められている。

時は元禄四年（一六九一）。世は太平の真っ只中、武士として生まれた以上、暇を持て余すのが宿命の時代だったようで、十八歳から「二十数年にわたってほぼ毎日、日記を書き続けたおかしなお侍」の名前は、朝日文左衛門。「御三家筆頭たる尾張徳川家に仕えるれっきとした藩士でありながら、自身の日常から世で起こった大小の出来事、市井の噂話まで、尋常ではない情熱をもって書き綴《つづ》っていた」膨大な日記には、『鸚鵡籠中記』という名前が付けられている。

朝日文左衛門は実在の人物であり、『鸚鵡籠中記』も実際に残されているそうだけれど、本書では、それをベースにしつつ、著者ならではのユーモア溢《あふ》れるタッチで脚色が施されている。

お調子者で頼りなくてだらしない、それでいて、人の良さやユニークさが滲み出て憎めない。そんな文左衛門の恋、遊び、結婚、家督相続、出世、浮気、離婚、再婚その他もろもろ、ささやかな幸福が欲しいだけなのになかなかうまくいかない日々が赤裸々に綴られている。

その中でとにかく目に留まるのは、何かというと酒を飲んでいるということだ。日記を始めた初日に趣味の一つとして酒を挙げているように、いつでもどこでも飲んでいる。自宅はもちろん、友人の家や居酒屋、はたまた路上を歩きながら……。文左衛門は、家計が火の車になっても決して酒は止《や》めない無類の酒好きであり、だからこそ、数々の失敗もしている。

となれば、〝酒飲み人生謳歌マガジン〟という、編集部の誰もがロクに理解していないコンセプトの雑誌「酒とつまみ」の編集発行人を務めている身としては（慢性的経営難につき最新号は六年以上出ていないけれど）、凝視せざるを得ない。

そして、酒で失敗したエピソードを日記に書き、それを雑誌の企画のネタにしてきた身としては、「ああ、さんざん飲んで、やらかして、それを日記に書き続けていた人が遠い昔にもいたんだなあ」などと共感せざるを得ない。

たとえば、翌日に頭痛や吐き気が残るまで飲み過ぎてしまうのは当たり前。二日酔いの朝の食事は汁物だけにして、あとはもう、昼まで寝床でうんうんと唸る。

人からの面倒な頼まれごとを断ろうとしても、「とっておきの銘酒がある」と言われたら、ついつい盃に手を伸ばし、帰るのも忘れて酔っ払い、人の家で朝まで寝てしまう。そんな酒の誘いにはすこぶる弱い。

以前日記に「酒を呑んだ直後には、激しい運動は避ける。これが、今宵の教訓」と反省して書いたはずなのに、ある日酒を飲んでいるうちに突如始まった、幼馴染みの一人との駆け比べ。結果は引き分けだったものの、その理由はというと、二人とも「十間も走らぬうちに臓腑が引っくり返り、御庭に激しく吐逆したため」だったりする。

とまあ、共感できるエピソードを挙げたらキリがないのだけれど、そんな文左衛門も悲しいかな、飲み過ぎが祟り、全身くまなく酒毒に冒されてしまう。両親がいまわの際に残した「大酒をやめるよう」という遺言も、「今年こそ、ちゃんとする」という、何年か連続して年頭の日記に書いた節酒の誓いも守ることができず、四十五歳で生涯を終えることになる。

では、日記はどうだったのかというと、亡くなる九ヵ月半前に、あることが原因で書けなくなる享保二年（一七一七）十二月三十日の前日まで続いている。

十八歳のときに暇つぶしで書き始めてから二十六年、いつしか「俺の生涯は日記と共にあるのだ。こればかりは、やめるわけにはいかん」とまで胸を張って言うほどの日記魔となった朝日文左衛門。その間、どんなに泥酔していても、自宅の狭い文机で毎晩せっせと書き続けたという姿を想像すればするほど、はるか三〇〇年前に亡くなったお侍に対する敬意は高まるばかりだ。

というのも、先に「一応、今もなお続いている」と書いたけれど、正確に言えば、今や僕の日記は日記の体《てい》をなしていない。

泥酔したら最後、帰宅して布団を敷いているうちにそのまま布団に飲み込まれて朝を迎えたり、床に倒れていたり、それこそ家にさえ辿《たど》り着かなかったり……。そんな日々を送っていたら、毎晩日記を書けるわけがないだろう。

手帳にはその日の予定や飲んだ場所ぐらいは書いてあるので、それらを転記しさえすれば、それなりに形にはなるのだけれど、二日酔いで気分が乗らなかったりするとすべて後回し。おかげで、どんどん「日記」から遠ざかっている始末だ。

とはいえ、二十歳から書き始めてもうじき二十八年。中身はともかく、せっかく文左衛門の二十六年よりも長く続いているだけに、できることなら年内には追い付きたいところではある。
もしそうなったら、二〇一八年一月一日の日記には、とりあえず「今年こそ、ちゃんとする」と書いてみようと思う。

――「酒とつまみ」編集発行人

この作品は二〇一一年四月人間社より刊行されたものです。

サムライ・ダイアリー
鸚《おう》鵡《む》籠《ろう》中《ちゅう》記《き》異《い》聞《ぶん》

天《あま》野《の》純《すみ》希《き》

平成29年12月10日　初版発行

発行人――石原正康
編集人――袖山満一子
発行所――株式会社幻冬舎
〒151-0051東京都渋谷区千駄ヶ谷4-9-7
電話　03(5411)6222(営業)
　　　03(5411)6211(編集)
振替00120-8-767643
印刷・製本―図書印刷株式会社
装丁者――高橋雅之

検印廃止

幻冬舎時代小説文庫

ISBN978-4-344-42683-2　C0193　あ-65-1